Je ne te lâcherai pas

© 2025 Emma Jenner
Édition : BoD · Books on Demand, 31 avenue Saint-Rémy, 57600 Forbach, bod@bod.fr
Impression : Libri Plureos GmbH, Friedensallee 273, 22763 Hamburg (Allemagne)
ISBN : 978-2-3225-5896-4
Dépôt légal : Janvier 2025

Je ne te lâcherai pas

Emma Jenner

A toutes les personnes qui
se sont un jour demandé :
« Pourquoi moi ? »

Prologue

Andrea est assise sur le canapé et enlace tendrement sa fille. Depuis plus d'une demi-heure, elles rient devant une émission comique du vendredi soir et mangent le chocolat que les voisins leur ont offert pour Pâques.

Elles sont de bonne humeur, comme toutes les fois où le père de famille n'est pas à la maison. Il est en ville. Où ? Elles n'en savent rien et tant pis. Elles se portent d'autant mieux lorsqu'il s'éloigne d'elles quelques heures.

Elles rigolent encore. La vidéo d'un chien qui vole tous les gâteaux à la vanille que sa maîtresse vient de préparer passe à l'écran.

— Maman ! J'veux un chien ! s'écrie la jeune fille aux magnifiques yeux noirs.

Son sourire est si mignon. Elle fait fondre le cœur de sa mère qui l'aime plus que tout, mais qui ne peut malheureusement pas accepter sa demande... Ce n'est pas elle qui décide...

— Tu sais très bien que ton père n'est pas d'accord ma prin...

Elle est coupée dans sa phrase par la porte d'entrée qui s'ouvre brusquement pour laisser place à un homme totalement saoul sur le seuil : son mari. Il hurle quelque chose d'incompréhensible et, dans la hâte, elle chuchote à l'oreille de sa fille :

— Megan va te cacher, comme d'habitude.

La fillette obéit sans protester. Elle se lève du canapé et court vers les escaliers pour monter dans sa chambre, alors que sa mère, elle, se met face à son époux.

— Chéri, tu es ivre, monte dormir un coup, tu veux ?

Il ne répond rien, mais lui attrape le bras. Elle tente de s'écarter, malheureusement, il la tient trop fermement.

Pitié, nan... pas encore ce soir...

— Espèce de salope ! Faire fuir ma fille quand j'entre dans la baraque, franchement ?! explose-t-il.

Il n'attend pas de réponse pour lui donner un coup de pied puissant dans le tibia et elle doit se mordre la lèvre pour ne pas crier.

— Voilà pourquoi elle est partie crétin ! réplique-t-elle courageusement, bien qu'elle sache que prendre la parole n'est pas la meilleure des idées.

— Parce que maintenant tu oses me répondre ?!

Hors de lui, il envoie son poing dans le ventre de sa femme qui ne peut plus s'empêcher de gémir. Elle se plie en deux et il la frappe une deuxième, puis une troisième fois au même endroit.

— Arrête !

Il continue.

— Je t'en supplie ! Arrête !

Cette fois, il l'écoute, les coups s'arrêtent, mais il prend la tête de sa victime entre ses doigts, l'obligeant à le regarder dans les yeux.

— Sinon quoi ? Tu vas appeler la police ? Oups ! C'est vrai ! J'avais oublié ! Ils s'en fichent tant que tu n'as aucune preuve concrète de ce que tu avances.

Il lâche son visage et recommence à donner des coups de plus en plus forts. Bientôt, elle est au sol, mais cela ne le ralentit pas. Elle hurle, mais les chocs continuent de pleuvoir sur son corps meurtri.

Pourquoi est-ce qu'il a fallu que je l'ouvre ?!

Au bout d'un long moment, il s'immobilise. Elle pense que son calvaire est enfin fini pour ce soir, cependant, son mari fait quelque chose qu'il n'avait jamais réalisé auparavant : il dégaine une arme de sous son manteau et la pointe en direction du visage de sa femme.

C'est une blague ?!

Oh putain...

Il sourit. Une joie inconsidérable se lit sur ses traits, alors que la cage thoracique d'Andrea se compresse.

Il n'oserait pas ?

Si ?

Elle obtient rapidement sa réponse, car il descend légèrement la trajectoire de son pistolet afin d'avoir le ventre de sa femme, la mère de sa fille, dans sa ligne de mire. Avec une lueur de dégout dans le regard, il n'hésite pas. Il tire... deux fois...

Chapitre 1

Megan

18 ans plus tard

— Encore deux balles ! Allez Laura !

La fillette donne deux coups de raquette, puis s'arrête, essoufflée. Ce soir, je suis au club de tennis et entraîne un groupe de quatre demoiselles. Nous terminons notre exercice au panier, puis nous pourrons passer à ce qu'elles préfèrent : les points !

— C'est super Laura ! Dernier tour pour Tya et vous faites un match !

Deux coups droits, deux revers, et une attaque de coup droit. Tya les a exécutés à la perfection. C'est la plus douée des quatre, même si je ne suis pas censée le dire. Elle me fait beaucoup penser à moi à son âge. A huit ans, je jouais bien, ma mère m'a beaucoup appris. Elle pouvait passer des heures à m'envoyer des balles et moi, je ne me lassais jamais. C'est elle qui m'a toujours entraînée, je lui dois énormément.

Avant mes onze ans, quand j'habitais encore en Argentine, j'ai été championne de ma région et depuis que je vis à Los Angeles, j'ai déjà remporté trois fois le tournoi californien.

C'est aussi grâce à ma mère que je me suis lancée dans le coaching d'une équipe de tennis. Normalement, je suis policière, pas monitrice. Je ne viens qu'une heure et demie par semaine pour m'occuper de mon groupe favori.

A chaque cours, Tya est souriante. Elle a le rire facile, comme moi à cet âge-là. Je rigolais tout le temps. J'affichais continuellement de la joie sur mon visage, même quand ça n'allait pas. J'ai toujours été ainsi.

— Parfait ! Bien joué les filles ! Petite pause, puis vous faites un double, ok ?

Elles approuvent d'un mouvement de tête et trottinent jusqu'au banc au bord du terrain où elles prennent leurs bouteilles d'eau.

— Laura et Alix contre Eléonore et Tya ? Vous faites un super tie-break ? Ok ? demandé-je en les rejoignant quelques secondes plus tard.

— Ok ! me répondent-elles en cœur en se levant pour reprendre place sur la ligne de fond de court.

Elles démarrent leur match et je m'installe près du filet pour les regarder s'amuser. Elles sont à fond. Ça me fait rire.

Dans mon dos, j'entends des voitures arriver, ce sont leurs parents. Ils se rapprochent de nous et le père de Tya me questionne :

— Alors Megan ? A quel point ces jeunes filles t'ont embêtée, aujourd'hui ?

— Au point qu'elles ont été adorables, comme d'habitude !

— Mouais, pas sûre ! rigole la mère d'Alix.

Nous continuons à parler de la pluie et du beau temps pendant que leurs enfants terminent leur entraînement sans cesser de discuter. Ce sont des filles après tout, parler sans arrêt est dans leur nature.

— Ouaissssss !!!! s'écrie Eléonore.

— On a gagné ! On a gagné ! chantonne Tya.

Elles courent se taper dans la main, puis se rendent au filet pour serrer celles de leurs adversaires. Les deux vainqueures nous rejoignent tout sourire, alors que les perdantes tirent la tronche.

— Bien joué à nos deux gagnantes ! Laura et Alix, vous aussi vous avez super bien joué aujourd'hui ! Vous gagnerez la semaine prochaine !

— Mmm, rechigne une Laura pas convaincue.

Les filles retournent au banc chercher leurs sacs, me disent au revoir et suivent leur parent jusqu'au parking. Je me retrouve seule pour la première fois depuis ce matin. J'ai fini ma journée de travail à dix-sept heures et suis directement venue au club pour le cours de dix-sept heures trente. Ça commençait à être long... je suis crevée.

Je range les quelques affaires que j'ai utilisées pendant la leçon : les balles, les cônes, les cerceaux et les cordes à sauter, puis prends la direction de chez moi.

* * *

Pour l'instant, je suis toute seule à la maison. Mon copain, Alex, finit sa garde au poste de police à vingt heures. Il est chef d'équipe au Swat. C'est d'ailleurs grâce à ça que nous nous sommes rencontrés... je suis sa capitaine.

Je vais rapidement prendre une douche, puis commence à préparer un bon plat de pâtes à la bolognaise. Au bout de quelques minutes à m'affairer autour d'une casserole, j'entends la porte grincer et aperçois Alex entrer dans la cuisine. Il est tout transpirant !

— Tu t'es pas douché au QG ?

— Nan, j'sais que tu me préfères comme ça, rigole-t-il en se rapprochant de moi.

Il empeste la sueur à des kilomètres !

— Alors là, tu rêves ! lui rétorqué-je en m'écartant lorsqu'il qu'il essaye de m'embrasser. Va prendre une douche et on en reparle.

Pour une fois, il m'écoute et part en direction de la salle de bain d'un air boudeur.

Qu'il est dégoutant ! Il avait tout le temps de prendre une douche au QG après sa séance d'entraînement !

Quelques minutes plus tard, il passe dans notre cuisine sans même s'y arrêter et se rend dans le salon où il s'assoit tranquillement sur le canapé.

Il se fiche de moi ou quoi ?!

— Hé ho ! Monsieur Brown ! La table ne va pas se mettre toute seule, vous savez ?

— Pas besoin de table, on mange devant la télé ce soir. Y'a Harry Potter et l'Ordre du Phoenix qui passe sur la une.

Notre film. Le film de notre premier rendez-vous. Le film devant lequel a débuté notre relation...

— Va pour la télé.

Il se lève et me rejoint derrière le plan de travail. Une mèche de ses cheveux châtains encore mouillés s'est égarée sur son front. Maniaque que je suis, je ne peux m'empêcher de la lui repousser.

Qu'est-ce qu'il est beau cet homme !

Il loge ses mains au creux de mes reins et s'occupe de doucement dévorer ma clavicule dénudée. En relevant la tête, un sourire narquois apparaît sur son visage. Il s'écarte de moi et, en gardant son regard rivé dans le mien, se décoiffe à nouveau.

Sérieusement ?!

— Tu te moques de moi ? ris-je en m'avançant vers lui pour essayer de replacer correctement ses cheveux en bataille pour la seconde fois.

— Nan ma puce, j'aime juste te voir hors de ta zone de confort, me nargue-t-il d'un ton plein de sous-entendus en étirant son rictus immature.

Alex m'empêche de l'approcher et il est bien plus grand et fort que moi, je suis donc obligée de renoncer à ma folle envie de le recoiffer.

Il peut vraiment être chiant parfois !

Mon copain me tend ensuite deux assiettes qu'il prend dans l'armoire pour que je puisse y verser les pâtes qui sont prêtes depuis déjà quelques minutes. Il prend les couverts, les verres et de l'eau. J'aurais bien bu un peu de vin devant Harry Potter, mais nous sommes d'astreinte cette nuit, ce qui nous l'interdit formellement.

Nous allons nous installer confortablement sur le canapé, serrés l'un contre l'autre, comme d'habitude. Alex allume la télévision et remet le film au début, puis nous mangeons tranquillement nos pâtes avec nos pauvres petits verres d'eau devant ce qui nous a rassemblés la première fois.

* * *

Le film est terminé. Je l'ai adoré tout autant que la dernière fois il y a maintenant plus de deux ans. Mon copain et moi sommes emmitouflés dans une grande couverture et je suis blottie au creux de ses bras. Il me caresse doucement le poignet, il sait à quel point j'apprécie ce simple geste.

— Je t'aime, me souffle-t-il tendrement.

Je me tourne légèrement pour pouvoir croiser son regard azur qui m'a fait craquer dès la première fois que je l'ai vu. Je reste ainsi plusieurs secondes, puis réponds finalement avec le même sentiment dans la voix :

— Moi aussi, je t'aime Alex. Je t'aimerai toujours.

Il m'embrasse après ces mots et je lui rends son baiser.

Comme je l'aime cet homme, c'est dingue. J'en suis folle.

Il s'arrête, trop vite à mon goût. J'essaye de retrouver ses lèvres, mais il s'écarte de moi. Je le fixe sans comprendre, ce qui le fait rire. Il se redresse, balance la couverture à travers la pièce et me soulève, un bras dans mon dos et un bras derrière mes genoux, comme le font les mariés.

— Qu'est-ce que tu fais ? Ale...

Il me fait taire d'un nouveau baiser et je rigole.

A quoi il joue ?!

Je le regarde à nouveau dans les yeux et y découvre une lueur malicieuse. Cette fois, j'ai compris ce qu'il veut et pour être franche, j'ai exactement la même envie.

Il m'emmène hors du salon, puis ouvre comme il peut le battant qui nous sépare de notre terrain de jeu favori. Avec le souffle court, il me pose délicatement sur le lit, enlève son t-shirt et s'allonge au-dessus de moi en se tenant en équilibre sur ses avant-bras pour ne pas m'écraser. Nous nous embrassons encore, nos visages ne se lâchent plus, nos lèvres restent collées et refusent de se quitter. Alex frissonne et je fais de même. Doucement, il commence à déboutonner ma chemise de nuit...

Chapitre 2

Alex

Je déboutonne sa chemisette. Un bouton, deux boutons, trois bou...

Bring, bring, bringgg...

Oh non ! Pas maintenant ! Franchement ?!

C'est la sonnerie que nous recevons quand nous sommes appelés au travail.

Tant pis.

Je ne vais pas m'arrêter pour ça !

J'ai déjà fait toutes mes heures de boulot aujourd'hui et j'ai bien le droit à un peu de repos !

Cependant, Megan arrête de m'embrasser.

— Meg... continuons quelques minutes, on dira juste qu'on a pas vu le message tout de suite !

— Hors de question. Je ne veux pas me faire virer, moi. Nous sommes d'astreinte cette nuit, nous sommes obligés d'y aller. Tu le sais tout comme moi.

Elle a dû laisser son téléphone au salon, car elle prend le mien dans la poche arrière de mon jogging et lit le message d'un air grave.

— Il y a eu une fusillade dans les quartiers ouest et plusieurs victimes sont à déplorer. Rhabille-toi, on y va, maintenant !

Je m'écarte pour la laisser se lever.

— Oui capitaine.

Elle me regarde, furieuse, et me balance à la figure le seul coussin à sa portée.

Mon coussin !

Elle déteste quand je l'appelle ainsi, je le sais bien, donc j'en rigole. Elle ne veut pas mêler le boulot et notre relation. C'est vrai que Megan est ma supérieure directe et que ça peut paraître un peu bizarre, mais l'amour tombe quand on s'y attend le moins en général...

Dix minutes plus tard, nous sommes en voiture en direction de l'adresse que le central nous a communiquée. Il fait nuit, mais nous sommes loin d'être seuls sur la route. Après tout, nous sommes vendredi soir et pour la majorité des gens, vendredi rime avec week-end, fêtes, amis, alors que pour nous, ça rime avec d'astreinte, pas d'alcool, le téléphone toujours allumé en cas d'urgence, etc...

La vie de flic, quoi !

Notre seul jour de repos total est le dimanche, et encore... si nous ne sommes pas en pleine enquête qui nous retient au QG.

Je regarde Megan sur la place passagère. Elle observe la route et ne dit rien. Elle se prépare mentalement, je le sais. Elle a besoin de ça pour rester calme devant les scènes d'horreurs, les proches des victimes, les journalistes et toutes les autres personnes présentes sur les lieux du crime. Elle est capitaine de la police de Los Angeles. C'est à elle que beaucoup de gens vont poser des questions et elle doit rester posée. Je sais que ce n'est pas facile, mais elle le fait à la perfection à chaque fois, elle est fantastique. C'est bien pour ça que notre commandant Warren Johnson lui a donné ce grade il y a déjà trois ans, alors que Megan n'avait que vingt-six ans. Elle était la plus jeune capitaine de l'histoire de la police de cette ville.

A présent, elle n'est plus aussi sexy qu'elle ne l'était à la maison quand j'ai voulu lui faire l'amour. Elle a bien sûr opté pour une de ses nombreuses tenues de travail : un chemiser blanc, non pas très décolleté, un pantalon en tissu bleu marine et le manteau qui va avec, plutôt que la petite chemise de nuit grise très échancrée et son tout petit short noir. Je me plains, mais en réalité, c'est dans ce genre de tenue qu'elle m'a séduit. Dès la première fois que je l'ai vue, j'en suis tombé amoureux, et non, elle n'était pas en mini short.

Nous avons un peu plus de vingt minutes de route jusqu'au lieu de la fusillade. Il est minuit passé et seuls les lampadaires illuminent les rues. Quand nous arrivons, nous nous garons sur le bord de la chaussée et sortons rapidement. Nous avons repéré mon équipe à l'angle de la rue, derrière le cordon de sécurité. Ils observent et discutent. La scène de crime est apparemment dans une petite ruelle sombre normalement dépourvue de lumière. La police a posé plusieurs spots contre les murs des bâtiments pour que nous puissions y voir quelque chose.

Nous passons devant toutes les personnes agglutinées au bord de la zone interdite au public et passons sous le fil pour rejoindre nos collègues.

— Vous en avez mis du temps ! s'exclame Jason.

— T'habites à moins de dix minutes d'ici. Nous, il nous en faut plus du double ! lui rétorqué-je.

Le plus jeune de l'unité le sait très bien, mais aime beaucoup taquiner.

Megan ne prête pas attention à notre discussion et demande au commandant :

— Alors ? Qu'est-ce qu'on a ?

— Cinq morts par balles. Les cadavres n'ont pas été déplacés, la morgue attend notre expertise pour les prendre en charge. Aucun témoin, pas de caméra de surveillance à l'endroit du meurtre et celle de la grande rue nous montre les trois victimes qui semblaient se connaître sortir d'un bar. Deux autres hommes arrivent ensuite et leur crient dessus en les dirigeant vers la ruelle. Après, ils disparaissent tous de l'angle de la caméra. On revoit les deux hommes partir quatre minutes après en courant. Nous n'avons aucune vue sur les visages des deux agresseurs, mais pensons tout du moins que ce sont deux hommes de la vingtaine, peut-être de la trentaine, si nous prenons en compte leur corpulence.

Nous avançons en direction du lieu de crime qui me donne immédiatement la nausée. J'ai beau avoir l'habitude du sang dans mon métier, aujourd'hui, c'est un vrai massacre... Les corps sont troués par des dizaines de balles chacun et rapprochés les uns des autres tout au fond du cul-de-sac. Ce sont deux femmes et un homme, ils avaient la vingtaine. Ils venaient sans doute faire la fête dans un des nombreux bars du quartier avant que ne se produise le drame.

Selon moi, à voir leurs têtes, ce n'était pas un règlement de compte entre dealers ou entre gang. Il faudra bien sûr creuser toutes les pistes, mais j'opterais pour une autre raison, s'il peut y avoir une raison qui mérite de tuer...

— Pauvres gosses... marmonne Lisa.

— Personne ne mérite une telle chose... rajoute Bryan.

—Pourquoi vous pensez qu'ils ont fait ça ? demande Lewis.

— Aucune idée, mais on va chercher, affirmé-je.

Mon équipe et moi ressortons de la ruelle, alors que Megan et le commandant restent avec une équipe de police scientifique autour d'un des cadavres. Nous nous rendons dans le bar d'où sortaient les victimes juste avant leur assassinat. Il a été évacué comme tous les autres cabarets de la rue, nous pouvons donc enquêter tranquillement. Nous y interrogeons le barman, mais il semble ne rien savoir de plus que nous. Il a servi à boire aux trois jeunes, puis il ne les a plus revus dans la foule qui occupait la piste de danse.

Nous retournons au cordon de sécurité. Megan et le commandant reviennent vers nous et nous informent que la police scientifique a envoyé plusieurs échantillons à analyser au laboratoire. Nous espérons que cela nous mènera quelque part. Ma copine nous informe également que les familles viennent d'être prévenues et que les corps vont être emmenés à la morgue pour démarrer des autopsies.

Nous partons tous de cette ambiance morne et rejoignons le QG où nous regardons les images des caméras de surveillance du quartier. Malheureusement, rien d'intéressant ne nous parvient.

Il est maintenant plus de quatre heures du matin. En attendant les résultats d'analyses qui nous aideront peut-être à faire avancer l'enquête, mes collègues et moi nous rendons dans les salles de repos pour tenter de dormir un peu durant les quelques heures que nous avons devant nous. Megan et moi allons dans la même salle que d'ordinaire, la seule ayant deux petits lits. Elle est épuisée, et moi aussi. Après avoir éteint la lumière, elle s'endort presque instantanément. Je l'imite.

* * *

Nos téléphones sonnent en même temps.

Huit heures.

C'est le moment de se réveiller et moins de quatre heures de sommeil, ça se sent. Je suis crevé et à voir la tête de Megan, je suis persuadé qu'elle aussi, peut-être même plus que moi d'ailleurs.

Nous nous levons. Megan passe vite un coup de brosse dans ses cheveux noirs avant que nous ne rejoignions la salle de contrôle.

Les résultats d'analyses ne sont pas encore arrivés. Nous tentons de trouver des informations qui pourraient nous aider à faire avancer l'enquête avec ce que nous connaissons des victimes, mais celles-ci sont plus que propres. Nous regardons leurs casiers judiciaires, leurs réseaux sociaux et leurs dossiers étudiants, mais nous ne trouvons rien. Nous savons seulement qu'elles n'avaient pas d'antécédents, participaient à des soirées cinéma avec leurs amis, étudiaient le théâtre à l'université et pratiquaient du sport régulièrement, ce qui ne nous aide pas beaucoup...

Sans le rapport du laboratoire, cette enquête est similaire à chercher une aiguille dans une botte de foin...

Chapitre 3

Megan

Il est dix-sept heures et je suis dans la cuisine du QG. J'ai pris une barre de céréale et une banane dans l'armoire, je n'ai presque pas mangé à midi, alors la faim commençait à se faire sentir.

Les recherches d'aujourd'hui n'ont absolument rien donné. Nous n'avons uniquement pu confirmer que ces jeunes étaient très appréciés dans leurs entourages. Amis, familles... Et qu'ils n'auraient jamais fait de mal à une mouche. Ils avaient l'air tout ce qu'il y a de plus normal ! Ils faisaient même partie d'une association pour aider les enfants malades ! Je ne comprends vraiment pas la raison de leur meurtre, mais je compte bien la trouver.

Je me dirige vers mon bureau où je pourrai continuer à creuser quelques pistes. Je tourne à droite, monte des escaliers, tourne deux fois à gauche et voilà ma porte. J'entre, mais quelque chose, ou plutôt quelqu'un, m'attrape la hanche et me force à me retourner.

Alex.

Toujours en me tenant délicatement, il ferme le battant derrière lui et me plaque contre le mur. Il pose ses lèvres d'une infinie douceur contre les miennes, une main sur ma taille et l'autre dans mes cheveux. J'enroule mes bras autour de son cou et contemple ses yeux qui sont toujours aussi jolis. Il ôte ses lèvres des miennes pour me chuchoter deux mots à l'oreille :

— On n'a pas fini hier soir...

Son souffle chaud contre mon épiderme me donne des frissons. Mon corps a envie de lui. Une envie folle.

— Et ce n'est pas ici que nous allons pouvoir le faire, murmuré-je à contre-cœur.

— Toi et moi, ce soir, à la maison.

Nos regards bleus et noirs sont parfaitement opposés, mais vont pourtant si bien ensemble. Ils restent plantés l'un dans l'autre. Nos lèvres s'étirent en sourires idiots. Après plusieurs secondes, je ne peux m'empêcher de me réemparer de sa bouche qui m'hurle de revenir la chercher. Nos corps sont bouillants d'excitation. La main d'Alex quitte ma hanche et descend au ralenti attraper ma cuisse.

— Garcia ! m'appelle soudain le commandant en ouvrant la porte à la volée.

Alex et moi nous décollons instantanément. Le commandant s'arrête net et nous fixe, surpris. Normalement, nous gérons bien la séparation entre le travail et notre relation, mais aujourd'hui, nous nous sommes légèrement emballés.

Johnson reprend vite ses esprits. Il secoue la tête, hausse rapidement les sourcils et prend une profonde inspiration.

— Les résultats d'analyses sont arrivés. On a deux noms, des frères. Je viens d'envoyer une demande de mandat pour une perquisition à leur domicile. Rendez-vous dans la salle de contrôle.

Il se retourne et passe le pas de la porte derrière lequel il s'arrête. Il s'apprête à nous dire quelque chose. Je crains vraiment la remarque qu'il pourrait nous faire, bien qu'il ait toujours accepté notre relation.

— Je toquerai la prochaine fois.

Sur ces mots, il s'en va. Alex et moi laissons échapper tout l'air que nous avions retenu dans nos poumons et le stress diminue, contrairement à la gêne qui colore sans doute mes pommettes d'une lueur rosée.

Mon copain rigole.

— T'es sérieux ? Y'a rien de drôle !

— Mais t'as vu sa tête ? De toute façon, c'est de sa faute ! Il est rentré sans frapper !

— On était pas censés faire ça ici en même temps !

— Ça va ! Voir un bisou n'a jamais tué personne à ma connaissance.

Je lève les yeux au ciel. Il n'est pas croyable. Moi aussi j'avais envie de ce baiser, mais me faire prendre par notre patron ne me plait guère. Je contourne Alex et rejoins dans le couloir. Il me suit et je sens qu'il sourit.

Non.

Je ne le sens pas. J'en suis sûre.

Nous nous rendons dans la salle de contrôle où le commandant et les coéquipiers d'Alex nous attendent déjà. Johnson commence son discours :

— Les résultats d'analyses sont arrivés et l'ADN retrouvée sur les lieux coïncide avec deux profils de notre base de données : Paul Grayson et son frère Lilian. Ils ont déjà fait quelques tours en prison pour ventes de drogue et bastons. Ils ont un domicile à leur nom à Los Angeles. Une fois que nous aurons reçu l'approbation du juge, Alex et votre équipe, vous irez y faire une descente.

Il explique ensuite son plan que nous peaufinons tous ensembles, puis l'unité d'Alex va se préparer en attendant la réponse du juge. Moi, je suis une policière de bureau, je ne vais que très rarement sur le terrain. Comme la plupart du temps, je dirigerai l'équipe tactique depuis le QG.

Je reste seule quelques minutes avec le commandant. Je baisse la tête sur ma tablette et y lis les renseignements que nous avons à propos de ces fameux Paul et Lilian Grayson. Arrêtés deux fois pour ventes de drogue et mis également quatre fois en garde à vue pour diverses violences, sont les informations qui remplissent leurs casiers judiciaires.

L'unité dix revient et nous attendons l'acceptation du mandat en silence. Tous les regards sont soit posés sur des écrans, soit perdus dans le vide, afin que chacun enregistre à la perfection sa tâche durant la mission. Un quart d'heure s'écoule et Johnson reçoit enfin une réponse positive du juge. L'équipe d'Alex sort alors de la salle en direction du véhicule blindé qui attend sur le parking. Mon copain s'apprête à la suivre, mais je l'arrête en posant simplement ma main sur son avant-bras.

— Fais ton travail, mais fais attention à toi, lui murmuré-je.

Un léger sourire apparaît au coin de ses lèvres. Il fait tache au milieu de l'expression sérieuse qu'affiche le visage d'Alex comme avant chacune de ses interventions. Mon homme acquiesce d'un signe de tête et me serre rapidement la main avant de disparaître à la suite de ses coéquipiers.

Chapitre 4

Alex

— Trois, deux, un... On entre ! m'écrié-je avant de faire exploser la porte d'entrée de la maison de nos suspects.

Bryan et Lisa me suivent alors que mes trois autres coéquipiers sont passés par la porte arrière.

— Salon RAS ! informe la voix d'Elena.

— Cuisine RAS ! enchaîne celle de Jason.

Ma partie de l'équipe est dans le hall d'entrée en file indienne.

— Hall RAS ! annoncé-je à mon tour.

La pièce est modeste et dans un monstrueux bazar. Des vestes et des chaussures jonchent le sol et un gros centimètre de poussière nous indique que la maison n'a pas été nettoyée depuis pas mal de temps.

Heureusement que Megan n'est pas là. Elle aurait déjà fait un malaise à la vue de toute cette saleté...

Nous arrivons au pied des escaliers et les montons rapidement. Nous avançons prudemment dans le couloir qui comporte deux portes sur notre droite et je m'arrête devant la première. Bryan tape sur l'épaule de Lisa qui fait de même sur la mienne. C'est notre signal pour nous informer que nous sommes prêts à entrer.

J'enfonce la porte avec mon pied et entre dans une chambre juste assez grande pour accueillir un lit et un placard. J'avance légèrement et Lisa se dirige vers l'armoire au fond de la pièce pour l'examiner. Elle crie :

— Chambre une RAS !

Nous sortons, nous remettons en file indienne et continuons notre progression à travers le premier étage.

— Bureau RAS ! nous annonce encore une fois la voix de Jason.

Mais ils sont où bon sang ?!

Nous arrivons devant la seconde porte que je défonce et nous entrons dans la pièce juste à temps pour apercevoir deux hommes sauter par la fenêtre.

— Ils s'enfuient par le côté droit de la maison !

— On les voit ! On est sur eux ! affirme Lewis, le deuxième sergent de l'unité.

Mes coéquipiers et moi ne perdons pas de temps et redescendons à grandes enjambées au rez-de-chaussée. Nous courons aider nos collègues qui s'occupent de rattraper les deux criminels. Lorsque nous passons la porte d'entrée avec le souffle court, le stress redescend instantanément, car nous apercevons nos amis avec deux suspects menottés à leurs pieds.

— Bien joué ! m'exclamé-je.

Des sourires se peignent sur nos visages dégoulinants de sueur. Nous avons réussi notre mission haut la main aujourd'hui. C'est une belle journée.

Nous détachons nos casques. L'intervention est terminée.

— Bravo, beau travail ! nous félicite la voix de Megan dans nos oreillettes.

Nous rentrons au QG. Les deux hommes sont transportés par des voitures de patrouilles qui attendaient la fin de notre descente en espérant pouvoir ramener les assassins des jeunes d'hier soir.

Nous arrivons sur le parking et plusieurs membres du Swat nous attentent. Parmi eux, je vois le commandant et Megan, le sourire aux lèvres. C'est vrai qu'ils peuvent être contents. Nous venons d'arrêter deux meurtriers qui ont tué trois personnes dans une ruelle. Nous attendons juste leurs aveux pour clôturer le dossier.

Quand nous sortons du blindé, ils nous applaudissent tous et mon équipe ne peut pas s'empêcher de sourire. Nous nous dirigeons vers notre commandant ainsi que notre capitaine qui tendent leurs poings pour nous checker.

— Super intervention ! nous félicite à nouveau Megan.

— Nette et sans bavures, bravo ! renchérit le grand patron.

Nous contemplons les patrouilleurs emmener les assaillants à l'intérieur. Ils ne sont pas près de revoir la liberté. Ils risquent de croupir très longtemps derrière les barreaux.

Nous rentrons. Megan et Johnson se rendent en salle d'interrogatoire tandis que les membres de mon équipe vont prendre une douche bien méritée. Comme ça fait du bien de détendre ses muscles, fatigués d'une journée pleine de recherches accompagnées d'une intervention, avec de l'eau chaude. Après quelques minutes de relaxation, nous avons tous enfilé des vêtements propres et confortables.

— Quelle satisfaction de voir ces deux crétins derrière les barreaux. Je ne comprendrai jamais comment c'est possible de tuer comme ça de sang-froid. Tout ne tourne pas rond dans la tête de ces gens franchement, s'exaspère Lisa.

— Tu as tout à fait raison, acquiesce Lewis.

Nous sommes curieux de savoir où en est l'interrogatoire des deux criminels, alors nous décidons de nous rendre dans la pièce juste à côté de celle où les cuisine nos supérieurs : la salle d'observation. Elle dispose d'une vitre teintée qui nous permet de voir à l'intérieur sans qu'eux ne puissent nous remarquer. C'est sans doute l'endroit que je préfère au QG.

Le commandant et Megan sont debout devant les hommes qui sont renfrognés sur leurs chaises. Ils essayent de les faire avouer, mais pour l'instant, aucun des deux n'a l'air de craquer.

— Mais alors, que faisiez-vous dans cette ruelle messieurs Grayson ? s'impatiente ma copine.

— Nous y avons marché durant l'après-midi. Se balader est un crime maintenant ?

— Sauf que vous nous mentez. Les caméras de surveillance ne montrent personne entrer dans cette ruelle hier après-midi. Elles montrent uniquement deux personnes qui ont assassiné trois jeunes un peu avant vingt-trois heures, leur rétorque Warren Johnson.

— N'importe qu...

— Nous allons attendre que notre avocat vienne nous représenter pour en dire davantage. Et je vous préviens, il ne travaille pas le week-end, le coupe son frère Lilian.

Ils se jettent tous les deux un regard qui en dit long sur leurs sentiments et Paul comprend qu'il doit se taire pour ne pas aggraver leur cas déjà critique.

— Nous savons que vous êtes les assassins, votre ADN a été retrouvé sur les lieux. De plus, pourquoi vous seriez-vous enfuis par la fenêtre de chez vous sinon ? Avouer maintenant vous aidera sans doute devant le juge, continue le patron.

— Nous attendons notre avocat.

— Toutes les preuves vous incriminent, alors pourquoi aggraver votre cas ?

— Nous. Attendons. Notre. Avocat, répète Lilian sur un ton qui n'admet aucune réplique.

Mes deux supérieurs ne sont absolument pas contents, mais ils se taisent. Ils n'ont pas le choix de toute façon... Ils sortent le visage remplit de colère et celle-ci n'a pas bougé de leurs traits lorsque mon équipe les rejoint dans le couloir.

— Ils ne parleront plus jusqu'à ce que leur avocat vienne les représenter lundi, nous annonce Megan, dépitée.

— Donc on fait quoi jusque-là ? demande Jason.

— On attend. Rentrez chez vous, reposez-vous jusqu'à lundi et revenez en pleine forme, nous dit le commandant en retenant son énervement.

—Mais monsieur, la semaine dernière vous avez demandé à notre équipe si nous pouvions rester jusqu'à vingt-deux heures ce soir, en attendant que l'équipe de nuit arrive au QG, pour pouvoir intervenir en cas de problème au festival à Beverly Hills... lui rappelle Elena.

— Ah oui... et ben du coup restez jusqu'à vingt-deux heures et ensuite allez-vous reposer.

Après ces mots, il s'en va dans le couloir en direction de son bureau. Il a l'air furieux, mais très impatient de pouvoir interroger ces deux criminels la semaine prochaine.

— Bon... apparemment je ne sers maintenant plus à rien ici. Je vais rentrer, nous informe Megan.

Elle se tourne vers moi et continue.

— J'te laisse la voiture, je prends le taxi.

— Ouais rentre, t'as l'air morte. Par contre, tu peux prendre la voiture si tu veux... Moi aussi j'peux rentrer en taxi.

— T'inquiète pas, c'est bon.

— Ok, si tu le dis. A ce soir alors.

— A ce soir Alex, me souffle-t-elle en me tournant le dos.

Chapitre 5

Megan

Je suis dans le taxi pour rentrer chez moi. Je suis tellement fatiguée que je dois lutter contre le sommeil. Mes yeux se ferment, ce ne sont pas les moins de quatre heures de sommeil de la nuit dernière qui vont m'aider.

Nous sommes pratiquement arrivés. Le taxi dépasse le panneau qui indique le nom de ma rue, puis je vois la maison se dessiner au loin. Nous nous rapprochons.

— V'là m'dame. Treize dollars s'vous plaît, me demande le chauffeur en s'arrêtant devant la propriété.

Je le paye et sors de la voiture en frissonnant. Il fait presque froid ce soir, la température a baissé ces derniers jours. Le ciel est dégagé et nous offre une vue splendide sur les étoiles et la lune bientôt pleine. J'aime beaucoup observer ce spectacle nocturne, il m'apaise. C'est si joli.

Je me hâte de passer sous le porche et d'ouvrir la porte principale. J'enlève mes chaussures, les range dans l'armoire et pose mon arme, mon insigne et mon téléphone sur la commode dans le hall d'entrée.

J'espère ne plus avoir à utiliser ça aujourd'hui. J'suis trop crevée. J'veux juste me coucher et rattraper mes heures de sommeil.

Je me rends dans ma chambre et me laisse tomber sur le lit. Je pourrais m'endormir instantanément, mais je fais un effort et me relève pour aller prendre une douche. L'eau chaude sur ma peau me fait du bien. Je ne sais pas exactement combien de temps je reste sous l'eau à me prélasser, mais je profite longtemps, vraiment longtemps.

Toute mollassonne, je cherche mon pyjama le plus confortable dans l'armoire où Alex a mis un monstrueux bazar et m'apprête à me coucher quand j'entends mon ventre gargouiller.

Je meurs de faim !

Ce ne sont pas le deux barres de céréales et les trois bananes qui ont rempli mon estomac, alors je me traîne jusqu'à dans la cuisine et me réchauffe le reste des spaghettis d'hier soir.

Dix minutes plus tard, je suis enfin dans mon lit et m'emmitoufle sous la couette. Je ne résiste plus et sens le sommeil m'atteindre. Je suis prête à dormir quinze heures d'affilées. Alex ne pourra pas me faire sortir de mon cocon avant demain après-midi, je le jure.

Et il a même pas intérêt d'essayer.
Et encore moins si c'est pour aller courir !

Soudain, des pots d'échappements se font entendre autour de la maison et je sursaute.

Nan mais c'est une blague ?!

Cela doit encore être des jeunes du quartier qui s'amusent à faire des courses avec leurs nouvelles bécanes tard le soir, quand le trafic est moins dense. Cela arrive régulièrement et j'en ai marre.

Je me retourne sous la couverture, mais des claquements de portières me parviennent aux oreilles. Ce ne sont donc pas des motos...

C'est qui à cette heure-ci ?

Alex est déjà rentré ?

Je me lève difficilement et vais regarder par la fenêtre de la chambre. Elle donne sur les places de parc devant chez moi et lorsque mes yeux rencontrent des silhouettes masquées dans l'allée, mon cœur loupe un battement.

Des hommes cagoulés et armés avancent en direction de la porte !

Au début, je reste figée, je ne sais pas quoi faire. Mon corps refuse de bouger et la panique me submerge.

C'est qui ces mecs ?!

Je reprends peu à peu possession de moi et cours vers la table de chevet où je laisse toujours mon téléphone. Pourtant, je ne l'y trouve pas.

Mon téléphone !

Où est mon téléphone bordel ?!

J'ai dû le laisser dans l'entrée... Merde !

Je ne peux pas appeler les secours !

Je sprinte pour me rendre dans le hall, mais je n'ai pas le temps d'attraper mon portable que la porte saute.

Ils ont fait exploser la porte !

Je me sens propulsée contre le mur et une douleur aiguë survient dans mon épaule droite. Je tente de récupérer mon arme qui est tombée de la commode, mais je n'y parviens pas. Un homme me plaque au sol et tient ma tête face au plancher.

Aïe !!! Mais c'est qui bon sang ?!!!

J'essaye de me débattre, mais il n'y a rien à faire, il est plus fort que moi. En plus, il a du renfort. Ils sont deux, peut-être même trois. Mon agresseur ligote mes poignets et me soulève.

Qu'est-ce qu'il me fait mal à l'épaule bordel !!!

Une fois remise sur mes pieds, il essaye de me pousser, mais je refuse d'avancer.

— Avance putain ! m'ordonne-t-il.

Rien à faire. Je ne bougerai pas. S'ils veulent m'emmener avec eux, il faudra me porter. Je ne compte pas me faire enlever cette nuit !

Je ne sais pas s'ils peuvent lire dans les pensées, mais en tout cas un autre des hommes hurle à cet instant précis :

— Mais porte-la ! Espèce d'idiot !

Nan, nan, nan et nan !

Je sens deux bras m'entourer le ventre et me soulever. La panique augmente en moi et je donne des coups de pieds dans tous les sens, bien qu'ils arrivent dans le vide.

— LACHEZ-MOI !!! crié-je, mais cela ne change rien.

Je continue à frapper et tente de bouger mes mains, malheureusement, je n'y parviens toujours pas. Mes tentatives pour m'échapper ne servent à rien, si ce n'est à ce que l'agresseur qui me porte resserre encore un peu plus son étreinte.

— J'AI DIT LACHEZ-MOI !!!

— Arrête de gigoter comme ça ma belle ! beugle le criminel cagoulé à qui j'empêche de faire plus de deux pas d'affilée.

Mais t'as cru que j'allais coopérer en plus ?

Il continue d'essayer de me faire avancer, mais je ne lui facilite pas la tâche. Nous sommes en train de passer au-dessus des débris de la porte et je persiste à me débattre, malgré la faible possibilité que j'arrive à m'enfuir.

Alex, t'es où bon Dieu ?

— Pose-la, ordonne soudainement une voix que je n'avais pas encore entendue jusque-là.

Le ravisseur qui s'occupe de moi obéit immédiatement, mais maintient toujours mes bras dans mon dos et un homme, sans doute celui qui vient d'ouvrir la bouche, s'avance pour se mettre face à moi. Il est baraqué et très grand. Je dois lever la tête pour le regarder dans les yeux. Il me fait flipper. Il ressemble aux chefs de gang que j'arrête toutes les semaines avec le Swat.

C'est pas bon signe.

Il retire sa cagoule et je découvre un visage de type hispanique dépourvu de sentiment. Il réussit tout de même à faire un grand sourire hypocrite en lisant le désespoir sur mes traits.

— Ecoute mi bella. On est pas là pour te faire du mal, ok ? Au contraire, on a pour consigne de te traiter comme une princesse, alors qu'on a juste envie de te gifler en ce moment. Donc calme-toi, parce que sinon je peux être bien plus méchant. C'est clair ?

Je ne réponds pas. Il prend sans doute mon silence pour un « oui » parce qu'il remet sa cagoule, se retourne et continue son chemin. Malheureusement pour lui, à l'instant même où la personne dans mon dos essaye de me faire marcher, je recommence à me débattre comme une folle et à crier dix insultes à la seconde.

S'ils ont cru que j'allais les laisser me kidnapper sans aucune résistance qui me permettrait de gagner un peu de temps, ils se sont fourré le doigt dans l'œil !

Ils me poussent de quelques centimètres et nous sortons sous le porche à l'avant de la maison. La rue est déserte. Normalement, il y a toujours du monde dehors le samedi à vingt et une heures, mais ce soir, il n'y a personne pour me venir en aide.

Je suis hystérique. Mes jambes donnent de violents coups, bien qu'ils n'atteignent jamais leurs cibles. Le criminel hispanique se replante devant moi et me parle cette fois d'une manière bien plus froide :

— Si tu veux pas avancer par toi-même, je vais t'obliger à le faire, mais ne n'étonnes pas. Je t'avais prévenue.

Il se tourne vers le kidnappeur dans mon dos et lui lance :

— Lâche-la. J'm'en occupe.

Oh nan, pas lui...

L'Hispanique, sans doute le chef de la bande, m'attrape fermement le bras droit et tire dessus. Je ne peux m'empêcher de laisser échapper un cri de douleur, mon épaule me fait souffrir. Voyant qu'il m'a fait mal, il recommence plus fort et me traîne dans les quelques marches devant la maison. J'essaye de me défendre, mais ma blessure est un réel point faible.

J'ai un mal de chien !

En plus, ce connard a vraiment une force de dingue !

Il m'emmène jusqu'à une voiture noire sans plaque d'immatriculation au milieu de la rue et un de ses coéquipiers nous devance pour ouvrir le coffre. J'utilise mes dernières forces pour me tenir éloignée de ce lieu qui signera le début d'une affreuse aventure avec ces hommes, mais le chef m'y balance violemment et referme le sombre compartiment. Quelques secondes plus tard, je sens la voiture avancer.

Et merde.

Chapitre 6

Alex

Vingt et une heures quinze.

Mon équipe et moi sommes de garde jusqu'à vingt-deux heures, malgré la longue journée que nous venons de passer. Nous sommes affalés dans les canapés d'une des salles de repos du QG et commençons à succomber à la fatigue.

— Et sinon, avec Alicia et les enfants, ça se passe comment ? demandé-je à Lewis, le plus âgé de notre équipe qui commence déjà à avoir deux ou trois cheveux blancs.

Il est père de deux enfants. Un garçon de sept ans et une fille de neuf ans.

— Ben tu sais, la routine. Quand je vais rentrer, les enfants seront normalement au lit, mais demain on va faire du bowling, ça va être amusant. Mais bon, tu te doutes que ce n'est pas tous les jours facile ! Parfois, ils sont insupportables ! Des gosses quoi !

— Alors ça, je veux bien te croire. Mes parents m'ont toujours dit que les enfants ce n'étaient pas toujours de la rigolade !

— Et ils ont tout à fait raison ! En parlant de ça, je ne veux pas paraître indiscret, mais... avec Megan, vous n'y avez encore jamais pensé ? Vous êtes dans la fleur de l'âge et en plus, vous êtes ensemble depuis combien de temps maintenant ? Deux ans ?

— Trois ans samedi prochain, mais ne m'en parle pas. Megan m'embête déjà assez avec ça...

— Elle t'a déjà posé la question ? me demande-t-il, surpris.

— Pas explicitement, mais elle fait souvent de petites remarques, oui. Je devine qu'elle en a envie, mais je ne me sens pas encore tout à fait prêt. Non pas que je n'en veuille pas avec elle, loin de là. C'est la seule femme sur toute cette planète avec qui je voudrais une chose pareille, mais j'aime faire les choses doucement... et dans l'ordre... en commençant peut-être par le mariage...

— Eh ben, qu'est-ce que t'attends alors ? Fonce ! C'est pas très compliqué une fois que t'as trouvé la bonne ! se mêle Jason, le petit jeune de la bande.

— Et toi tu devrais commencer par trouver la bonne ! Tu verras comme tout devient bien plus compliqué ensuite ! lui rétorqué-je.

C'est vrai, quoi ! Les femmes sont compliquées. Elles peuvent se fâcher, se vexer, être tristes, jalouses, heureuses ou peureuses pour un rien. J'ai beau connaître Megan sur le bout des doigts depuis le temps, parfois, elle me surprend encore et j'ai du mal à savoir comment réagir. Je m'améliore de jour en jour sur la question, mais il me reste encore beaucoup à apprendre.

— Figure-toi que j'y travaille ! L'autre soir, j'ai dragué une fille dans un bar !

— Et elle s'appelait comment cette fille ? le taquiné-je.

— Euhhh... comment dire...

— Qu'il ne s'en souvient pas, car il était tellement bourré qu'il ne se souvient même pas d'être entré dans ce bar. C'est moi qui lui ai raconté sa fabuleuse drague de déglingué, balance Elena.

— Ecoute, il faut bien se détendre parfois ! essaye de se défendre le jeunot.

— On ne veut pas les détails, l'averti Bryan.

Nous éclatons de rire, puis un silence s'installe quelques secondes. Lisa le brise à cause de cette curiosité féminine qui ressort à chaque fois que la discussion parle d'amour :

— Mais sinon, sérieusement, tu comptes bientôt lui faire ta demande Alex ?

— Eh bien... commencé-je.

Je me tais plusieurs secondes et respire un coup. Je n'avais pas l'intention de le leur dire ce soir. A la base, je voulais garder le secret, mais soit, tant pis. Nous sommes coincés dans cette salle tous ensembles, alors autant discuter de quelque chose...

— ...si tout se passe bien, samedi prochain, je suis fiancé. J'ai réservé une table dans son restaurant préféré le jour de nos trois ans. Après le repas, je voudrais aller marcher dans une petite ruelle qu'elle aime beaucoup qui amène au bord de la mer et lui faire ma demande devant cette sublime vue...

— Whouaaaa !

— Bravo !

— Mais c'est génial !

S'exclament mes collègues et amis.

— En revanche, je compte sur vous pour ne rien dire et rester naturels ?

— On a déjà oublié ce que tu viens de nous dire, affirme Elena.

— Tu ne nous as jamais rien dit ! assure Jason.

— Tu nous as parlé ? J'ai pas entendu, rajoute Bryan.

Nous rigolons. Ils ont beau être mes collègues, je les considère plutôt comme mes meilleurs amis. Cela fait plusieurs années que je les côtoie tous les jours et que je mets régulièrement ma vie entre leurs mains, alors depuis le temps, ils ont toute ma confiance, ils font partie de ma famille.

Je prends soudain un air plus sérieux :

— Ouais, ouais, vous avez intérêt à n'avoir rien entendu, car si elle l'apprend à cause de vous, vous êtes tous virés.

— Et ton motif de renvoi sera ? me demande malicieusement Elena.

Je souris en coin et réfléchis avant de lui rétorquer :

— Désobéissance aux ordres de son supérieur direct en gâchant sa demande en mariage.

Mes amis éclatent de rire et je les imite. Je ne suis moi-même pas sûr que ce soit une raison valable, mais je m'en fiche !

***

Vingt et une heures trente.

Encore une demi-heure de garde et nous pouvons rentrer. La journée commence à être longue, nous sommes tous en train de tomber de fatigue sur les fauteuils en cuir. La nuit dernière était courte et nous n'avons pratiquement pas eu de pauses aujourd'hui, alors nos yeux ne daignent plus rester ouverts.

— Vous voulez faire un « action ou vérité » ? On est en train de s'endormir là ! nous propose Elena en recoiffant énergiquement sa chevelure brune.

— Okkkkk !

— Bonne idée ! Si je continue comme ça, je ronfle dans deux minutes.

— J'suis partant !

Répondent Jason, Lisa, puis Bryan.

— Franchement les gars, faites sans moi, je vous regarde, soupire Lewis.

— Nan Lewis ! Allez ! Comme les jeun's !

— Merci de me faire remarquer que je suis vieux, Jason ! J'apprécie.

— C'est pas ce que j'ai dit. J'ai dit qu'il faut te détendre comme les jeunes. Sinon, on va penser que t'es un de ces vieux lards !

— Sympa. Merci pour cette charmante explication.

Lewis se redresse dans son siège et roule des yeux.

— Moi, je joue. J'ai déjà des idées pour chacun d'entre vous, leur lancé-je. Allez Lewis ! Ça va être marrant !

C'est vrai, quoi ! On va bien rigoler ! Il veut passer pour un de ces « vieux lards » comme les appelle Jason ?
Lewis me regarde, exaspéré.
— Si le patron l'ordonne.
Et ben voilà une réponse raisonnable !
— Maintenant il faut une bouteille.
Lisa jette un coup d'œil autour d'elle et attrape la bouteille d'Ice Tea qu'elle a bu cul sec au début de notre garde. Nous poussons les fauteuils vers les murs et nous installons au sol, en cercle, comme au bon vieux temps quand nous faisions ce jeu en soirée, sauf que cette fois, nous n'avons pas cinq grammes d'alcool dans le sang. Mon amie, très impatiente de commencer à jouer, tourne la bouteille qui s'arrête en face de Jason.
— Action ou vérité ?
— Vérité.
Lisa réfléchit un court instant, puis demande avec un sourire narquois :
— Quelle est ta connerie qui a le plus foiré ?
La honte apparaît sur le visage du jeunot et ses yeux s'écarquillent.
Mais qu'est-ce qu'il va réussir à nous sortir encore ??
— Quand j'avais à peu près quatorze ans, j'ai voulu faire une blague à ma grande sœur en mettant de la farine dans son sèche-cheveux. J'pensais que ça allait être super drôle, mais quand elle l'a allumé, il a pris feu...

***

Vingt-deux heures !
Cette journée est enfin finie !

Je suis dans ma voiture et mets un peu de musique avant de démarrer. J'avance à bonne vitesse jusqu'à l'entrée de l'autoroute, mais celle-ci est à l'arrêt. La route est bondée en ce samedi soir. Les gens vont en soirée, c'est normal, c'est le week-end. Personnellement, j'ai juste hâte de me coucher aux côtés de la femme que j'aime.

Le chemin pour rentrer chez moi me paraît interminable. Je suis arrêté pratiquement tout le long par des embouteillages qui rallongent mon trajet, mais après un peu plus de cinquante minutes de route, j'arrive enfin devant le panneau qui indique le nom de la rue où j'habite.

Il est bientôt vingt-trois heures et des jeunes discutent dans le parc du quartier. Je vois certains de mes voisins sur leur terrasse en train de manger le dessert avec des amis, alors que d'autres jouent au foot avec leurs enfants dans leur petit jardin illuminé par des lampions. Ils ont tous l'air de bien s'amuser.

J'arrive devant chez Megan et moi et gare la voiture sur ma place de parking privée, comme d'habitude. Je sors tranquillement et cherche les affaires que j'ai mises sur la banquette arrière en frissonnant. Ce soir, il fait froid. Nous sommes bientôt en été, mais la température ne s'est pas encore décidée à augmenter. Le jour, un T-shirt suffit amplement, mais durant les soirées, un gilet est de rigueur.

Je traverse la pelouse devant la maison d'un pas rapide.

Qu'est-ce que j'ai hâte de me coucher !

Cette journée a été terriblement longue et épuisante. J'ai vraiment besoin de repos.

Je contourne un arbuste qui me bloque le passage jusqu'à l'entrée et c'est là que je vois quelque chose qui ne me plaît pas du tout : il n'y a plus de porte !

Mais c'est quoi ce bordel ?!

Je commence à courir sans comprendre ce qu'il y a bien pu se passer et monte les quatre marches sous le porche en une enjambée. Une fois sur le seuil de ma maison, mes yeux horrifiés retrouvent finalement la porte... mais en miettes sur le sol.

Chapitre 7

Megan

Nous roulons un temps qui me paraît interminable et la fatigue qui m'animait il y a peu s'est totalement évaporée pour laisser place au stress et à la peur.

Au début, je pense que nous avons suivi l'autoroute durant plus ou moins un quart d'heure et à présent, cela fait une demi-heure, peut-être même une heure entière, que nous parcourrons une route sinueuse. Je subis des à-coups violent à cause de ma position inconfortable dans le coffre, tout mon corps est endolori. En plus, il y a quelques minutes, j'ai compris la provenance de l'intense douleur qui fait souffrir mon épaule : j'ai une profonde ouverture qui saigne abondamment au niveau de l'omoplate.

Deux, trois ou peut-être même quatre heures plus tard, je n'en peux plus. Les secousses ne cessent pas et mon corps doit à présent être entièrement recouvert d'hématomes.

Pendant le trajet, je pense à Alex qui a dû se rendre compte de ma disparition à l'heure qu'il est. Je n'ose pas imaginer son état. J'ai aussi une pensée pour ma mère qui sera sur le point de faire un infarctus quand elle l'apprendra. Mon esprit vagabonde ensuite vers mes amis, qui m'ont toujours considérée comme leur petite sœur, défendue, aidée, prise sous leurs ailes... mais parmi eux, il se dirige surtout vers ma meilleure amie, Louane, ma jumelle de cœur. Je la connais depuis mon arrivée à Los Angeles et notre lien est incassable. Nous avons vécu tant de choses ensemble et nous nous sommes tellement tout dit que je connais tout aussi bien sa vie que la mienne et inversement. Nous pourrions les échanger qu'il n'y aurait aucun problème.

La voiture s'arrête enfin et l'Hispanique me ressort du coffre. Il fait encore nuit, mais des lampadaires illuminent la route.

Non... pas la route... une piste de décollage !

Je regarde autour de moi et aperçois une tour de contrôle et plusieurs petits avions au loin. Nous sommes dans un aérodrome.

Pitié !

Non !

Mais qu'est-ce qu'ils me veulent à la fin ?

Me retrouver à Los Angeles ou même en Californie aurait déjà été d'une difficulté monstrueuse pour la police, mais mes ravisseurs m'emmènent dans un autre état et peut-être carrément dans un autre pays !

Ça va être mission impossible pour mes collègues...

Mon stress augmente et j'ai l'impression que ma poitrine va exploser. Il faut que je me calme, paniquer n'arrangera en rien mon cas... mais comment suis-je censée faire ça dans cette situation ?

L'Hispanique me pousse vers le jet posé sur le tarmac. J'essaye de me débattre et de me défaire de sa main qui fait souffrir mon épaule droite à chacun de mes faux pas, en vain. Il s'amuse en me la tirant de plus en plus violemment d'ailleurs.

S'il continue comme ça, il va me l'arracher !

Il m'a dit plus tôt qu'il n'était pas là pour me faire du mal et qu'il avait pour consigne de me traiter comme une princesse, eh ben, c'est loupé !

Il m'oblige à monter les marches qui mènent à l'intérieur de l'avion et me pousse vers le fond de la cabine. Nous passons une porte qui s'ouvre sur un petit salon et il me fait m'assoir sur un confortable fauteuil en cuir.

— Le temps de vol est d'environ douze heures, alors à ta place, je me reposerais. Les toilettes sont juste derrière, m'informe-t-il en désignant le battant dans mon dos. Et si t'as besoin de quoi que ce soit, tu toques à la porte, continue-t-il en m'indiquant l'espace par lequel nous venons d'entrer.

— Et si j'ai besoin de rentrer chez moi ? lui demandé-je d'un ton sarcastique.

— Et bien, tu seras bientôt dans ton nouveau chez toi, alors ça ne devrait pas trop poser de problèmes, me répond-il en reculant vers la sortie.

Je n'ai pas le temps d'ouvrir la bouche pour lui rétorquer quoi que ce soit que j'entends déjà le cliquetis de la serrure. Il m'a enfermée.

Nous décollons environ un quart d'heure plus tard. Le fatigue m'assaille peu après et je m'autorise un somme. Dormir ou non ne changera rien à ma situation. Nous sommes dans le ciel, je ne peux pas m'enfuir. Il vaut mieux que je me repose pour trouver une bonne solution une fois sur la terre ferme.

Chapitre 8

Alex

— Megan !!!
Non, non, non, non ! Pas ça ! Pitié ! Tout mais pas ça !

J'aperçois son téléphone par terre, à côté de son arme et de son insigne. Tous les trois sont recouverts de poussière, sans doute celle produite par ce qui est arrivé à la porte... on dirait une explosion. Je découvre aussi du sang contre le mur et sur le sol. Quelqu'un a été blessé.

— Megan !!! hurlé-je une nouvelle fois en courant en direction de notre chambre.

Rien. Elle n'a pas été touchée. La chambre est tout à fait normale.

— Megan !!!

Toujours rien. Elle n'est pas là.

Je ne la sens pas du tout cette histoire !

Je retourne dans le hall d'entrée que j'examine une seconde fois et prends mon téléphone en quatrième vitesse pour appeler la police.

— Département de la police de Los Angeles, j'écoute.

— Ici Alex Brown, le sergent dix de l'équipe du Swat de Los Angeles. J'appelle car ma copine, la capitaine Garcia du Swat, a disparu et j'ai trouvé des traces d'effraction dans notre maison. J'ai besoin de renforts immédiatement.

— Nous envoyons des unités tout de suite sergent. Essayez de rester calme en attendant.

Je raccroche.

Rester calme ?! Elle se fiche de moi ou quoi ?!

Ma copine a disparu et vu les circonstances, il y a une extrêmement grande probabilité pour qu'elle se soit fait enlever ! Et je dois RESTER CALME ??!!

Je ne touche pas à la scène de crime et sors. Je ne peux absolument rien faire pour l'instant, alors j'attends sur le trottoir un peu plus de cinq minutes qu'une première voiture de police arrive avec les gyrophares, ce sont des patrouilleurs. Je leur fais un topo et ils installent le cordon de sécurité autour de la maison. Ils ne sont pas qualifiés pour en faire beaucoup plus. Enquêter est le rôle des unités spécialisées.

Plusieurs autres véhicules arrivent ensuite dans la rue. La route se remplit rapidement de policiers et d'habitants curieux qui se font vite évacuer par les patrouilles.

Je suis interloqué. Je n'y crois pas. Je ne comprends pas.

Pourquoi elle ?

Des agents de la Criminelle et de l'Antigang sont sur place. Ils me posent plusieurs questions, mais je ne sais pas quoi répondre. Je ne sais pas ce qu'il s'est passé. Je n'étais pas là. En plus, je suis tellement abasourdi que je ne les entends pratiquement pas. Après un échange à sens unique, ils s'éloignent de moi pour se rendre sur les lieux du crime.

Un peu plus loin, je discerne une discussion entre deux officiers qui affirment qu'aucune caméra de surveillance n'a pu filmer la scène. Malgré tout, plusieurs policiers sont missionnés de visionner les images du reste du quartier afin de tenter d'en trouver qui pourraient nous aider, bien que les chances de tomber sur quelque chose d'intéressant soient très minces. Il y a très peu de caméras dans ce coin de la ville.

Cette conversation me met encore plus mal. L'enquête s'annonce compliquée et je déteste ça.

J'aperçois également une équipe de police scientifique en blouses blanches arriver sur les lieux. Ils mettent un masque en arrivant sous le porche, puis commencent à récolter des échantillons d'analyses à examiner au laboratoire.

Moi, je suis appuyé contre la barrière de la maison voisine et regarde le sol. Je suis paniqué, je ne servirais qu'à stresser les enquêteurs sur la scène de crime.

Six voitures arrivent en même temps avec les gyrophares. Elles se garent à l'arrière de la file de véhicules parqués dans l'allée et mes collègues en sortent à toute vitesse.

— Mais qu'est-ce qu'il s'est passé ? me questionne directement Johnson.

— Je n'en sais rien. Quand je suis arrivé, la porte était en miettes, il y avait du sang dans l'entrée et Megan avait disparu. Ça ne sent absolument rien qui aille, lui réponds-je en me prenant la tête entre les mains.

— Pourquoi tu ne nous as pas appelés ? me demande Elena.

— J'ai appelé le central. Je savais qu'ils vous préviendraient.

Lewis s'approche de moi et me serre amicalement l'épaule droite.

— On va la retrouver. T'en fais pas pour ça.

Je ne réponds pas. Je n'en suis pas aussi sûr que lui. Combien de personnes ont disparu sans qu'on ne retrouve jamais aucune trace d'eux ? Beaucoup trop. Et quand nous sommes à la place d'un proche de la victime, nous n'arrivons qu'à penser au pire.

Le commandant, Lisa, Bryan et Jason se rendent à l'intérieur, alors que Lewis et Elena restent à mes côtés. Ils ne disent rien, mais ils sont là. C'est tout ce qui compte.

* * *

Une éternité plus tard, mes collègues ressortent enfin de ma maison. Ils passent sous le cordon de sécurité et nous rejoignent, le visage tendu.

— Nous avons discuté avec les autres unités sur place, mais pour l'instant, il va falloir attendre les résultats d'analyses, explique Johnson. Son téléphone va être emmené au labo et examiné en priorité. S'ils ne trouvent aucune trace ADN ou empreinte intéressante dessus, ils nous le rendront pour que nous puissions vérifier son contenu, même si je ne compte pas trop sur ça pour trouver des informations utiles. Si elle avait des ennuis, elle aurait dit quelque chose à mon avis... au moins à vous, Alex... En plus de ça, aucune caméra n'a filmé l'enlèvement, mais des agents sont en plein visionnage de vidéos de tout le quartier à la recherche d'images qui nous donneraient des indices.

Il arrête son long discours sans m'avoir appris quelque chose de nouveau.

— Donc en gros, on a rien, ajouté-je à bout de nerfs.

J'en ai déjà marre d'attendre. Je suis là depuis bientôt deux heures et tout ce qu'on a c'est : rien. Je m'impatiente. La femme de ma vie est je ne sais où, avec je ne sais qui et en train de faire je ne sais quoi, et moi, j'attends ! Je ne sers à rien ! Je vais très prochainement exploser comme l'a si bien fait la porte d'entrée !

J'espère vraiment que Megan va bien. Les enfoirés qui l'ont enlevée ont intérêt à ne pas toucher à un seul de ses cheveux s'ils ne veulent pas se prendre une balle entre les deux yeux !

— Pour l'instant, oui, mais comme je viens de vous le dire, nous devons attendre les analyses. Elles nous aideront sûrement...

Attendre.
Nous devons attendre.
J'y crois pas.
Attendre alors qu'elle est en danger !
Putain c'est une blague ?!

Un silence s'installe. Je détourne les yeux vers la rue remplie de véhicules de police et essaye de me contenir pour ne pas hurler sur tout le monde.

Lewis nous propose de rentrer au QG. Rester ici ne sert à rien, car pour l'instant, nous ne pouvons qu'attendre... Il n'y a rien d'autre à faire. Les caméras se font examiner et des analyses sont en cours pour retrouver des traces ADN.

Chacun retourne à sa voiture pour se diriger vers le quartier général du Swat. Le trafic est moins dense que quand je suis rentré chez moi tout à l'heure, alors nous arrivons rapidement. Dans les couloirs, il y a beaucoup plus d'agents que d'habitude à cette heure-ci. Tout le monde est au courant pour l'enlèvement de Megan. D'ailleurs, personne n'ose me regarder. Ils détournent tous la tête en m'apercevant, comme s'ils ne m'avaient pas vu. Ils ne savent pas quoi dire ni que faire, mais au moins, ils sont là pour aider leur capitaine...

Chapitre 9

Megan

Je ne sais pas depuis combien de temps nous volons. Je n'ai pas d'horloge et j'ai dormi, sans doute plusieurs heures. En ce moment, j'attends. Je n'ai que ça à faire. J'ouvre le hublot et la lumière du jour me pique les yeux quelques secondes. Une fois habituée, je regarde le paysage défiler sous l'avion. D'abord, j'aperçois des montagnes recouvertes d'une forêt infinie, puis nous passons au-dessus d'une ville, une grande ville, on dirait même qu'elle est presque aussi grande que Los Angeles. Nous la dépassons après d'interminables minutes et je ne distingue à nouveau plus que la campagne.

Je sens que nous commençons à perdre de l'altitude. Nous allons atterrir. Nous réduisons doucement notre distance avec le sol et une secousse m'avertit lorsque nous le touchons enfin. Le pilote roule vers un emplacement où il peut s'arrêter et couper le moteur après les douze heures de vol.

J'entends des pas dans la cabine principale et un cliquetis me fait tourner la tête vers la porte d'où émerge l'Hispanique.

— Nous sommes arrivés. Lève-toi.

Je m'exécute, j'ai des fourmis dans les jambes de n'avoir pratiquement pas bougé pendant tout le trajet. Il m'attrape le bras qui me fait encore très mal et me tire à l'extérieur de l'avion. Nous sommes dans un tout petit aérodrome, seuls deux autres jets sont arrêtés sur le côté.

Une forêt s'étend à perte de vue autour de la piste et de la minuscule tour de contrôle. Je n'arrive pas à comprendre où est-ce que nous nous trouvons, je n'ai jamais eu l'occasion de voir un spectacle aussi impressionnant.

Je marche à côté de l'Hispanique qui me tient fermement pour que je ne puisse pas m'échapper.

Mais quel intérêt est-ce que j'aurais à faire une chose pareille ici ?

Ces hommes armés jusqu'aux dents ne mettraient même pas trente secondes pour me rattraper !

Au loin, droit devant nous, j'aperçois deux voitures sur le parking. Une des deux attend le coffre ouvert.

Nan !

Ils ne vont pas encore me balancer dedans ?!

Pitié !

Le chef m'emmène à côté du véhicule, mais me jette sur la banquette arrière qui est bien plus confortable que le lieu où j'ai fait une traversée sinueuse hier soir. Il se met au volant et un autre homme, sûrement un autre de mes ravisseurs qui a retiré sa cagoule, s'installe sur le siège passager. Un troisième criminel charge du matériel dans le coffre, puis vient s'assoir à côté de moi, lui aussi sans masque. Sans un mot, nous démarrons.

Nous roulons une vingtaine de minutes dans la forêt, puis longeons la lisière du bois d'où je crois apercevoir une ville ou un village. Je n'ai pas le temps d'en être tout à fait sûre que nous nous enfonçons à nouveau dans l'épais feuillage. Après quelques virages sur une route mi-gravier mi-terre, je discerne un haut portail gardé par deux soldats. Nous nous en rapprochons et une fois arrêtés devant, l'Hispanique descend la vitre pour me montrer à l'arrière. Un des molosses m'observe de longues secondes, puis sourit et crie à son collègue d'ouvrir la grande porte.

La voiture redémarre et s'engage sur une jolie route de pavés aux majestueux dessins géométriques. Je suis horriblement stressée d'être ici avec ces criminels aux cœurs froids comme la glace, mais je reste tout de même bouche-bée devant la magnificence de cette propriété. Un jardin s'étend à perte de vue. Un gazon vert émeraude, des parterres de fleurs multicolores et des arbres de toutes les tailles le décorent. En face de nous, se dresse une maison tout aussi incroyable que gigantesque. Elle est de couleur blanche et construite sur trois étages munis de baies vitrées sur toute la longueur et de balcons aux balustrades en verre. Même dans les quartiers les plus riches de Los Angeles, je n'ai jamais aperçu une merveille pareille.

Le véhicule avance doucement dans l'allée et nous arrivons au niveau d'un rond-point où une statue haute de deux étages représentant un jaguar nous accueille. D'ici, je perçois des dizaines de gardes armés jusqu'aux dents. C'est la manière idéale pour me dissuader de tenter une quelconque fuite... Je n'ai aucune chance de réussir...

L'Hispanique s'arrête devant une porte quatre fois plus grande que la normale et les trois hommes sortent. Le chef vient m'ouvrir, puis attrape encore mon bras douloureux.

Il croit vraiment que je vais essayer de m'enfuir ici ?! Je suis parfois irresponsable, mais pas suicidaire bordel !

Des femmes, sans doute des femmes de ménage, se précipitent près du coffre pour y prendre les sacs et les rentrer. Mes ravisseurs m'escortent à l'intérieur. En passant le seuil de la villa, je découvre un hall d'entrée digne d'un palace. Sous un haut plafond, pend un lustre de cristal et de larges escaliers arrondis sont placés près du mur du fond. Des tables en verre ornées de petits bibelots et des armoires aux façades en miroirs sont également installées de chaque côté de la salle. J'ai l'impression d'halluciner. C'est absolument dingue.

Mais on est où à la fin ?!

Qui sont ces gens ?!

Mon kidnappeur me tire en direction des marches en marbre et je le suis.

Je n'ai pas franchement le choix de toute façon...

Nous montons au troisième étage et les trois hommes m'emmènent dans un très long couloir où des dizaines de battants recouvrent les murs. Nous avançons jusqu'au bout et l'Hispanique ouvre la dernière porte à droite.

Nous entrons dans une chambre qui fait la taille de ma maison. Au centre, est placé un lit à baldaquin aux draps crème. A sa droite, un bureau gris clair fait face à la magnifique vue offerte par la baie vitrée. Les murs blancs sont décorés de tableaux abstraits et le parquet clair est par-ci par-là recouvert de tapis moelleux. Il y a également une bibliothèque à côté du lit, une coiffeuse dans un coin, un canapé aux multiples coussins et plaids pastel à sa gauche et une table de verre ornée de plusieurs livres au milieu de la pièce. Enfin, vers le fond de la chambre, je distingue une porte entrouverte et je crois deviner les meubles d'une salle de bain.

Dans d'autres circonstances j'aurais sauté partout en entrant dans cette pièce, elle est magique, mais en ce moment, je veux juste m'enterrer vivante. Ce luxe me brûle la peau et des centaines de questions traversent mon esprit. J'en ai la tête qui tourne.

Pourquoi suis-je ici ?!

Qui sont ces putains de gens ?!

Pourquoi m'ont-ils enlevée et emmenée dans une baraque pareille ?!

C'est quoi ce bordel ?!

Je dévisage l'Hispanique et un rire rauque s'échappe de ses lèvres. J'ai une envie folle de lui tirer une balle entre les deux yeux. Je n'en peux plus, je sens que je vais bientôt exploser.

— Bienvenue dans ton nouveau chez toi. Nous t'envoyons une infirmière pour ton épaule. Ensuite, une femme de chambre ne tardera pas à t'emmener le repas.

Après ces paroles, mes trois ravisseurs s'en vont. Ils ferment la porte à clef et me laissent seule dans cette gigantesque chambre où je manque d'air, je crois étouffer. La panique me submerge encore une fois.

Comment je vais pouvoir sortir d'ici ? C'est une vraie forteresse !

En plein désespoir, je cours à la fenêtre et tente de l'ouvrir, mais je me rends vite compte qu'il n'y a rien à faire, elle est aussi verrouillée. Il est impossible de m'enfuir par là.

Je me traîne jusqu'au lit et libère toutes mes émotions. J'ai réussi à me retenir depuis hier soir, mais maintenant que je suis seule, enfermée dans cette espèce de prison de luxe, des larmes m'échappent. Je ne sais pas comment m'en sortir, m'évader est mission impossible avec tous les gardes qui guettent le moindre de mes mouvements. Pour l'instant, je ne peux qu'attendre et prier pour que l'on vienne m'aider, ce qui peut être long... et même ne jamais arriver...

Chapitre 10

Alex

Le soleil vient de se lever. Le QG a enquêté sans relâche toute la nuit et ça continue. Des dizaines d'agents courent dans tous les sens et toutes les pistes possibles sont en train d'être examinées, cependant pour l'instant, nous n'avons rien, absolument rien. Personnellement, je n'arrive pas à réfléchir. Quand on me pose une question, il me faut pratiquement dix minutes pour la comprendre, même si c'est une phrase aussi simple que : quelle heure est-il ?

Mes collègues du Swat vérifient les images des caméras de surveillance aux alentours de notre domicile, étudient les données des lecteurs de plaques d'immatriculation et cherchent une information intéressante dans le téléphone de Megan qui a été ramené du labo après des analyses ADN et d'empreintes non concluantes.

Je suis dans la salle de contrôle avec mon équipe. J'essaye de me concentrer sur l'enquête, mais je ne pense qu'à Megan. Cela fait maintenant plusieurs heures qu'elle a été enlevée et nous n'avons aucune piste concrète. La totalité des résultats d'analyses de la scène de crime est arrivé il y a un peu plus d'une demi-heure, mais elle ne nous a pas permis d'effectuer un quelconque avancement. Les scientifiques ont retrouvé l'ADN de trois personnes inconnues à notre base de données.

Très utile !
Enfin...
Pour rester bloqués...

Le commandant entre dans la pièce et c'est Lewis qui l'aperçoit en premier.

— Du nouveau chef ?

— Pas le moins du monde. Toutes nos pistes finissent dans des impasses.

Des impasses, des impasses et toujours des impasses ! Nous arrivons dans des impasses depuis hier soir ! J'en ai ma claque !

— Et qu'est-ce qu'on est censés faire, maintenant ? prononcé-je en m'appuyant à la table au centre de la pièce.

— En attendant que les autres unités trouvent de nouveaux indices sur une caméra, etc... nous pouvons chercher qui pourrait en vouloir à Megan, me répond mon chef. Peut-être les proches d'une personne que nous avons arrêtée dernièrement ou même il y a longtemps ? Peut-être même cette personne elle-même ? Ou peut-être aussi un ennemi dans sa vie privée ? Je ne sais pas. Il va falloir chercher partout.

Je n'en crois pas mes oreilles.

Nous sommes si désespérés que nous devons clairement chercher une aiguille dans une botte de foin !

C'est une blague ou quoi ?!

Lewis prend les devants pour diriger les officiers de mon équipe en voyant que mon esprit a une nouvelle fois quitté ces murs.

— D'accord. Alors pour l'instant, nous allons vérifier les dossiers des dernières personnes que nous avons mises derrière les barreaux... en espérant trouver quelque chose d'utile. D'ailleurs, à mon avis, la vie privée nous pouvons la mettre de côté.

Il jette un rapide coup d'œil dans ma direction.

— Dans cette salle, nous avons un expert sur celle-ci... Alex saurait forcément quelque chose, continue-t-il.

Mes collègues attrapent chacun leur tablette et commencent à examiner les dossiers de notre pile de suspects qui fait plusieurs kilomètres de long. Le commandant les imite et je m'apprête à faire de même, mais la colère causée par notre impuissance me submerge, je suis sur le point de craquer.

Je tourne à cent-quatre-vingts degrés et sors précipitamment de la pièce. J'ai besoin d'être seul un instant. Je marche jusqu'à la salle de repos la plus proche et m'assois dans le canapé en me prenant la tête entre les mains. Je perds tous mes moyens. Je ne sais plus quoi faire. Toutes nos pistes nous mènent dans des impasses et pendant ce temps, Megan est je ne sais où avec des personnes qui ne lui veulent sûrement pas que du bien.

Normalement, je gère assez bien le stress, mais aujourd'hui, alors que le problème me touche personnellement, c'est très compliqué. Des larmes de colère, de peur, de désespoir et de panique me montent aux yeux. Je les remballe comme je peux, mais deux ou trois réussissent à se frayer un chemin jusqu'à mes joues en feu malgré tous mes efforts.

Alors que je désire plus que tout être seul, quelqu'un toque à la porte, m'obligeant à essuyer les gouttes d'eau salée qui se baladent sur mes pommettes. Personne ne doit me voir ainsi. Je dois être fort, pas une mauviette.

— Oui ? articulé-je difficilement en me redressant.

Le battant s'entrouvre et une tête que je connais depuis maintenant sept ans passe par l'entrebâillement.

— Je peux entrer ? me demande Lewis.

J'accepte d'un hochement de tête, je n'ai pas la force de refuser. Un silence s'installe durant lequel il vient s'asseoir à mes côtés sur le canapé.

— Comment tu savais que j'étais là ?
— J'étais sûr que tu irais dans son bureau.

Dans son bureau ?

Je relève la tête et m'aperçois rapidement que je ne suis pas dans une salle de repos, je suis dans le bureau de Megan. Je suis si étourdi que je ne m'en étais même pas rendu compte. Un sourire se dessine sur mon visage un dixième de seconde, puis disparaît aussi vite qu'il n'est arrivé pour laisser place à la même expression de désespoir qu'avant l'entrée de Lewis. Ce dernier pose sa main sur mon épaule et nous restons ainsi un certain temps. Nous ne parlons pas.

— Pourquoi elle ? Pourquoi ?! Il n'y a même pas eu de demande de rançon ! explosé-je soudain. Je ne comprends pas qui pourrait lui en vouloir assez pour l'enlever sans rien attendre de notre part ! Cette histoire n'a aucun sens ! En plus, l'enquête n'avance pas ! Nous n'avons rien ! Absolument rien ! Il n'y a que des impasses !

Mon corps tremble d'énervement et mes joues s'enflamment. J'ai chaud. Mon cerveau grouille de questions auxquelles je n'ai pas de réponses, je hais cette sensation.

Lewis met du temps à me répondre. Il choisit les bons mots pour apaiser ma colère grandissante.

— Tu sais, aucune raison n'est valable pour faire une chose pareille, mais les personnes qui l'ont enlevée en avait sans doute une qu'ils trouvaient, eux, valable. Ils sont venus avec des explosifs pour faire sauter votre porte ! Ils savaient ce qu'ils faisaient. Ils n'ont pas choisi Megan par hasard, ce qui veut dire qu'ils ont un lien avec elle d'une façon ou d'une autre et nous allons trouver comment. Il nous faut juste du temps. Et puis, ses ravisseurs ont forcément commis une erreur quelque part ou bien ils vont en commettre une dans un futur proche ! Aucun crime n'est parfait, Alex ! Tu le sais mieux que quiconque ! Je te promets que nous allons faire tout notre possible pour la retrouver. Je n'ose même pas imaginer comme ça doit être dur pour toi. Je ne sais pas comment j'aurais réagi si Alicia s'était fait kidnapper, mais en tout cas, fais nous confiance. On est tous là pour la sortir de cette mauvaise passe.

Il me serre le bras en signe d'amitié et de réconfort, alors que moi, je regarde le sol en réfléchissant.

Il a raison, aucun crime n'est parfait. Ils ont ou vont forcément commettre une erreur et à ce moment-là, je serai présent pour les envoyer en cage.

Je secoue la tête pour évacuer les émotions qui me paralysent, puis me lève, emprunt à une soudaine détermination, et fixe Lewis.

— Allons retrouver ces enfoirés.

Un grand sourire se forme sur le visage de mon ami lorsqu'il se remet sur ses jambes et se poste à ma droite.

— Voilà l'Alex que je connais !

Nous sortons ensemble du bureau et rejoignons nos collègues qui n'ont pas bougé de la salle de contrôle. Ils sont tous là et je sais qu'ils resteront à mes côtés jusqu'au retour de Megan. C'est une vraie équipe, une famille, ma famille.

Chapitre 11

Megan

— Mademoiselle ? m'appelle une voix que j'ai déjà entendue hier.

J'ouvre les paupières. Je suis dans le lit à baldaquin au centre de la chambre dans laquelle je suis enfermée depuis mon arrivée dans la gigantesque demeure.

— Mademoiselle ? répète-t-elle en espagnol.

Toutes les personnes que j'ai croisées dans cette villa parlent espagnol, ce qui ne me pose pas de réel problème comme j'ai vécu en Argentine jusqu'à mes onze ans...

Je me redresse en grimaçant. Ma douleur à l'épaule s'est légèrement atténuée depuis qu'une infirmière me l'a soignée hier, mais je ressens toujours une gêne. Une jeune femme se dresse face à moi.

— Bonjour. Comment allez-vous ce matin ?

— Comme si j'étais enfermée dans une chambre, dans une propriété que je ne connaissais pas, parce que trois hommes m'avaient enlevée, lui réponds-je sarcastiquement.

— Oui, je sais. Je suis désolée... Aujourd'hui sera une meilleure journée, vous verrez. Il y a des vêtements dans l'armoire du fond ainsi que des affaires de toilette et du maquillage dans le meuble de la salle de bain. Le patron a envie de vous voir resplendissante. Je reviens dans une demi-heure pour vous emmener prendre le petit-déjeuner.

Elle me sourit, fait demi-tour et sort de la chambre.

C'est quoi ce truc bizarre ?

On me kidnappe, mais toutes les personnes que j'ai rencontrées dans cette maison me traitent comme une princesse. Toute cette histoire n'a aucun sens !

En plus je dois me faire jolie ? Mais pourquoi ?!

Je regarde l'heure qu'indique le réveil sur la table de chevet : sept heures. Je me laisse retomber en arrière et regarde le plafond. J'essaye de trouver de la motivation pour me lever, mais rien ne vient, je ne veux pas faire face à cet enfer. Je me force donc à bouger. Si je n'obéis pas, je risque de ne pas passer un très bon quart-heure, or, ma situation est déjà bien assez délicate pour rajouter davantage de difficultés.

Je me redresse, sors du lit et me rends devant l'armoire où m'attend une multitude de vêtements plus chics les uns que les autres. Je tente de trouver quelque chose de simple, en vain. Je ne vois que des robes en tissus soyeux. Il y en a de toutes les couleurs et de toutes les coupes. Je choisis la plus simple : longue, noire et pas très décolletée, c'est bien assez. Le patron veut me voir resplendir, mais moi je veux juste qu'il me laisse tranquille !

J'emmène ma tenue avec moi dans la salle de bain et la pose à côté du lavabo. Je cherche ensuite des affaires de toilette pour me préparer. Pour commencer, je vais prendre une douche, ce que je n'ai plus fait depuis mon enlèvement, puis je me brosse les dents et enfile la robe noire. Au niveau du maquillage, je mets simplement du gloss et concernant mes cheveux, je ne fais rien, je les laisse détachés.

Si quelqu'un a cru que j'en ferais plus, il s'est fourré le doigt dans l'œil !

Je m'observe dans le miroir qui décore tout un pan du mur et décrète que je suis prête. Je n'ai absolument pas envie de faire d'effort pour mes ravisseurs.

Nan mais, et puis quoi encore !

— Mademoiselle ? Vous êtes prête ? entends-je après un grincement de porte.

Je lève les yeux au ciel, puis sors de la salle de bain en trainant des pieds.

Je veux rentrer chez moi...

La jeune femme est à nouveau là. Elle m'attend sur le seuil et un sourire illumine son visage lorsqu'elle m'aperçoit.

— Magnifique. Suivez-moi, je vous emmène dans la salle à manger.

Je quitte cette pièce pour la première fois depuis hier.

Enfin.

Je suis l'employée qui m'a apporté mes deux repas dans la journée d'hier et nous empruntons le long chemin rempli de portes. Elle m'a expliqué qu'elle est ma femme de chambre, elle est chargée de s'occuper de moi durant mon séjour dans cette maison. Son prénom est Marina et elle m'a l'air plutôt gentille. Son sourire amical est rassurant et ses yeux débordent de compassion. Je ne crois pas qu'elle acquiesce l'entièreté de ma situation, mais elle ne dit rien pour autant... Je me demande vraiment comment elle a atterri ici.

Comment s'est-elle retrouvée à travailler pour des kidnappeurs franchement ?

Nous descendons les trois étages et parvenons dans le hall que j'ai traversé lors de mon arrivée dans cette gigantesque demeure. Elle tourne à droite et je la suis dans un dédale de couloirs. Nous nous retrouvons face à une haute porte à double battants encadrée par deux gardes. En nous voyant, un des deux hommes nous ouvre et moi, je reste bouche-bée de l'immensité de la salle. Comme le reste de la villa, cette pièce a une hauteur de plafond incroyable, des lustres en diamants et des murs incrustés de petites pierres dorées.

Il sort d'où tout cet argent ?

— Voilà mademoiselle. Moi, je dois rester dehors, mais votre petit-déjeuner est servi. Quand vous aurez fini, levez-vous, quelqu'un s'occupera de vous.

Je hoche la tête. Cette jeune femme me sourit à nouveau.

Eh ben ! Elle aime beaucoup sourire celle-là !

Elle se retourne et repart dans le couloir par lequel nous sommes arrivées. De mon côté, je passe la porte encore tenue par le garde et un majordome caché dans un coin de la salle s'avance pour tirer la chaise en velours rouge la plus proche de l'entrée. Je m'approche et m'y assois. Il la repousse légèrement, puis va reprendre sa place contre le mur sans dire un mot.

Une assiette est positionnée devant moi. Elle est remplie de petites viennoiseries et de pain grillé. Je vois également un pot de dulce de leche, une sorte de caramel à tartiner d'origine argentine. Ça me rappelle mon enfance, pas les plus beaux souvenirs de ma vie à vrai dire... J'observe longtemps mon assiette sans bouger. J'ai faim, mais je n'ai aucune envie de manger dans ces conditions... Au bord de l'hypoglycémie, je prends tout de même une bouchée, puis deux, puis trois et bientôt, il ne reste que des miettes.

Ma femme de chambre m'a dit de me lever quand j'aurai fini, mais que se produira-t-il ensuite ?

Je serai à nouveau enfermée dans ma chambre ?

Je n'en ai pas envie, mais de toute façon, je n'ai pas vraiment le choix... non ?

Je me redresse et m'écarte de la chaise. Le majordome revient alors vers moi.

— Mademoiselle, si vous voulez bien me suivre.

Mon cerveau me crie de ne pas le faire, mais je risque de m'attirer des problèmes inutiles à agir ainsi... Je hoche la tête et il se dirige vers la porte à deux battants. Nous traversons ma prison jusqu'au hall d'entrée et montons au premier étage. Comme au palier de ma chambre, le couloir est long de plusieurs dizaines de mètres. Le majordome toque à la deuxième porte à droite et mon cœur cogne dans ma cage thoracique alors que nous attendons quelques secondes. Je stresse.

Qui est la personne que je vais voir ?
Qui est la personne qui veut me voir ?
Le patron ?
L'hispanique ?
C'est lui qui veut me voir « resplendir » ?

Je me pose de nombreuses questions auxquelles je ne peux pas répondre pour l'instant. Mon cerveau est en ébullition malgré tous mes efforts pour rester calme. C'est atroce.

La porte s'ouvre doucement et je découvre le visage d'un homme de la quarantaine que je n'ai jamais vu. Grand et fin, il me fait déjà flipper, alors qu'il n'a même pas encore ouvert la bouche. Il observe le majordome avec un air supérieur.

— Francisco.

Ce dernier baisse la tête et se recroqueville. Il n'essaye pas de maintenir le regard pesant qui est exercé sur lui.

— Monsieur.

L'homme se tourne ensuite face à moi. Il me scrute de la tête aux pieds et ses yeux s'arrêtent trop longtemps sur plusieurs parties de mon corps à mon goût. Pendant ce temps, je le fixe sans un mot.

— Megan.

Je ne réponds rien.

— Magnifique.

Il se tait et m'examine à nouveau. Son regard est désagréable, il me gêne, mais je tente de ne rien laisser paraître.

— Mais quand je demande que tu resplendisses, sache que j'attends tout de même un peu plus d'effort.

Je lève les yeux au ciel devant cette remarque absurde.

Il a vraiment cru que j'allais m'habiller comme si j'allais à un gala alors que je suis uniquement là parce que des espèces de sauvages m'ont kidnappée ?

Il perçoit mon mécontentement et je comprends bien que ça l'agace, mais il ne dit rien pour autant.

— Vous pouvez disposer, annonce-t-il au majordome.

Francisco s'en va et je le perds de vu quand il redescend au rez-de-chaussée. Je me retrouve donc seule en compagnie de Monsieur-au-regard-pervers, ce qui amplifie la boule au creux de mon estomac.

Qui est-ce ?

— Entre, m'ordonne-t-il soudain.

Il s'écarte légèrement de la porte pour me laisser passer, puis la referme derrière moi. Je m'arrête à quelques pas de lui et survole la pièce du regard, mal à l'aise.

Il me devance à travers le bureau et va s'adosser au pupitre au centre de la pièce. Je l'observe. Son costard lui donne un air d'homme d'affaire et sa posture est très droite, trop droite. Il est exactement le cliché du riche qui se croit supérieur à tous. C'est le propriétaire de cette villa, c'est sûr.

— Je m'appelle Léonardo. Je suis le bras-droit de ton père.

Mon père ??!!
Pardon ??!!

Je suis sur le point de m'évanouir. Je dois me rattraper au fauteuil à côté de moi pour ne pas tomber. Je m'étais imaginé toutes les raisons possibles à mon enlèvement, mais celle-ci ne m'étaient jamais venue à l'esprit. Je comprends maintenant mieux pourquoi toutes les personnes parlent espagnol dans cette maison : nous sommes en Argentine. Mon père m'a fait enlever et m'a ramenée dans mon pays d'origine.

Mais pourquoi ?

Pourquoi après tant d'années ?

Tout ce qu'il a fait à ma mère et moi ne lui a pas suffi ?!

Et en plus, comment ? Il est censé être enfermé dans la prison la plus sécurisée d'Argentine !

Comment a-t-il pu donner des ordres pareils ?

— Je pense bien que ça doit être une information dure à entendre, mais oui, c'est mon chef.

J'ai la tête qui tourne. Ce n'est pas possible, je n'y crois pas. C'est un canular, une caméra cachée...

Pitié...

— Son trafic de drogue subit une période compliquée et tu es là pour y remédier.

Pour y remédier ? Comment ça ? Nan mais c'est quoi ce bordel encore ?!

Je l'observe en bouillonnant intérieurement, mais ne dis rien.

— Ton père a tenté d'employer une multitude de bras-droits, mais personne n'a réussi à réellement faire quelque chose contre la chute des ventes du gang. Aucun acheteur ne nous prend vraiment pour le patron, vendeur ou tout ce que tu veux.

Il fait une pause dans son discours. Je ne comprends pas du tout où il veut en venir. Pourquoi suis-je maintenant concernée par le ventes de mon père ? Je ne l'ai jamais été. Pourquoi cela commencerait-il aujourd'hui ?

— Ils veulent du sang de chef, du sang Garcia. En tout cas, il nous faut cette image et c'est pour ça que tu es là. Tu vas représenter le visage de notre trafic. Bien sûr, le réel chef restera toujours ton père. Il me donnera des ordres que je te transmettrai et toi, tu les suivras. Je te dirais quoi dire et quoi faire, mais tu seras la nouvelle image du gang.

— Non.

Quelqu'un pensait sincèrement que j'allais devenir « cheffe » de gang ? Je suis flic, pas une trafiquante.

— Tu n'as pas le choix.

Il déplace sa main vers l'arrière de son pantalon et en sort un pistolet. Il le tend dans ma direction et patiente quelques seconde, juste le temps d'apercevoir une lueur de panique dans mes yeux. Satisfait de ma réaction, il se tourne légèrement et tire. Je sursaute. Je ne m'attendais pas à ce qu'il appuie véritablement sur la détente !

Je dirige mon regard vers l'endroit où la balle a atterri et mon sang ne fait qu'un tour. Une photo de taille humaine de ma mère est attachée au mur et la balle a perforé sa tête. J'entends un second coup de feu et cette fois, le projectile s'écrase sur une image d'Alex. Un troisième retentit et un cliché de Louane, ma meilleure amie, se fait trouer comme du beurre. Je fixe les portraits de mes proches tour à tour, ahurie.

Il n'a pas osé ?
C'est une blague ?
Putain.

— Si tu ne fais pas ce que ton père et moi voulons, je m'occuperai de ces trois-là.

Je me retourne au ralenti et regarde Léonardo dans les yeux. Il a baissé son arme et me déshabille à l'aide de ses billes malicieuses.

— Et tu ne pourras pas m'en empêcher. Si tu nous obéis, tout ira bien pour eux... mais si au contraire...

Il ne termine pas sa phrase, mais relève son flingue et tire encore une fois dans chacun des crânes. Je reste figée. Je réalise que je ne risque pas que ma vie ici. Je joue aussi celle d'Alex, de Louane et de ma mère... La situation est encore plus compliquée que je ne le croyais... et encore une fois dans mon existence, c'est la faute de mon « père ».

Chapitre 12

Alex

Il est treize heures. Nous recherchons activement Megan depuis avant-hier soir et mes yeux se ferment. Je n'ai fait que deux siestes d'une demi-heure depuis son enlèvement. Je n'arrive pas à dormir plus. Les images d'hommes en train de la toucher, la torturer, de la frapper, ne cessent de me hanter. Seul le travail bloque ces visions qui m'horrifient. Je n'en peux plus.

Megan... où es-tu ?

Le QG grouille de monde. Beaucoup d'agents travaillent nuit et jour pour apporter leur aide à l'enquête, même si pour l'instant, nous n'avons aucune information qui nous permette d'identifier les ravisseurs de Megan ou l'endroit où ils l'on emmenée.

— Tu as averti sa mère ? me demande Lisa alors que nous examinons des dizaines de casiers judiciaires de potentiels suspects dans un bureau.

— Pas encore. Je n'ai pas encore trouvé la force pour ça... Elle sera paniquée. Elle perdra encore plus ses moyens que moi.

— Il faut que tu lui dises avant qu'elle ne l'apprenne autrement. Ça ne tardera pas à être dit à la radio ou même à la télé.

Elle imite la voix d'un journaliste :

— Dans la nuit de samedi à dimanche, le capitaine Garcia de la police de Los Angeles s'est fait enlever à son domicile. Aucun indice sur l'identité de ses ravisseurs n'est à cette heure-ci connu. La police cherche avec acharnement.

Elle me regarde. Je vois de l'insistance dans ses billes bleues.

— Ça ne va pas tarder et il vaut mieux que sa mère l'apprenne de toi que comme ça.

J'acquiesce. Lisa a raison. Elle sera déjà bien assez dévastée quand je le lui aurai dit moi-même, alors je n'ose pas imaginer son état si elle l'apprend au journal du soir aussi directement.

Je prends mon portable, puis me rends dans un couloir peu fréquenté pour pouvoir téléphoner tranquillement. Après avoir cherché le numéro de la mère de Megan dans mon répertoire, j'appuie fébrilement sur « appeler ».

— Oui allô ? Alex ?

— Bonjour Andrea, lui réponds-je d'une voix tremblante.

— Tout va bien ?

Je ne dis rien quelques secondes.

J'y arriverai pas.

Je prends une grande inspiration et tente de prononcer deux mots, mais je ne sais pas par où commencer.

— Je dois vous dire quelque chose...

Ma voix déraille, je m'arrête.

Ça y est. Il faut lui dire, Alex ! C'est sa mère. Il faut qu'elle le sache ! Elle a le droit de savoir ! Megan est sa fille ! Reprends-toi mec !

— C'est Megan...

* * *

J'ai annoncé la nouvelle à la mère de ma copine depuis bientôt une heure. Elle s'est effondrée. Quand je lui ai dit, elle a lâché son portable et a mis du temps à le reprendre en main. Elle m'a demandé si je blaguais et j'aurais aimé lui répondre que oui. Mais non, c'était la vérité.

Je suis resté plus d'un quart d'heure en appel avec elle. Nous ne parlions pas. Je l'entendais juste pleurer. Elles ont déjà traversé tant d'horreurs... et ça recommence. Après ce coup de téléphone, j'ai dû reprendre mes esprits plusieurs minutes dans le couloir avant de pouvoir retourner auprès de mes collègues. Ma tête bouillonnait, il m'était impossible de réfléchir correctement.

En ce moment, j'examine un casier judiciaire qui ne mène à rien. Megan est à peine mentionnée dans le rapport d'arrestation de ce Robert Houston !

Subitement, quelqu'un toque à la porte sans grande conviction.

— Entrez ! s'exclament toute mon équipe d'une même voix.

Le battant s'ouvre sur un policier.

Joe.

— Alex, deux femmes te cherchent.

Je me lève. Derrière sa carrure imposante, je distingue deux corps frêles.

— J'arrive.

Je sors du bureau et Joe s'en va. La mère de Megan et sa meilleure amie ont les joues rouges et les yeux gonflés. Elles ont pleuré récemment.

— Andrea m'a tout expliqué. S'il te plaît, dis-moi que c'est une blague, me supplie Louane.

— Je suis désolé.

Les larmes réapparaissent sur ses pommettes et elle s'effondre dans mes bras.

Alex, tiens bon. Reste fort.

— On va tout faire pour la retrouver.

C'est une promesse, peut-être plus pour moi que pour les deux femmes qui se dressent devant moi, certes, mais en tout cas, c'est une promesse que je ne briserai pas.

— On sait. Elle nous a toujours dit que tu étais un super flic. Promets-nous que tu vas nous la ramener, s'il te plaît, me supplie-t-elle une nouvelle fois.

— Je vous promets de tout faire pour la ramener à la maison.

D'autres larmes roulent sur son visage et Andrea l'imite. Je sais bien que ces mots ne sont pas suffisants... malheureusement, c'est tout ce que je peux me permettre de dire dans cette situation... Je ne peux que leur promettre que je donnerai ma vie pour cette enquête.

— Est-ce que vous avez une idée de la personne qui aurait pu l'enlever ? Quelque chose que je ne sais pas ou que j'aurais pu louper ? demandé-je avec une lueur d'espoir.

On ne sait jamais...

Les deux proches de Megan réfléchissent et Louane fait « non » de la tête, alors que sa mère souffle d'une voix tremblante :

— Vous avez vérifié que son père n'y est pour rien ? Je doute qu'il puisse faire quelque chose de ce genre depuis la prison où il est enfermé, mais on ne peut jamais être sûrs avec lui...

— J'y avais pas pensé, mais je vais vérifier. C'est possible... Je sais pas...

***

Il est dix-huit heures. Louane et Andrea sont reparties peu après notre conversation. Elles sont rentrées chez elles, mais m'ont ordonné d'immédiatement les appeler s'il y avait du nouveau dans notre enquête. Bien sûr, j'ai accepté, je n'avais pas vraiment le choix...

Après leur départ, je suis retourné dans le bureau et j'ai expliqué les antécédents du père de Megan à mon unité. Ma copine avait gardé la majorité de ces informations pour elle. Elle ne voulait pas que ça se sache, cependant aujourd'hui, je ne peux plus me permettre de cacher son passé.

Nous effectuons actuellement des recherches sur le possible lien du paternel avec la disparition, mais il n'est rentré en contact avec personne depuis des années, en dehors des gardes de la prison où il est incarcéré depuis bientôt deux décennies.

Le commandant Johnson entre dans la pièce.

— Vous avez trouvé quelque chose ?

Nous secouons tous la tête. Il n'y a rien de suspect dans les dossiers que nous avons examinés jusqu'à maintenant.

— Et vous ? demande Bryan.

— Rien. Ce n'est pas possible. On passe forcément à côté de quelque chose.

— On a tout regardé. Ils ont fait un travail de pros. En plus, la mère du capitaine nous a parlé de son père et nous avons fait des recherches, mais nous ne sommes tombés sur aucun lien avec notre affaire, répond Jason.

— Bon, écoutez, souffle Johnson, on travaillera tous mieux la tête reposée. Une nouvelle équipe vient d'arriver, elle prend le relais. Revenez demain matin.

Mes amis ferment les dossiers qu'ils sont en train de vérifier, alors que moi, je continue de lire le mien.

— Alex, m'appelle Lewis.

— Allez-y. Je finis vite ce document.

Mon unité sort du bureau, mais Johnson, lui, reste là. Il me m'ordonne gentiment :

— Alex, dehors.

Je ne réponds rien.

— Vous travaillerez mieux demain. Une équipe vient d'arriver. Elle va continuer le travail ! Allez donc quelque part pour vous reposer !

Je termine de lire un des dossiers sur le père de ma copine et le referme violemment.

— Rien dans celui-ci non plus, m'énervé-je en le jetant sur la table devant moi.

Je me lève et sors de la salle. Mon chef parle dans mon dos, mais je ne m'arrête pas pour discuter.

— Nous allons la retrouver !

— J'espère, lui réponds-je en tournant à l'angle du couloir pour retrouver ma voiture sur le parking principal.

En posant les mains sur le volant, je suis sur le point d'exploser. Je vais me reposer alors que Megan est...

Arggghhh !

En plus, où suis-je censé aller ? Ma maison est une scène de crime ! Je ne peux pas y retourner !

Putain fait chier !!!

Ma respiration s'accélère. La colère monte en moi.

« Alex... calme-toi... Ça ne sert à rien de t'énerver... Tu ne pourras pas réfléchir dans cet état... » La voix de Megan résonne en moi. Si elle était là, c'est exactement ce qu'elle m'aurait dit.

Ok.

Je prends quelques minutes pour essayer de faire baisser la pression dans mon corps en ébullition. Ce n'est que lorsque j'ai retrouvé un souffle convenable que je passe en revu mes proches.

Chez qui pourrai-je aller dormir un peu ? Au pire, je paye une nuit à l'hôtel...

* * *

Finalement, j'ai décidé d'aller squatter la maison familiale. Je m'avance dans l'allée d'un pas incertain et vais toquer à la porte. Mon père m'ouvre quelques secondes plus tard.
— Fiston ! s'exclame-t-il. Qu'est-ce qui t'amène ?
— Je peux rester ici jusqu'à demain matin ?
— Bien sûr !
Son regard joyeux s'obscurcit subitement.
— Il y a un problème... avec Megan ?
Bien vu papa...
— En quelque sorte... oui...
Ma voix se brise. Je rentre et m'effondre pour la centième fois en expliquant à mes parents tout ce qu'il s'est passé depuis avant-hier soir...

Chapitre 13

Megan

« Je suis dans ma chambre. Mon père a une séance avec ses collègues à la maison, et comme à chaque fois, je ne suis pas autorisée à sortir. Quant à maman, elle n'est pas chez nous. Elle est serveuse dans un bar et travaille tard le samedi soir.

La réunion de mon paternel est longue. Elle dure toute la soirée et continue pendant un gros morceau de la nuit. Durant ce temps-là, j'entends des rires, des engueulades, des cris d'hommes qui semblent totalement ivres...

Je suis au lit, mais j'ai beaucoup de mal à m'endormir avec tout le vacarme que font les invités. Je vois les heures défiler et le sommeil ne vient pas. Vingt-trois heures, minuit, une heure, deux heures... A deux heures et demie, je décide de me lever et d'aller voir ce que font mon père et ses amis. Normalement, je n'ai pas le droit. C'est la première fois de ma vie que j'enfreins cette règle, mais j'ai dix ans et il faut bien vivre !

J'ouvre la porte de ma chambre avec le moins de bruit possible et traverse le couloir à pas de loup. Le bureau est entrouvert. Dans l'entrebâillement, j'aperçois une dizaine d'hommes autour de la table centrale et je tends l'oreille pour espionner leur discussion. Mon père parle d'une voix forte et assurée. Pour une fois, il n'est pas saoul comme la moitié de ses invités.

— ...que dix ans, je la formerai le moment venu. Pour l'instant, c'est moi qui veille sur notre trafic et ça restera comme ça pendant encore très longtemps.

Je le vois prendre un sachet devant lui et de la poudre blanche s'en échappe. Cela m'étonnerait grandement que ce soit de la farine... Je ne savais pas que mon père était un trafiquant de drogue ! Je laisse échapper un hoquet de surprise et le regrette aussitôt. Il m'a entendue.

— Jeune fille !

Je m'élance en direction de ma chambre et quelqu'un court à ma suite. Lui.

Je ne le sens pas du tout ! Purée ! Megan ! Pourquoi t'es aussi bête parfois ?!

Je rentre dans ma chambre et tente de refermer la porte, mais mon père la retient.

— Je t'avais strictement interdit de sortir de cette chambre ! hurle-t-il.

Je baisse la tête.

— Je suis désolée... Je voulais voir ce que vous faisiez...

Il m'attrape par le haut de mon pyjama et me plaque contre le mur. Il me fait mal.

— Tu ne refais plus jamais ça. Est-ce clair ? crie-t-il encore.

Je hoche la tête.

— J'ai pas entendu !

— Oui papa...

Il me gifle une fois, puis une deuxième. La troisième fois, ce n'est pas sa main qui s'écrase contre ma joue, mais son poing qui meurtrit le bas de mon ventre.

— Aïe !!!

Mes cris de douleur ne ralentissent pas ses coups.

— Il fallait y penser avant !

Après ces mots, je sais que mon calvaire n'est pas encore fini pour cette nuit, alors je me recroqueville... et il s'acharne... »

***

« *Je suis assise sur le canapé et ma mère m'enlace tendrement. Depuis plus d'une demi-heure, nous rions devant une émission comique du vendredi soir et mangeons le chocolat que les voisins nous ont offert pour Pâques.*

Nous sommes de bonne humeur, comme toutes les fois où mon père n'est pas à la maison. Il est en ville. Où ? Nous n'en savons rien et tant pis. Nous nous portons d'autant mieux lorsqu'il s'éloigne de nous quelques heures.

Nous rions encore. La vidéo d'un chien qui vole tous les gâteaux à la vanille que sa maîtresse vient de préparer passe à l'écran.

— *Maman ! J'veux un chien ! m'écrié-je.*

Malheureusement, je connais déjà sa réponse...

— *Tu sais très bien que ton père n'est pas d'accord ma prin...*

Elle est coupée dans sa phrase par la porte d'entrée qui s'ouvre brusquement pour laisser place à un homme totalement saoul sur le seuil : mon père. Il hurle quelque chose d'incompréhensible et ma maman me chuchote à l'oreille :

— *Megan, va te cacher, comme d'habitude.*

Je me lève du canapé et cours vers les escaliers pour monter dans ma chambre. Je ne prends pas la peine d'allumer la lumière, je me glisse directement sous mon lit.

— *Chéri, tu es ivre, monte dormir un coup, tu veux ? entends-je au loin.*

Maman.

J'ai peur. J'ai peur pour elle. Mon paternel ne se retient jamais de la frapper quand il en a envie.

La voix qui me hante nuit et jour hurle :

— *Espèce de salope ! Faire fuir ma fille quand j'entre dans la baraque, franchement ?!*

Un silence dure plusieurs secondes et mon héroïne lui réplique :

— *Voilà pourquoi elle est partie crétin !*

Pourquoi je suis partie ? Qu'est-ce qu'il lui a fait encore ?

— *Parce que maintenant tu oses me répondre ?!*

Je flippe.

Faites qu'il ne fasse rien à maman !

Malheureusement, les gémissements de cette dernière me parviennent...

— Arrête ! Je t'en supplie ! Arrête !

Le silence retombe. Qu'est-ce qu'il se passe ? Il est en train de partir ? Non... Je discerne encore sa voix...

— Sinon quoi ? Tu vas appeler la police ? Oups ! C'est vrai ! J'avais oublié ! Ils s'en fichent tant que tu n'as aucune preuve concrète de ce que tu avances.

J'entends quelque chose tomber, puis plus rien pendant un long moment. Tout à coup, deux bruits assourdissants me frappent au visage. Je sursaute.

Ça ressemblait fortement à deux coups de feu.

Maman ! Maman...

J'ai peur, très peur, mais je ne bouge pas de sous mon lit. Elle m'a toujours dit de ne pas sortir de ma cachette tant qu'elle ne venait pas me chercher, alors j'attends plusieurs secondes, peut-être minutes, je ne sais pas.

Par ma fenêtre ouverte, je distingue soudain la voix de mon père qui s'éloigne de la maison.

— C'est bon. Elle va y passer et bien souffrir avant.

La portière d'une voiture claque et un véhicule démarre. Il est parti. Après les mots que je viens d'entendre, je ne peux plus attendre sans rien faire. Je sors de ma chambre en courant pour rejoindre le salon le plus vite possible et ce que j'y trouve me glace le sang : maman est étendue sur le sol dans une flaque de sang.

— Maman ! Maman ! Réponds ! S'il te plaît ! crié-je en m'accroupissant à côté d'elle, paniquée.

Elle est inconsciente. Elle n'est pas morte. Je vois sa poitrine se soulever au rythme de sa respiration légère, mais bien présente. Je sprinte en direction de la cuisine pour prendre le téléphone de la maison et j'appelle immédiatement une ambulance. Jusqu'à son arrivée, j'attends auprès de ma mère qui se vide de son sang... »

* * *

« Je suis assise à côté de maman dans le tribunal. Nous assistons au procès de notre bourreau.

— Aujourd'hui, Fernando Garcia est ici pour entendre sa peine. Il a tenté un assassinat sur sa femme, a eu de graves violences envers elle et sa fille, a participé aux activités d'un trafic de drogue et à au moins quarante-six meurtres. À la suite de plusieurs délibérations, il est tenu coupable des faits énoncés précédemment. Sa peine de prison est fixée à trente ans ferme. Cette assemblée est terminée. Au revoir.

Le juge se lève et des policiers viennent récupérer mon père dans la box des accusés. Ce dernier me scrute, puis regarde ma mère dans les yeux.

— Je te tuerai, crie-t-il.

Ma maman l'ignore et se hisse sur ses jambes grâce aux béquilles dont elle a besoin pour marcher depuis l'attaque de son ex-mari.

— Viens Megan, on y va.

Je regarde mon père pour, je l'espère, la dernière fois de ma vie et me retourne pour suivre mon héroïne

jusqu'à la sortie du tribunal. Ce cauchemar est enfin terminé. Il ne pourra plus nous faire souffrir.
— *Viens là, me dit-elle.*
Elle me sert fort dans ses bras. J'ai un peu peur de lui faire mal à cause de sa récente blessure à l'abdomen, mais je l'imite quand même. Après toutes les horreurs que nous avons vécues ces dernières années, j'ai vraiment besoin de la sentir près de moi.
Qu'est-ce que je l'aime.
Maman, je t'aime. »

* * *

— Mademoiselle ? appelle une voix qui me paraît si lointaine... Mademoiselle ? Tout va bien ?
Je me réveille en sursaut. Je suis en sueur. Ce cauchemar vient de me rappeler toute cette histoire que j'avais pourtant tenté d'oublier il y a si longtemps...

Chapitre 14

Alex

Je suis de retour dans la salle de contrôle du QG sans avoir fermé l'œil de la nuit. Je n'ai pas arrêté de me poser des questions et de réfléchir à différentes possibilités dans l'enquête sur la disparition de Megan. Je ne pense pas que son père est quoi que ce soit à voir avec l'enlèvement, pas après tant d'années et encore moins depuis une prison plus sécurisée que la maison blanche... Ce matin, je me suis renseigné sur lui, mais j'ai vite abandonné pour me concentrer sur les dernières arrestations du Swat qui me paraissent un peu plus intéressantes.

Depuis des heures, je scrolle les casiers judiciaires des derniers criminels qui ont eu affaire à nous, ainsi que ceux de leurs proches, mais je ne trouve rien qui mérite un approfondissement. Mon moral est au plus bas.

Pourquoi nous ne trouvons rien ?
Pourquoi ?

Les aiguilles de l'horloge murale avancent contrairement à l'enquête qui monopolise l'entièreté de mes collègues. J'en ai marre.

— J'ai peut-être quelque chose ! annonce soudain Jason en entrant en trombe dans la pièce.

Tous les agents présents se retournent vers lui.

— L'unité cinquante a attrapé un certain Peters Domulez sous la supervision du capitaine il y a deux mois. Son jugement était il y a six jours et il a pris vingt-quatre ans de prison. En partant, il a proféré des menaces envers Garcia à un garde du tribunal et il a un ami qui a un profil compatible avec un enlèvement. Cela ne serait pas étonnant de sa part au vu de ses antécédents.

— Je demande immédiatement un mandat pour le domicile de son ami. Envoyez-moi son nom, déclare le commandant en quittant rapidement la salle.

— J'espère que ça nous mènera quelque part... murmuré-je plus pour moi-même que pour les personnes qui m'entourent.

— Il n'y a qu'une seule façon de le savoir, me répond Lewis.

Nous prenons tous nos tablettes et analysons les données que nous avons à propos de ce Peters. C'est un trafiquant de drogue qui a un meurtre et deux enlèvements à son actif. Son ami, un certain Mattéo Danilo, est surveillé de près par la police pour des suspicions de crimes similaires.

Nous attendons une dizaine de minutes et Johnson revient déjà.

— L'unité dix, vous vous rendez à l'adresse que je viens de vous envoyer.

Mon équipe se prépare à l'intervention, puis nous montons dans le blindé que Bryan conduit comme d'habitude. Nous nous rendons au domicile de Danilo. Dans le véhicule, la tension est palpable. Personne ne dit quoi que ce soit et les regards sont dirigés vers le sol. Il faut que nous sortions Megan de ce pétrin, nous n'avons pas le choix.

Nous arrivons au coin d'une rue où les maisons sont plutôt petites et blanches pour la majorité d'entre elles. En sortant du quatre roues, mon cœur bat la chamade. Nous sommes peut-être devant le domicile du ravisseur de ma copine. Peut-être qu'elle est juste à quelques mètres de moi.

J'inspire un coup et donne le signal du début de l'intervention.

C'est parti.

Nous traversons le petit jardin sans bruit, puis nous arrêtons devant la porte principale. Je suis le premier et m'écarte du chemin de Jason qui s'avance pour la défoncer avec des explosifs.

— On entre, annoncé-je au central.

A l'intérieur, notre équipe se divise en trois groupes de deux. Lisa me seconde. Nous passons la porte du salon et examinons la pièce qui empeste la drogue.

— Salon RAS, crie Lisa.

— Bureau RAS, informe la voix de Jason.

— Chambre RAS, ajoute Bryan.

Lisa et moi entrons à présent dans la cuisine. Nous regardons dans le placard à balais, mais il n'y a personne. Cette fois, c'est moi qui déclare :
— Cuisine RAS.
Il n'y a plus qu'un endroit possible : la salle de bain. Mon amie et moi nous engageons dans le couloir pour rejoindre cette dernière pièce.
— Salle de bain RAS, annonce quelques secondes plus tard Bryan qui a été plus rapide que nous pour atteindre cette partie de l'habitation.
Mon équipière et moi nous arrêtons.
Megan n'est pas ici... et Danilo non plus... génial... Nous sommes à nouveau au point de départ...
— Il n'y a personne dans cette mai...
La fin de la phrase d'Elena est couverte par des bruits de tirs. Nous nous précipitons vers le foyer du son : le bureau. Lisa, Bryan, Elena et moi arrivons en même temps devant la porte grande ouverte et mon cœur saute dans ma poitrine. Jason est au sol. Je n'aperçois aucun agresseur et mets du temps à comprendre d'où proviennent les balles. Ce n'est qu'en levant la tête que je découvre des trous au plafond.
— Il y a quelqu'un au-dessus ! hurlé-je.
— Mais il n'y avait pas d'étage sur les plans ! grogne Elena. C'est quoi ce bordel ?!
Je suis dans le même état qu'elle : dans l'incompréhension. Elle a totalement raison. Il n'y a qu'un rez-de-chaussée normalement !
Les tirs s'arrêtent quelques secondes, sans doute le temps pour l'agresseur de recharger son arme. J'en

profite pour sortir Jason de cette pièce avec la précieuse aide de Lewis.

— Jason ça va ?!! s'inquiète Lisa.

— T'inquiète pas. C'est le gilet qui a pris, j'crois.

Ok. Tant mieux. Il n'est pas blessé.

Je réfléchis.

Comment monter à cet étage inconnu ?

Je me remémorise les plans de la maison.

Il y a forcément un passage quelque part !

Soudain, il me revient l'image du placard à balais dans la cuisine. Sur les dessins que le Swat a reçus, il était beaucoup plus profond que je ne l'ai vu juste avant !

— Lisa, Bryan, avec moi. Les autres vous restez avec Jason.

Je pars le premier et mes deux collègues me suivent. Nous arrivons devant l'armoire qui me paraît suspecte. Je l'ouvre pour l'examiner mieux que la première fois.

— Alex ? m'interpelle Lisa qui ne comprend pas à quoi je joue.

— Il est censé être plus profond.

Je touche les murs et me rends compte que celui du fond est mou. Je donne un gros coup dedans avec la crosse de mon arme et il se détruit comme un château de carte.

C'était un faux !

— Purée... souffle Bryan.

Je retire complètement cette bâche qui cachait le début d'un escalier et nous montons. En arrivant sous le toit, nous découvrons un grenier improvisé où le plafond est très bas. Je dois baisser la tête pour avancer.

Un tas de cartons remplit le coin droit de cette « pièce », c'est la seule cachette possible par ici. Nous nous en rapprochons, mais tout à coup, les boîtes tombent et un homme émerge de derrière. Il tente de nous échapper par le côté et tire plusieurs fois dans notre direction à l'aide de son fusil d'assaut. Un poteau en bois nous permet d'esquiver les balles, mais le criminel s'enfuit et vide son chargeur sur nous. Nous ne pouvons pas nous écartez des piliers qui tiennent la toiture sans risquer le pire. Je me décompose intérieurement. Tant qu'il nous vise, nous ne pouvons rien faire.

Au bout de longues secondes, les sifflements s'arrêtent car Danilo doit recharger son arme. Nous en profitons pour sortir de notre planque et lui sauter dessus. A trois contre un, nous réussissons à le neutraliser sans grands efforts. Je le maintiens au sol, menotté.

— Où est Megan ?! hurlé-je.

— Qui ça ?

— Ne te fous pas de ma gueule ! La flic que t'as enlevée pour venger ton pote Peters ! Megan Garcia !

— Cette pétasse ? Garcia ? J'en sais rien moi ! Je l'ai pas enlevée ! J'suis pas assez con pour m'en prendre aux poulets !

— Tu viens de nous tirer dessus crétin !

— Parce que vous êtes entrés chez moi par effraction ! Je savais pas que vous étiez des flics ! Je pensais que vous étiez une bande rivale, moi !

— Nous avons un mandat. C'est pas une effraction, le nargue Lisa en dépliant une feuille qu'elle place à quelques centimètres du nez de Danilo.

Chapitre 15

Megan

Je suis dans ma chambre. Je viens de remonter de la salle à manger où j'ai pris mon petit-déjeuner et je me pose sur mon lit en attrapant le livre que j'ai commencé hier. Je n'ai rien d'autre à faire de toute façon. Depuis ma rencontre avec Léonardo, il y a quatre jours, je ne l'ai plus vu. Les uniques personnes que je croise sont les quelques gardes et femmes de ménage qui me scrutent étrangement lorsque je passe dans les couloirs à l'heure des repas. Dans cette gigantesque maison, je n'ai pratiquement pas le droit de sortir de ma chambre, alors ce sont les seuls moments où je peux un petit peu changer d'air.

J'entends le cliquetis de la serrure et vois ma femme de chambre entrer. Elle a l'air stressée.

— Mademoiselle, venez. Vous partez à Rosario.

Je me lève.

— A Rosario ? Quand ? Tout de suite ?

— Oui, tout de suite. Vous allez voir un client là-bas.

Je vais voir un client ?
Oh purée, nan...

Je me rapproche de Marina et elle me demande de la suivre. Nous traversons le couloir du troisième étage et descendons les escaliers. En bas, j'aperçois Léonardo, l'Hispanique et mes deux autres ravisseurs, des Européens.

— Parfait. Maintenant que nous sommes tous là, allons-y, annonce le patron, Léonardo.

La jeune femme me laisse ici et je suis les quatre hommes qui se dirigent vers une voiture similaire à celle qui m'a emmenée dans cette demeure le premier jour. Ils me demandent de m'installer à l'arrière. Je m'exécute donc, je n'ai pas vraiment le choix de toute façon. Un Européen vient s'assoir à ma droite, puis quelques secondes plus tard, le deuxième l'imite à ma gauche. Je me sens légèrement compressée entre ces deux molosses, mais garde cette impression pour moi. Je ne veux pas m'attirer encore plus de problèmes dans l'immédiat.

Nous roulons une vingtaine de minutes et arrivons à l'aérodrome que j'ai déjà pu observer lors de mon arrivée. Depuis, le jet privé n'a pas bougé. Les gardes me font sortir de force de la voiture et me contraignent à monter dans l'avion, même si je n'en ai pas l'envie.

Si je change de planque tous les deux jours, la police ne me retrouvera jamais !

Les hommes ne me laissent pas le choix. Je m'apprête à m'envoler pour...

Marina a dit quoi déjà ? Rosario ?

A l'intérieur, ils ne m'emmènent pas dans la salle à l'arrière comme la dernière fois. Je suis installée dans la cabine principale, puis mes kidnappeurs redescendent et me laissent seule. J'analyse la décoration, beaucoup trop terne à mon goût. Comme dans la plupart des lieux que j'ai visités depuis cinq jours, il n'y a pas d'âme qui vive par ici. Les fauteuils sont blancs, les murs sont blancs, les tables sont blanches, les porte-bagages sont blancs... Pour faire court, tout est blanc. Nous avons beau être en Argentine, cette cabine est aussi gelée que l'Alaska.

J'attends. Au bout d'un long moment, mes ravisseurs remontent dans le jet et s'assoient près de moi après avoir refermé les portes.

Durant les quelques minutes qui suivent le décollage, le silence est complet. Je ne veux pas regarder les hommes qui m'accompagnent à Rosario, alors j'observe la forêt défiler sous nos ailes. Soudain, je suis dérangée par Léonardo qui m'interpelle. Je me tourne vers lui.

Qu'est-ce qu'il me veut encore ?

— Il est temps de t'expliquer ton rôle plus en détail.

Je le scrute, mais ne dis rien.

Je me contrefous de ses explications à la noix.

— Ce soir, nous allons rendre visite à l'un de nos clients. Je ferai toutes les négociations. Le but est simplement de te présenter à lui, alors je veux que tu fasses bonne figure. Je ne veux aucun mot de travers. Est-ce que j'ai été clair ?

Je lève les yeux au ciel.

Il me kidnappe, mais je dois faire le gentil toutou ?

N'importe quoi !

— Est-ce que j'ai été clair ? répète-t-il plus sèchement.

— Oui, grogné-je en roulant à nouveau des yeux.

— Maintenant, je vais te mettre au courant de ce que tu dois savoir à propos du trafic. Ce soir, le client et sa bande te prendront, toi, pour la cheffe du gang. Ils risquent donc de te poser des questions qui peuvent être délicates. Dans ce cas, je veux que tu répondes quelque chose de très très très vague pour ne pas risquer de tout mettre en péril. Ok ?

— Ok, lui réponds-je tout aussi sèchement qu'il ne l'a fait un peu plus tôt.

Léonardo commence alors à me communiquer des informations qui pourraient m'être utiles si jamais je dois répondre à des questions durant notre réunion. Je fais de mon mieux pour l'écouter, mais je n'y parviens que d'une oreille. Il me bassine avec un tas d'histoires que je préfèrerais ne pas connaître et c'est difficile pour moi. Elles me rappellent bien trop de mauvais souvenirs...

Chapitre 16

Alex

Nous sommes de retour au QG et Jason va bien. La balle a atterri dans son gilet, il n'aura qu'un gros hématome.

Il nous a fait une peur bleue !

Malgré tout, il est rentré chez lui il y a quelques minutes pour se reposer comme le lui ont demandé Elena et Lisa pendant plus d'une heure.

Depuis la salle d'observation, je regarde le commandant interroger ce Mattéo. Pour l'instant, il n'a rien avoué.

— Où étiez-vous samedi soir entre vingt heures trente et vingt-trois heures ?

— J'assistais au match de foot de mon fils. Il est dans l'équipe junior de Florence-Graham ! Si vous voulez des témoins, vous pouvez demander à tous les parents et enfants présents. Je criais sur le bord du terrain, j'étais à fond. Vous pouvez vérifier.

— Vous avez fait des vidéos ?

— Non. J'étais trop absorbé par le match, mais vous pouvez demander à n'importe qui. Ils m'ont sans doute vu et je suis forcément passé sur une de leurs vidéos à un moment donné ! J'étais au bord du terrain j'vous dis !

— Et bien, c'est ce que nous allons voir alors. Je n'ai qu'à passer quelques coups de fil, répond mon chef en levant les yeux au ciel.

Je sais qu'il ne croit pas une seule seconde à l'histoire du match de football. Les criminels sont prêts à inventer des tas de mensonges ridicules pour embobiner la police. Au Swat, nous l'avons vu un grand nombre de fois, mais malgré ses gros doutes, le commandant a l'obligation de vérifier cet alibi.

Il sort de la salle d'interrogatoire et Lewis, Bryan, Elena, Lisa et moi le rejoignons dans le couloir.

— Je connais deux personnes qui étaient sans doute au match de samedi. Leurs enfants jouaient dans l'équipe adverse. Je les appelle pour vérifier ce qu'il nous a dit. S'il criait sur le bord du terrain, il n'a pas dû passer inaperçu. Il sera peut-être sur une vidéo qu'ils ont faites... Je sais pas. On verra.

Johnson s'en va à travers le couloir en direction de son bureau, alors que mon équipe et moi restons devant la porte de la salle d'interrogatoire. Nous, nous ne pouvons rien faire pour l'instant. Toutes les cartes sont dans les mains du commandant...

* * *

— Il dit la vérité, s'exclame le chef de la police en nous rejoignant un quart d'heure plus tard dans une salle de repos. Mes amis m'ont confirmé avoir vu cet homme et ils m'ont envoyé une vidéo où nous pouvons l'apercevoir clairement. Ce n'est pas lui qui a enlevé Megan.

— Peut-être qu'il ne l'a pas fait, mais qu'il a demandé à quelqu'un d'autre ! Ce serait pas la première fois que ça arrive ! répliqué-je.

— Peut-être bien, oui, mais sans preuves, nous ne pouvons pas continuer son interrogatoire. Il va être transféré ailleurs où ils le jugeront pour les tirs que vous avez essuyés...

Pardon ?!

— On va le laisser s'en aller ?! Et s'il a un rapport avec la disparition de Megan ! Nous ne pouvons pas le laisser partir !

— Vous connaissez le protocole comme moi, Alex. Cela ne me plaît pas plus qu'à vous, mais nous n'avons pas le choix. Il va être transféré, c'est la loi.

Ce n'est pas possible. Je n'en crois pas mes oreilles. Nous allons le laisser partir ?! LE LAISSER PARTIR ??!! Peut-être que l'homme qui connaît toute la vérité, qui sait où se trouve ma copine et qui pourrait nous aider à la retrouver est dans ce QG, mais nous devons le laisser partir ??!!

J'hallucine.

Furieux, je m'éloigne de mes collègues pour ne pas risquer de me défouler sur eux inutilement. Je suis sur le point de tout détruire autour de moi. J'ai besoin d'être seul, et vite.

Le laisser partir.
Le laisser partir.
Le laisser partir...
Cette phrase tourne en boucle dans mon esprit et me fait totalement perdre mes moyens. Je me sens tellement impuissant et je déteste ça.

Chapitre 17

Megan

Il est dix-huit heures. Nous sommes arrivés à Rosario il y a quelques heures et nous sommes déjà installés dans une chambre d'hôtel plus spacieuse que ma maison. L'argent se fait ressentir et ça me donne la chair de poule quand je réfléchis à comment cette fortune est sûrement arrivée entre les mains de mes ravisseurs... Le haut plafond, les multiples pièces, les canapés en cuir blancs, les lustres en cristaux, les escaliers incrustés de pépites d'or... Ce luxe me donne envie de vomir. Des disparitions, des overdoses, des meurtres... il y a dû en avoir des dizaines, voire des centaines, pour arriver à une telle somme... Et moi, je suis là, plongée au centre de ce trafic. Je joue la cheffe de gang pour sauver ma famille en attendant une opportunité pour m'enfuir... Ça me dégoute.

Dans l'immédiat, je dois me préparer parce que ce soir, je rencontre un client du gang de mon père.

— Megan ! Tu es prête ? On va arriver en retard si tu continues et je te jure que notre client n'appréciera pas du tout ! me crie Léonardo depuis la cuisine de l'appartement.

Je finis de piquer un sixtus dans mon chignon noir et suis prête. Quand j'ouvre la porte de ma chambre, il m'observe longuement. Son regard pervers est désagréable sur ma peau bien trop visible dans ma tenue. Il m'a obligée à porter une jupe beaucoup trop courte à mon goût et un t-shirt qui ressemble plus à un soutien-gorge qu'à un t-shirt. Je ne suis pas du tout à l'aise. Pour ce qui est du maquillage et de la coiffure, il m'a demandé de faire quelque chose de voyant et de sexy. Je ne me reconnais absolument pas. C'est une horreur.

— Parfait. Notre client va adorer.

Je lève les yeux au ciel et passe devant lui. Ça m'énerve de voir sa vision des femmes. Selon lui, dans notre monde, pour être une femme respectée, il faut ressembler à une prostituée. Il est ridicule. Pour lui, les femmes ne peuvent pas être classes, elles doivent être vulgaires. J'ai envie de l'étrangler et de lui faire bouffer les faux ongles qu'il a ordonné à ma femme de chambre de me poser.

Je me dirige vers la porte principale de l'appartement où je croise les bras en attendant que les quatre hommes qui m'accompagnent à ce rendez-vous veuillent bien arriver. On me stress pour que je me dépêche, mais maintenant que je suis prête, je suis seule dans l'entrée !

— Et oh ! Y'a quelqu'un ?

— Calme-toi beauté, me recommande l'Hispanique en arrivant près de moi. Je te conseille de ne pas énerver le patron. Il peut être très sympa, mais quand on dépasse les bornes, il nous le fait comprendre direct et c'est pas drôle du tout.

Il peut être très sympa ? Je n'ai pas le souvenir qu'il l'ait déjà été avec moi.

Nous attendons tous les deux devant la porte d'entrée. L'Hispanique n'est pas particulièrement bien habillé. Il porte un jeans et un t-shirt. Simple et efficace. En l'observant discrètement, je m'aperçois qu'il n'est pas aussi moche que l'image que je m'étais faite de lui... Il est même plutôt beau...

L'arrivée de Léonardo et des deux Européens me coupe dans mes pensées ridicules.

L'Hispanique ? Beau ?

Jamais !

Putain ! Megan !

Ce mec t'a kidnappée !

Il est tout sauf beau !

Les cheveux blonds des deux plus jeunes de la bande sont mouillés. Ils doivent à peine sortir de la douche. En parallèle, leurs vêtements sont tous sauf chics. Leurs jeans troués et leurs t-shirts délavés ne nous montrent pas vraiment qu'ils travaillent pour un multimillionnaire... A contrario, Léonardo est sur son trente et un. Son costard noir lui donne un air d'homme d'affaire comme la première fois que je l'ai rencontré. Cependant, son regard est tout sauf élégant. Il ne se contente pas d'analyser mon visage avec insistance... il s'occupe d'un tantinet plus bas et j'en ai mal à l'estomac.

— Allons-y, lance-t-il, trop optimiste à mon goût.

Nous prenons l'ascenseur pour atteindre le parking sous-terrain de l'hôtel et entrons dans une voiture bleu marine que Léonardo conduit. Le stress que j'éprouve depuis mon enlèvement monte de plus en plus. Je suis flic, mais je vais à un rendez-vous en tant que cheffe d'un trafic de drogue national ! Et cette fois, ce n'est pas une mission d'infiltration comme je l'ai souvent fait dans la police !

Léonardo et l'Hispanique discutent tranquillement à l'avant de la voiture, alors que sur la banquette arrière, les hommes se taisent. Ils ont l'air stressés, eux aussi. Pendant le trajet, je regarde défiler les rues de la ville où des familles de toutes les classes sociales se baladent en ignorant tout de ma situation...

Au bout d'un quart d'heure, la voiture s'engage dans une minuscule ruelle sombre. Après un virage à gauche, Léonardo baisse sa vitre et dit à un homme :

— J'ai rendez-vous avec Lopez.

— Pour quel motif ?

Le conducteur descend la fenêtre arrière.

— Regardez qui j'emmène. Au centre.

Le garde recule jusqu'à pouvoir observer dans la voiture. En croisant mon regard, la surprise se peint sur son visage.

— Il a enfin décidé de nous la présenter ?!

— En chair et en os.

L'homme en reste bouche-bée. Quand il reprend ses esprits, il réussit à peine à articuler un « Allez-y ».

Mon patron ferme les vitres de l'automobile et les hommes armés qui bloquaient la route la dégagent. Ils tentent tous d'observer à leur tour dans le véhicule et pour ceux qui réussissent à m'apercevoir, leur réaction est immédiate : ils entrouvrent la bouche et écarquillent les yeux. Apparemment, je suis connue ici... Nous avançons dans la ruelle et au fond, nous nous arrêtons sur un parking.

— C'est parti, souffle Léonardo.

Les employés de mon père sortent de l'habitacle et je les imite. Quand je lève la tête, une vive panique remplit soudain mes tripes. Tout un groupe d'hommes, de femmes et d'enfants s'approche de nous. Un des surveillants de la planque a dû donner l'info comme quoi j'arrivais et une foule en délire s'est ruée à l'extérieur. Mes gardes forment alors une muraille autour de moi.

— Garcia !!!

— Mademoiselle ! Par ici !

— Megan !!! Megan !!!

Des mains tentent de me toucher, mais les quatre hommes autour de moi les en empêchent.

C'est quoi ce bordel ?! Pourquoi ces gens sont aussi fous ?!

— Ecartez-vous ! S'il vous plaît ! Laissez-nous passer ! essaye de se faire entendre Léonardo.

Dans la foule, mes gardes créent de force un minuscule passage juste assez grand pour nous permettre de nous y faufiler. Nous arrivons à la porte d'un bar vide, mais les individus qui nous suivent le remplissent rapidement de personnes de tous âges.

L'Hispanique prend les devants du groupe et se rend tout au fond vers un escalier surveillé par deux soldats. Ils nous laissent la voie libre, mais bloquent le chemin aux membres du gang que nous visitons. Malgré tout, j'entends toujours les cris de la foule qui me nouent l'estomac.

Qu'est-ce qu'ils ont franchement ?

Même dans les festivals les plus reconnus, les stars ne sont pas accueillies comme ça !

Je n'aurais jamais cru qu'un gang puisse recevoir quelqu'un qu'il n'avait jamais vu auparavant avec un enthousiasme pareil !

— C'est quoi leur problème ? demandé-je enfin quand nous arrivons dans un bureau où nous ne sommes que tous les cinq.

— Ton père t'a tellement décrite comme une déesse qui sauvera le gang de la faillite que tout le monde t'idole ici. Tous les membres comptent sur toi. Ce sera plus calme après. C'était juste la première minute.

— Je ne comprends pas. Vous m'avez dit qu'on allait voir un client, pas le gang de mon père.

Léonardo rigole.

— Tu étais flic, mais tu n'avais jamais compris que ton père est le chef d'un gang qui est représenté dans toutes les plus grandes villes d'Argentine ?

Ok. Une nouvelle information qui me fait encore plus détester mon père vient de m'être révélée.

Je ne bouge pas d'un cil et Léonardo comprend sans trop de difficulté la réponse que cache mon silence. Il m'informe alors :

— Le client est un des sous-chefs du gang.

Je hausse les sourcils, puis tourne la tête en expirant bruyamment. Je n'ai plus envie de lui parler. Je passe déjà une assez mauvaise soirée, pas besoin de rajouter de l'huile sur le feu.

Malheureusement pour moi, le bras-droit de mon père n'est pas près de s'arrêter là dans notre discussion.

— Tu ne l'avais vraiment jamais compris ? Après tant d'années, tu ne connaissais vraiment pas l'ampleur de son gang ?

— Bah nan. Les affaires de mon connard de père restent les affaires de mon connard de père. Je n'en ai absolument rien à faire !

Il s'abstient de répliquer à mes insultes, mais me pose une nouvelle question sur un ton trop calme :

— Même pas ce soir-là ? Quand tu as entendu notre discussion chez toi ?

Une discussion chez moi ? Mais de quoi parle-t-il bon sang ?

Je le regarde dans les yeux en essayant de comprendre, alors qu'un sourire malicieux se fige sur ses lèvres. Il me laisse dans l'ignorance plusieurs secondes et ça m'énerve. Il me laisse me retourner le cerveau pour recoller les morceaux de son énigme.

— Quand tu avais dix ans, ajoute-t-il.

Quand j'avais dix ans ?

Je le regarde en pleine incompréhension, mais tout à coup, une image me revient à l'esprit. Je comprends enfin de quoi il veut parler. Il fait référence à ce soir-là, il y a dix-neuf ans, quand j'ai écouté une conversation entre mon père et plusieurs de ses collègues de derrière la porte. Le soir où il m'a frappée... un des soirs où il m'a frappée...

— Vous étiez-là, lui affirmé-je simplement.

Je fais une pause pour analyser sa réaction : son sourire en coin s'élargit et son regard me crie que j'ai raison.

Purée. Il est au courant, au courant de tout... et il n'a jamais levé le petit doigt pour aider ma mère et moi...

Je le déteste encore plus maintenant.

— Vous savez. Vous savez tout.

Je l'assassine du regard. Si mes yeux pouvaient envoyer des balles, il serait déjà troué comme du gruyère. Il est au courant des violences que mon père faisait subir à ma mère et moi. Il sait tout, mais ça ne le heurte pas le moins du monde ! Il obéit à un homme qui battait sa femme et sa fille et ça ne lui pose aucun problème ! Quel con putain ! Je le haïssais déjà avant cette discussion, mais maintenant, j'ai envie de lui perforer le cerveau...

...s'il en a un...

Il est sur le point de me répondre, heureusement, la porte du bureau s'ouvre.

— Sanchez ! Quel plaisir de vous revoir ! s'exclame un homme en costard.

— Tout le plaisir est pour moi Lopez !

Les deux hommes se serre la main et l'inconnu ajoute en se tournant vers moi :

— En plus, en si belle compagnie.

— Je ne vous le fais pas dire.

Le sous-chef du gang s'approche de moi. Il me tend la main et je la serre sous les yeux sévères de mon patron. Quand je tente de la retirer, il la maintient avec force, il ne me lâche pas. Il m'observe entièrement et j'ai envie de disparaître. A l'aide de sa deuxième main, il m'attrape le menton. J'essaye de me dégager de sa poigne, en vain. Il analyse chacun de mes traits avec un regard identique à celui de Léonardo.

Pervers.

— Ton père t'a bien cachée depuis tout ce temps, dis donc. Tu as beaucoup changé depuis la dernière fois... en même temps, ça va bientôt faire vingt ans, alors je suppose que c'est normal... En revanche, tu as toujours les ravissants yeux de ta mère et le mince nez de ton père. Ça, ça n'a pas changé. Jolie, ma chérie.

Il me lâche enfin et je recule d'un pas, dégoûtée.

— Alors, nous la commençons cette réunion ? demande-t-il à Léonardo.

— Bien sûr ! Allons-y !

Chapitre 18

Alex

Furieux, je traverse les couloirs du Swat sans vraiment réfléchir à ma destination. Mon cerveau tourne en boucle autour d'une seule et unique information : nous allons devoir laisser partir un homme susceptible d'avoir un rapport avec l'enlèvement de Megan. Ok, il ne l'a pas kidnappée lui-même, mais qui a dit qu'il n'avait pas payé quelqu'un pour le faire ?

Les portes défilent. Il faut que je me décide. Où vais-je ? La seule chose que je sais, c'est que j'ai besoin d'être seul. Je passe devant une salle de repos pleine à craquer, la cuisine où discute une unité, des bureaux qui accueillent des agents en train de traiter des dossiers, puis devant ce bureau, son bureau.

Mes pas cessent.

Là-bas, il n'y aura personne. C'est sûr.

J'ouvre la porte et entre dans la pièce où, il y a maintenant trois ans, j'ai proposé à ma supérieure directe de m'accompagner au restaurant pour la première fois. La chaleur de la pièce a le don de réchauffer mon cœur de quelques degrés. Megan adore les petites décorations. Des photos et des bibelots ornent absolument tous les meubles. Son bureau est plein de vie, comme elle.

Je m'installe à son pupitre et observe un peu plus cette salle qui l'accueille normalement tous les jours. Des photos de paysages paradisiaques, de panoramas citadins et de fleurs sont encadrées et posées un peu partout. Seuls trois images représentent la vie personnelle de ma copine. Elles sont situées sur la table de son bureau pour qu'elle puisse les admirer tous les jours lorsqu'elle travaille.

La première est un selfie d'elle et sa mère sur le Golden Gate Bridge à San Francisco. L'année dernière, elles étaient parties en week-end là-bas pour se « ressourcer entre filles ». Autant dire qu'elles ont dévalisé les magasins et vidé leurs cartes de crédits.

La deuxième est un cliché de son groupe d'amis. Ils sont sept et aussi inséparables que les doigts d'une main un peu mal fichue. Ils sont toujours ensemble, toujours en train de faire je ne sais quelles bêtises. Ils ont peut-être trente ans, mais ça ne les empêche pas d'en avoir cinq de temps en temps... En plus, ils se connaissent sur le bout des doigts. Leur histoire a commencé dix-sept années en arrière et n'est pas près de se terminer.

Enfin, la dernière est une photo d'elle et moi pendant un week-end en amoureux à Las Vegas. Il remonte à plus de deux ans, mais les souvenirs de ces deux jours sont toujours aussi clairs dans mon esprit. Nos balades main dans la main autour des fontaines lumineuses de cette ville extraterrestre sont gravées en moi à jamais.

***

« Les jeux de lumière des fontaines de Las Vegas sont magnifiques, mais la personne à mes côtés l'est encore plus. Megan admire ces jets d'eau qu'elle n'avait pas encore eu la chance de voir. Elle vit à Los Angeles depuis seize ans, mais n'est pourtant jamais venue dans cette ville extraordinaire. J'étais obligé de lui faire découvrir ce lieu hallucinant ! Ce week-end, cela fait exactement six mois que nous sommes ensemble, alors c'était l'occasion de partir en vacances tous les deux pour la première fois.

Nous sommes sortis d'un restaurant asiatique il y a un peu plus d'une demi-heure et depuis, Megan et moi traînons dans l'allée qui longe le bassin des fontaines. Je la tiens par la taille et elle se serre contre moi. Qu'est-ce que j'aime son contact ! Nous ne sommes qu'en couple depuis six mois, mais je vois déjà tellement mal ma vie sans elle. Elle m'est devenue indispensable.

Nous ne parlons pas. Nous admirons simplement la ville qui s'étend à trois-cent-soixante degrés autour de nous. Mon cerveau est en pause. Il profite simplement de ce moment suspendu.

— Je veux une gaufre au Nutella ! s'écrie soudain ma copine qui me sort de mon état second.

Elle pointe du doigt un petit cabanon devant lequel attendent déjà une dizaine de vacanciers.

— Mais on a déjà mangé un dessert y'a moins d'une heure !

— C'est pas grave ! On s'en fiche ! rétorque-t-elle en se détachant de moi.

Elle m'attrape par la main et me tire au milieu de la foule.

— Pardon ! dit-elle à un homme quand elle le bouscule dans sa course au dessert.

Je ris. On dirait qu'elle n'a rien mangé depuis des mois ! Nous parvenons rapidement devant les vendeurs de gaufres, mais des personnes âgées, des parents, des enfants, des couples et des adolescents nous précèdent dans la file. Nous risquons d'attendre de longues minutes... Cependant, Megan s'en fiche royalement. Elle a le sourire jusqu'aux oreilles. Elle me fait penser à ma petite sœur de treize ans ! Tout ça pour une gaufre !

— Arrête de te foutre de ma gueule ! s'exclame-t-elle lorsqu'elle remarque mon air moqueur. Si tu continues, je t'interdis d'en prendre une aussi !

Sérieusement ?

— Tu veux me l'interdire alors que c'est moi qui vais devoir payer ?

Son sourire narquois est si joli. J'ai une envie folle de le recouvrir de mes lèvres.

— Laisse-moi réfléchir...

Elle se frotte le menton comme si elle devait analyser une question diplomatique, alors que la réponse, on la connaît déjà tous les deux : bien sûr que c'est moi qui vais payer !

— Tout à fait.

* * *

Nous sommes assis sur un banc face aux fontaines de Las Vegas. Megan dévore sa gaufre, alors que moi j'en profite. Ce n'est pas tous les jours que je déguste un succulent dessert, sur un banc à Las Vegas, à côté d'une ravissante femme qui obnubile mon cœur et mes pensées.

Nous restons là une demi-heure, peut-être plus. Nous papotons de tout et de rien. Le seul sujet que nous décidons de ne pas aborder est celui du boulot, du Swat. Nous sommes en vacances, alors tâchons d'en profiter au lieu de nous casser la tête !

Nos doigts sont entremêlés et nous rions. Nous rions à en avoir mal à l'estomac. Megan sourit de toutes ses dents et je l'enlace avec tout l'amour qui est humainement possible d'éprouver.

— Alex ?

— Megan ?

Un silence s'ensuit. Je tourne la tête pour attraper son regard, mais elle me fuit.

— Tu nous vois comment dans dix ans ?

Dans dix ans ? Waw... bah... je... euh...

Elle m'a pris de court...

Dans dix ans ?

Elle comprend ma surprise et continue :

— Moi, je nous vois dans une petite maison avec des mini-nous... deux ou trois. Pas plus ! Oula nan !

Elle rit et je l'imite. Bien sûr que non ! Pas plus que trois !

Une partie de moi imagine cette petite vie paisible que nous pourrions construire, alors que l'autre reste perplexe. Megan m'étonne. Normalement, elle n'est pas du genre à penser à l'avenir lointain... Elle a déjà été tellement déçue par le passé qu'elle n'aime plus penser au futur...

— Et toujours... bah nous quoi ! Deux gosses ! Peut-être avec un peu plus de neurones, même si ça, ça reste à voir... Et toi ?

Et moi ? Et moi...

Je me retourne une nouvelle fois vers elle. Je m'aperçois qu'à présent, elle me scrute. Elle attend une réponse. Ma réponse. Je cherche mes mots.

Dans dix ans ? Mais c'est dans super longtemps !

Je tente de me lancer même si sa question m'a pris au dépourvu.

— Dans dix ans... je nous vois toujours aussi bien ensemble... dans une petite maison avec des mini-nous qui courent partout. Par contre pas plus que trois !

Pour l'instant, je répète uniquement ses propres mots, mais ses yeux brillent et un petit sourire se dessine déjà sur les lèvres que j'aime tant embrasser. Je dois d'ailleurs me retenir pour ne pas le faire en la ramenant à la chambre d'hôtel...

Pendant mes fantasmes, ma copine attend la suite.
— Et mariés.
Son sourire s'élargie et ses yeux charbons rivés dans les miens s'enflamment.
— Et... je sais que je serai toujours aussi protecteur avec toi. Je ne voudrai pas te perdre, mais ça je le pense déjà à l'instant où on se parle alors bon... En tout cas, ce qui est sûr, c'est que je ne t'abandonnerai jamais. Dans n'importe quelle situation, je ferai toujours tout pour toi.
Après ces mots, son regard s'assombrit une fraction de seconde. Je sais qu'elle a déjà entendu un discours similaire de la part de quelqu'un d'autre qui n'a pourtant pas su tenir ses paroles, mais moi, à l'inverse de son père, je les tiendrai. Je ne bougerai pas.
— Vraiment ?
— Vraiment.
Elle se recule pour mieux observer mon visage et m'analyse aussi sérieusement que lors d'un interrogatoire au Swat.
— C'est une promesse ?
— Une promesse sur ma vie.
Je n'ai même pas eu besoin de réfléchir. Cette phrase est sortie toute seule.
Son regard se remplit d'amour et ses joues s'empourprent, alors qu'elle se resserre contre moi et que je la reprends tendrement aux creux de mes bras.
Quelques secondes s'écoulent, puis c'en est trop. Je ne peux plus me retenir. Je suis obligé de goûter à ses fines lèvres qui m'appellent depuis le début de cette discussion. »

* * *

Ce souvenir me redonne de la force pour me battre, me battre pour elle. Je lui ai promis que je ne l'abandonnerai jamais, et moi, je tiendrai ma promesse... contrairement à son père.

Chapitre 19

Megan

Léonardo, Lopez et moi sommes installés autour d'une table ronde. Mes gardes sont au fond de la pièce et ceux de Lopez sont près de la porte d'entrée. Pendant plus d'une heure, mon patron et le sous-chef du gang discutent d'arrangements commerciaux. Je commence franchement à m'ennuyer. Je m'avachis contre le dossier de la chaise et mes yeux rencontrent de grandes difficultés à rester ouverts.

Un bruit de machine me fait sortir de mon état second. Lopez se lève et va chercher une feuille dans l'imprimante derrière Léonardo. En revenant, il pose un contrat devant moi.

— Tu es d'accord avec ces arrangements Megan ?

Je n'ai rien écouté à la discussion, mais je vois Léonardo hocher légèrement la tête en face de moi.

— C'est parfait.

Le client me tend un stylo et je signe dans la case prévue à cet effet.

La réunion est terminée. Nous nous redirigeons donc vers le bar qui empeste la drogue à des kilomètres et où il y a encore plus de monde qu'à mon arrivée. Les quelques femmes et enfants de tout à l'heure sont partis, mais le nombre d'hommes a crû fortement. Quand j'arrive en haut des marches, les yeux sont à nouveau rivés sur moi. La foule tente de m'approcher, mais son chef s'interpose.

— Laissez donc Megan tranquille. Ce n'est pas une bête de foire. Elle est l'héritière du gang, la fille de Fernando Garcia. Merci de stopper immédiatement ce comportement inadéquat envers sa personne.

Les membres du réseau qui désiraient venir vers moi une trentaine de secondes auparavant reculent et retournent à leurs occupations, en me gardant tout de même dans leur ligne de mire. Léonardo, quant à lui, va boire un verre à la table du chef pendant que moi, je dois m'occuper comme je peux.

J'aperçois les deux gardes européens dans un coin de la pièce. Ils essayent tous les deux de draguer des Argentines qui ont l'air enchantées. Devant ce spectacle ouvert à tous, mon cœur se pince. Alex me manque. J'aimerai tellement être dans ses bras, à la maison, en train de regarder un bon film à la télé...

L'Hispanique vient vers moi. Il devine où je regarde et sans même voir son visage, je sens qu'il sourit. Il sait très bien à quoi je pense.

— Tu sais, y'a plein d'autres mecs bg sur terre. Te focalise pas sur cette amourette avec Axel.

— Alex, le corrigé-je.
— Bref. On s'en fiche, c'est pareil. Ce soir, fais-toi plaisir. Tous les mecs de cette pièce te veulent dans leurs lits, alors choisi-en un et c'est parti. Sinon, tu risques de devoir attendre longtemps ce soir. Tu vas grave t'ennuyer. Quand Sanchez commence à boire avec des clients, il n'en finit pas. Ça peut durer jusqu'à l'aube. C'est déjà arrivé plusieurs fois.

Je lève les yeux au ciel et secoue la tête.
— Avec Alex, c'est pas qu'une amourette, alors vos gars dealers, drogués et bourrés, mettez-les-vous où je pense.

Je lui tourne le dos et m'en vais parmi la foule dense. Plusieurs hommes saouls m'attrapent les bras pour me parler, mais je me dégage violemment à chaque fois.

— Eh mademoiselle, viens juste quelques minutes avec nous ! Allez ! m'accoste un vieillard qui empeste l'alcool.

Je ne prends pas la peine de lui répondre et continue mon chemin. Je me rends dans l'unique endroit calme dans ce bar de déglingués : les toilettes des femmes.

J'y suis seule. J'entends la musique à travers la porte, mais je me sens moins oppressée qu'un instant plus tôt. Je m'adosse contre le mur et me laisse glisser. Je me retrouve assise par terre, sur le carrelage glacé, les genoux repliés contre ma poitrine, les bras autour et ma tête par-dessus. Je tente de reprendre mes esprits.

La police va me retrouver.

Elle va m'aider.
Je ne resterai pas un objet toute ma vie.
Ce n'est qu'une question de temps...
Enfin... je l'espère...

Je reste ainsi pendant ce qui me semble être une éternité. Je pense aux personnes que j'aime, aux personnes qui, je le sais, n'abandonneront pas les recherches tant que je ne serai pas de retour à la maison. Alex, Maman, Louane et tous mes autres amis qui m'ont toujours soutenue dans les moments difficiles. J'imagine tout ce qu'ils me diraient s'ils étaient là et des larmes s'empressent de rouler sur mes joues. Je sais que je dois rester forte, mais c'est plus fort que moi...

En relevant mon visage dans le but de l'essuyer, je remarque la fenêtre en face de moi. Je me redresse en hâte et regarde à travers. Elle donne sur une ruelle qui n'est pas celle par laquelle nous sommes arrivés en voiture tout à l'heure.

Si je passais par là et tentais de m'enfuir... personne ne s'en rendrait compte dans l'immédiat... nan ?

Je sais que ce n'est pas une bonne idée, mais c'est la seule qui me vienne à l'esprit.

Pourquoi attendre une meilleure opportunité qui n'arrivera sans doute jamais ?

J'ai enfin une toute petite chance de réussir à m'enfuir. Je suis en dehors de la demeure blanche qui ressemble à une forteresse, mais risque d'y être à nouveau enfermée dans très peu de temps... C'est maintenant ou jamais...

Je prends mon courage à deux mains et ouvre la fenêtre qui est juste assez grande pour que je puisse passer. Je saute et atterris sur mes pieds sans problème. L'ouverture n'est pas à une distance phénoménale du sol, j'ai déjà connu pire.

Dans la ruelle, la voie est libre, je ne vois personne. *Parfait.*

A gauche, c'est un cul-de-sac. A droite, le chemin mène sur une avenue illuminée par des lampadaires. La lumière n'est pas idéale pour passer incognito, mais je n'ai pas vraiment le choix... Je sors dans la grande rue, c'est une route passante. Je baisse la tête et marche sur le trottoir d'un pas rapide pour fuir le plus vite possible les alentours du bar à drogués. Je ne cours pas. Si quelqu'un me voyait faire, il se poserait des questions.

Je ne sais pas ce que je ferai ensuite, je ne sais pas où je vais, mais peu n'importe. Pour l'instant, le plus important est de trouver une cachette loin d'ici.

J'avance. Devant moi, je devine de grands buildings. Qui sait ? Peut-être que là-bas, il y aura une bonne planque ou même un commissariat de police où je pourrai enfin demander de l'aide ?

J'ai déjà fait environ trois cents mètres quand une voiture bleu marine s'arrête sur le trottoir juste devant moi. Un homme de la soixantaine en sort et me scrute.

— Garcia ? Où vas-tu comme ça ?

Je tente le bluff. Je n'ai pas d'autre option.

— Excusez-moi, mais je ne m'appelle pas Garcia. Vous devez vous tromper monsieur.

— Arrête de te foutre de moi. Je t'ai vu pas plus tard qu'il y a une heure ! En plus, tu ressembles à ton père comme deux gouttes de vodka !

L'homme se rapproche de moi. Je tente de m'enfuir en courant, mais il me rattrape rapidement.

— Et bien ma petite. Je vais te ramener à mon cher et tendre fils.

Fils ? Léonardo est son fils ?

— Il ne va absolument pas être content. Je suis au courant de son petit manège, du kidnapping et de tout le reste. Ton père m'a mis dans la confidence. Je suis un vieil ami. En tout cas, ce qui est sûr, c'est que tes gardes ne sont pas très doués. Laisser s'enfuir une femme... qu'ils sont ridicules.

C'est pas possible ! Pourquoi fallait-il que ce vieil ami à mon père arrive maintenant ?!

Je me débats, mais n'obtiens aucun résultat. Il est bien plus fort que moi.

Qu'est-ce qu'ils ont à être aussi musclés par ici ?!

Préférant me ramener à pied qu'en voiture, il me pousse sur le trottoir. Nous marchons plusieurs minutes durant lesquelles je fulmine. Je donne des coups, mais il m'est impossible de me dégager. Il a trop de force pour moi.

Nous parvenons dans la ruelle par laquelle je suis entrée dans le bar avant la réunion et des gardes sont postés de tous les côtés. C'est fini. Je n'ai plus aucune chance de pouvoir m'enfuir.

Lorsque nous distinguons l'homme qui surveille la porte principale, le vieillard me lâche et me chuchote sèchement à l'oreille :

— Tiens-toi tranquille, parce que sinon, tu vas passer un très très très mauvais quart d'heure... déjà qu'il ne risque pas d'être des plus géniaux.

Il avance et je marche à sa hauteur. En nous voyant, le garde nous libère le passage. L'homme m'emmène à l'arrière du bar, dans une petite salle, un salon privé. Il m'y laisse seule et ferme la porte à clef en sortant.

J'observe la pièce et cette fois, il n'y a pas de fenêtre. Les quatre murs sont munis de papier peint vert aux motifs abstraits. C'est... hideux...

Je vais m'assoir sur un des nombreux fauteuils en cuir rouge, puis attends. Le temps passe, mais personne n'arrive. Je me sens mal. Léonardo ne va pas être content du tout et qui sait de quoi il est capable.

Tout à coup, j'entends le cliquetis de la serrure et la porte s'ouvre à la volée. Elle claque contre le mur et je sursaute alors que Léonardo entre en trombe, le visage remplit d'une colère noire. Si un regard pouvait tuer, je serais six pieds sous terre.

Derrière lui, l'homme qui m'a empêchée de m'enfuir, l'Hispanique et les Européens entrent à leurs tours. Ces deux derniers ont les traits tirés. Ils laissent paraître du stress et de la colère. En revanche, je n'arrive pas du tout à décrypter l'expression de l'Hispanique. Il a l'air en colère, mais aussi... déçu et désespéré ? C'est assez bizarre...

Quant au père de Léonardo, il semble heureux, fier de lui. Un sourire espiègle illumine son visage de vieux criminel à la noix. Il ferme la porte derrière les quatre hommes et mon regard se dirige à nouveau vers le bras-droit de la personne que je hais le plus. Quand je me relève de mon fauteuil, il attrape violemment mon bras d'une main et mon visage de l'autre. Il me fait vraiment mal. J'essaye de me dégager, mais il resserre sa poigne. Il me secoue, puis me grogne entre ses dents :

— Qu'est-ce qui t'a pris putain ?! Tu vas me le payer cher ! TRES TRES CHER !!!

Chapitre 20

Alex

Il est vingt et une heures. Je suis encore en train de lire des dossiers dans un bureau, mon équipe et le commandant m'imitent. La pile de casiers judiciaires que nous avons examinés devient de plus en plus imposante, mais nous n'avons repéré aucune information utile pour autant. Le désespoir se peint sur nos visages. Nous savons tous que plus le temps avance, plus les chances de retrouver Megan en vie diminuent. J'essaye de ne pas y penser et de me focaliser sur les recherches, mais cela n'empêche pas la peur de tordre mes tripes.

Nous avons travaillé toute la journée et la fatigue se fait sentir. Une intervention inutile, un interrogatoire raté et de la lecture à profusion, ça épuise autant physiquement que mentalement.

Du coin de l'œil, je distingue de l'activité vers Johnson. Il range le tas de feuilles qu'il était en train d'analyser et le grincement de sa chaise retentit à travers la pièce.

— Bon, je crois qu'il est temps pour nous tous de prendre une pause. Nous avons cherché toute la journée et l'équipe de nuit arrive pour continuer le travail. Allez donc vous reposer quelques heures. A demain.

Sur ces mots, il disparaît derrière l'encadrement de la porte. Mes amis ne tardent pas à le suivre et je me retrouve seul. Je termine de lire les cinq lignes du casier judiciaire d'un dealer de drogue que le Swat a arrêté il y a plus d'un an. Ça fait très longtemps, oui, mais nous remontons petit à petit dans le temps et pour l'instant, nous n'avons rien trouvé d'anormal. Nous recherchons réellement une aiguille dans une botte de foin. Je pense même que l'enquête est plus complexe que cette activité.

Je ferme le dossier qui ne m'a servi à rien et me rends au vestiaire où il ne reste plus qu'Elena et Lisa qui demeurent muettes. Je ne perds pas mon temps. Je prends simplement mon sac et rejoins ma voiture sur le parking.

En posant les mains sur le volant, je réalise que j'ai faim, vraiment super faim ! Aujourd'hui, je n'ai mangé qu'une barre de céréales au petit-déjeuner et mon corps crie famine.

Pourquoi ne pas aller au fast-food qui est tout près du quartier général ? Il est sur mon chemin pour rentrer chez mes parent en plus...

Je roule cinq minutes et me gare sur l'une des rares places qu'il y a sur ce parking un samedi soir. Voilà la seule chose pour laquelle je suis chanceux ces derniers temps...

Je sors de la voiture et me dirige vers l'entrée. Mon cœur se serre lorsque j'aperçois des enfants s'amuser dans l'air de jeux à l'extérieur du restaurant, des adolescents sur la terrasse qui discutent et rient à s'en faire mal à l'estomac, des personnes âgés qui mangent avec leurs petits-enfants... et des couples. Des couples qui se sourient comme au premier jour. Des couples réunis et qui peuvent manger ensemble, se parler, se toucher, rigoler et même s'embrasser...

Je suis dans la lune. Mon cerveau vagabonde à travers tous les dossiers que j'ai lus aujourd'hui.

Nous avons forcément loupé quelque chose à un moment ou à un autre ! C'est impossible autrement !

Toute cette histoire me met en rogne. Rien que d'y penser, mes mains tremblent de rage.

Je ne suis plus qu'à quelques mètres de la porte d'entrée quand une voix inconnue crie mon prénom dans mon dos.

Ce n'est sûrement pas pour moi. Je ne suis pas le seul Alex sur cette planète.

Je continue d'avancer et mon esprit retourne à sa mission : trouver la solution pour ramener Megan à la maison.

— Alex ! appelle encore le garçon.

Pour vérifier que je ne suis pas l'intéressé, je me retourne lentement et mon sang se glace instantanément dans mes veines. Je me retrouve nez à nez avec trois individus cagoulés qui parcourent d'un pas décidé la distance qui nous sépare. Je suis figé.

Mon corps ne se réactive que lorsque l'homme à l'avant du groupe essaye de me donner un coup de poing dans la tête. J'arrive à l'esquiver de justesse, mais il recommence sans attendre.

— Tu vas payer ! Payer pour sa connerie ! balance un de ses compagnons.

Payer pour sa connerie ? La connerie de qui ? De Megan ?

Mais de quoi parle-t-il bon sang ?!

Les trois hommes essayent de me frapper. Les coups pleuvent et j'ai beau savoir me défendre étant donné mon métier, à trois contre un, c'est compliqué. Mes doigts parcourent la ceinture de mon pantalon dans l'espoir d'y trouver mon arme, mais je me rends vite compte que j'ai dû la laisser dans la voiture.

Et merde !

Un homme sort soudain une barre métallique de son sac à dos et mes yeux s'écarquillent. A présent, ils sont armés, contrairement à moi. Le combat est totalement déséquilibré !

Je parviens à esquiver le bâton gris lors de ses premiers coups, toutefois, il réussit rapidement à atteindre ma jambe. Je résiste à l'attraction du sol, mais il s'acharne à me fracasser les membres inférieurs pour me mettre à terre. Et il y parvient.

Je suis à la merci de ces trois criminels. Ils profitent de ma faiblesse pour me détruire tout le corps. La douleur me fait hurler. J'essaye de donner des coups de pied pour les empêcher de continuer, mais il n'y a rien à faire. Ils se déchaînent sur moi et je perds complètement ma lucidité. Ma vue devient trouble.

C'est alors que dans l'atroce sifflement de mes oreilles, j'entends vaguement un des hommes annoncer à sa bande :

— C'est bon les gars, on y va !

Puis les chocs diminuent jusqu'à s'arrêter entièrement. Je distingue les pas de mes assaillants s'éloigner et ensuite, plus rien. Je vois noir…

Chapitre 21

Megan

— Tu te rends compte à quel point tu as merdé ?! Tout le gang aurait pu découvrir que tu n'es pas ici de ton plein gré ! S'ils s'étaient doutés que tu étais juste là pour une image à la con, le gang était fini ! Nous serions des hommes morts ! me crie Léonardo.

Je lève les yeux au ciel. Je me fiche de son sort ! Je me fiche du sort de ce gang ! Je veux juste revoir mes proches à Los Angeles !!!

— Mais je suis ici de force ! Vous me retenez prisonnière comme un vulgaire objet ! J'en ai rien à foutre de ce gang de merde ! Je veux juste rentrer chez moi ! Je ne suis pas votre putain de jouet ! hurlé-je.

Il fait les cent pas dans l'appartement et moi, je suis assise sur le canapé du salon. L'Hispanique et les deux européens sont dans un coin de la salle. Ils n'osent pas dire un mot.

— Tu es la fille d'un chef de gang extrêmement connu et respecté ! Tu devrais en être fière et nous rejoindre sans nous planter de couteau dans le dos !

— Je suis flic ! Pas dealeuse ! Pas cheffe de gang ! Flic ! lui crié-je. Flic ! lui répété-je pour être sûre qu'il l'ait bien entendu. Flic !

— Tu ne l'es plus ! Depuis la seconde où nous t'avons enlevée, tu n'es plus une poulette ! Tu n'auras pas le choix ! Ton père veut que tu deviennes l'une des nôtre et c'est ce que tu feras ! Tu n'as pas ton mot à dire !

— Après tout ce qu'il m'a fait endurer ? Après sa tentative d'assassinat sur ma mère et tous les coups que nous avons reçus ? Jamais de la vie ! Jamais ! Jamais !!! Je ne serai jamais de votre côté ! Vous m'avez entendu ? JAMAIS !!!

Il me met hors de moi.

Il pense vraiment que je vais rejoindre sa bande à la con ?! J'y crois pas !

Je bouillonne. Je tremble de rage et mes traits sont tirés comme ils ne l'ont jamais été. J'ai envie de faire souffrir l'homme en face de moi, de le tuer ! Je n'en peux plus !

Il ne répond pas à mes provocations, mais je le vois sortir son téléphone. Son visage affiche tout à coup un rictus et la colère que je pouvais y discerner il y a à peine quelques secondes s'est totalement évaporée. Souriant, il vient se planter devant moi et positionne son portable juste devant mon nez. Dessus, je peux voir une vidéo d'un parking. Du parking... du fast-food près du QG du Swat ?!

Quoi ?!

Je ne comprends pas la signification de ces image, mais quand j'aperçois Alex sortir de sa voiture et marcher vers la porte d'entrée, mon cœur s'arrête littéralement.

C'est pas bon signe...

Dans son dos, trois hommes cagoulés s'éloignent d'un buisson qui les cachait et le suivent. Léonardo monte alors le son de son téléphone.

— Alex ! crie un homme.

Quelques secondes s'écoulent sans réaction de mon copain.

— Alex !

Cette fois, il se retourne, mais reste de marbre face aux individus masqués.

Mais qu'est-ce qu'il fait ?!

Il ne se réveille que lorsqu'un des homme tente de lui asséner un coup de poing dans la tête. A ce moment-là, Léonardo actionne un bouton sur le portable et ordonne :

— Maintenant, tu dis « Tu vas payer. Payer pour sa connerie. ».

Il rappuie sur le bouton et j'entends un des garçons répéter ces mots à Los Angeles. Ensuite, les coups fusent. Mes yeux laissent s'échapper des larmes alors que je supplie Léonardo.

— Stop ! Pitié !

Mais il m'ignore...

Bientôt, Alex est à terre. Il ne fait pas le poids contre trois hommes et une barre de fer...

— Arrêtez ça ! S'il vous plaît ! Je ferai tout ce que vous voulez, mais pitié ! hurlé-je.

Je tente d'attraper le téléphone pour ordonner aux hommes cagoulés d'arrêter, mais Léonardo m'en empêche. Il savoure la scène tandis que moi, je suis en panique.

S'ils continuent à le frapper ainsi, ils vont le tuer !

— Pitié ! Je ferai ce que vous voulez, mais arrêtez ça !

Le diable apprécie vraiment ce moment. Il se tape un fou rire en regardant ces images.

Quel connard putain !

Je ne peux pas m'empêcher de regarder la vidéo qui me détruit de l'intérieur. Je suis si impuissante face à ce qu'il se passe à plus de neuf-mille kilomètres et j'en tremble.

Alex... Je suis tellement désolée...

Au bout de très longues secondes de souffrance, Léonardo rappuie sur l'écran :

— C'est bon, déguerpissez.

La scène d'horreur se termine, mais Alex reste au sol. Il ne se relève pas.

Faites qu'il aille bien !

Il ne bouge toujours pas...

Pitié ! Alex ! Relève-toi !

Le connard éteint le téléphone et appelle l'Hispanique.

— Fous-la dans sa chambre avant que je ne la tue.

Et il s'en va en direction de la cuisine. Son collègue obéit, mais il n'a pas l'air en colère. Ses traits sont plutôt déçus.

— Tu n'aurais pas dû faire ça. Je t'avais prévenue. Il ne faut pas énerver le patron, me chuchote-t-il quand nous passons le pas de la porte.

Il fait une pause quelques secondes, puis ajoute :
— Au fait, je suis désolé pour Alex.

Et il m'enferme dans la chambre. Je me retrouve seule, comme souvent ces derniers temps. J'arrache les épingles qui tiennent mon chignon et les balance à travers la pièce, à bout de nerfs.

Léonardo a osé s'en prendre à Alex ! Il s'en est pris à Alex ! A mon Alex ! Quel merdeux !

J'enlève mes vêtements pour en enfiler des bien plus confortables. Tout au fond de ma valise, je trouve un t-shirt large et un jogging.

Parfait.

Je me jette sur mon lit et m'emmitoufle dans la couette. Je me sens mal. Alex s'est fait tabasser par ma faute ! A cause de moi !

Arghhhh !!!

Je ne sais pas comment m'en sortir. Je suis surveillée et utilisée en permanence. Je n'en peux plus. Il faut que je rentre chez moi. Il le faut... Je n'en peux plus.

Je n'en peux plus...

Malheureusement, si la police ne me retrouve pas, cet horrible manège risque de continuer encore longtemps... beaucoup trop longtemps...

Chapitre 22

Alex

J'ai mal partout. J'ouvre difficilement les paupières. Je suis allongé sur un lit, dans une salle que je ne connais pas. Je tourne légèrement la tête sur le côté et entrevois ma famille. Mon père, ma mère, mon petit frère et ma sœur cadette. D'ailleurs, quand cette dernière aperçoit mon minuscule mouvement, elle hurle mon prénom aussi fort que lui permettent ses poumons.

—Doucement Lilou ! lui reproche ma mère qui se retourne immédiatement vers moi. Comment tu vas mon chéri ?

— On est où ?

— A l'hôpital mon ange. Une bande de crétin t'a tabassé devant le resto près de ton travail. Tu te souviens ?

Je ne me rappelle à peine quelques brides de ce qu'il s'est passé... Un trou béant remplit mon esprit et je déteste ça.

« Une bande de crétins t'a tabassé... »
« Une bande de crétins t'a tabassé... »
« Une bande de crétins t'a tabassé... »

Je dois me concentrer comme un dingue, mais au fur et à mesure des secondes, la scène me revient en tête.

Les hommes cagoulés.
La barre de fer.
Les coups.
« Tu vas payer. Payer pour sa connerie. »

J'en ai des frissons rien que d'y repenser... J'aurais pu y laisser la vie s'ils s'étaient acharnés encore un peu plus...

Mais payer pour quoi ? Pour qui ? Qui sont ces mecs !?

Ces questions m'envahissent le cerveau...

Voulait-il parler de Megan ?

Je n'en ai aucune idée...

Qu'aurait-elle fait pour qu'il y ait de tels répercutions ?!

Je ne comprends pas. Je ne comprends rien !

Mon frère m'interpelle soudain. Je me rends alors compte que mon regard s'était perdu dans le vide. Mon esprit avait totalement quitté ce lit aux draps blancs.

— Pardon, je pensais à...

— Megan, termine ma petite sœur de quinze ans.

— A Megan, répété-je.

Un silence de mort s'installe entre les quatre murs qui nous entourent.

Megan.

Ce prénom est horriblement maudit ces derniers jours. Le simple fait de l'énoncer me rend malade et après ce qu'il vient de m'arriver, je sens que ce sera de pire en pire...

— Bonjour monsieur Brown. Comment allez-vous ? intervient une jeune infirmière en entrant dans ma chambre.

— Ça pourrait aller mieux.

— Je m'en doute... Nous vous avons emmené ici après la réception de nombreux coups. Vous avez eu un traumatisme crânien, mais vous êtes tiré d'affaire. Nous devons juste vous garder en observation le reste de la journée, puis vous pourrez rentrer chez vous. Par contre, vous risquez d'avoir quelques maux de tête ces prochains jours, alors je vous conseille sincèrement de rester à la maison.

— C'est impossible. Je dois aller travailler.

— Avec un certificat médi...

Je l'interromps, déterminé.

— Nous sommes sur une enquête que je n'ai pas le droit de louper. J'irai travailler. Merci, lui affirmé-je un peu trop sèchement.

— Euh ben... comme vous préférez alors. D'ailleurs, il y a vos collègues qui patientent dans la salle d'attente. Je peux les laisser entrer ?

J'accepte sans hésiter. Ils font partie de ma famille et ce sont les seuls qui peuvent réellement m'aider à ramener ma copine à mes côtés.

Mes parents m'observent. Le soulagement se lit sur leur visage, alors que seule la peur éclaire le mien. Megan n'est toujours pas de retour et plus le temps avance, plus les chances de la retrouver en vie diminuent.

La chambre d'hôpital n'arrange en rien mon état d'esprit. Elle est froide. Les murs et le sol sont blancs. Aucune décoration n'habille la pièce et le lit ainsi que les quelques chaises sont les uniques meubles qui remplissent l'espace... j'en ai presque des frissons. Cette salle n'a pas de vie. Elle est vide, sans sens. On dirait que la mort guette ses occupants, c'en est flippant.

Mes collègues et amis arrivent dans ma chambre au pas de course et les filles se rapprochent immédiatement du matelas. Elles ont l'air beaucoup plus inquiètes que les mecs qui laissent paraître des visages relativement détendus.

— Comment tu vas ? me demande Elena.

— Tu nous as fait une de ces frayeurs ! enchaîne Lisa.

Je hausse les épaules.

Comment je vais ?

J'en sais rien.

Physiquement ou mentalement ?

Elles attendent une réponse et ne bougent pas tant que je n'ouvre pas la bouche.

— Vous inquiétez pas les filles. Je vais bien.

— Ça, c'est toi qui le dis, mais je te jure que sur les caméras de surveillance, c'est violent ! Très violent ! Tu aurais pu être dans un état bien pire !

* * *

Mes amis et moi avons discuté pendant près d'une heure. J'ai appris que durant mon hospitalisation, l'enquête sur l'enlèvement de Megan n'a pas avancé d'un poil et que mon équipe a été missionnée de retrouver les cinglés qui m'ont tabassé. Ils sont tous certains que mon attaque a un lien avec leur capitaine, et encore plus depuis que je leur ai expliqué la scène en détails. Ils ont directement été du même avis que moi : *« Tu vas payer ! Payer pour sa connerie ! »* est en rapport avec elle.

Ma copine se fait enlever, puis des hommes viennent me ruer de coups avec cette phrase. La coïncidence serait incroyable et dans mon métier, on nous apprend dès le début que les coïncidences n'existent pas.

Mes collègues s'en vont pour enquêter depuis le QG où ils disposent de tout le matériel nécessaire. En parallèle, ils ont demandé des analyses ADN rapides de la scène de crime, mais une fusillade vient d'avoir lieu dans les quartiers ouest, ce qui devrait retarder le verdict...

En ce moment, le commandant tente de faire accélérer le retour des résultats, mais il y a des priorités... et un flic qui se fait tabasser après la disparition de sa copine, le capitaine de la police de Los Angeles, n'en est apparemment pas une des laboratoires de la ville...

Chapitre 23

Megan

Je meurs de faim. Léonardo m'a fait enfermer dans cette chambre il y a plus de deux jours. Depuis, je n'ai reçu qu'un bol de riz que l'Hispanique m'a amené en silence.

Actuellement, je suis couchée sur le lit et regarde le plafond. Je n'ai pas grand-chose d'autre à faire... Je n'ai pas de téléphone, de livre, de télévision, et cætera. Le pire, c'est que la pièce ne possède même pas de fenêtre. Je commence sérieusement à devenir claustrophobe à force de rester enfermée ici.

J'entends de temps en temps des pas dans l'appartement, des portes s'ouvrir et se refermer, des hommes qui parlent, mais le silence revient à chaque fois.

Je me sens plus seule que je ne l'ai jamais été. J'ai passé les deux derniers jours à me remémorer la vidéo d'Alex qui se fait tabasser et mon évasion totalement pourrie et inutile. Je n'ai réussi qu'à mettre mes proches en danger. Je me sens tellement mal.

Je distingue à nouveau des pas dans l'appartement et leur son augmente.

On dirait que quelqu'un me rend une petite visite...

Fatiguée à cause de ma mauvaise alimentation de ces derniers jours, je m'assois difficilement. Le visage de l'Hispanique passe par l'entrebâillement avec une expression étrange, puis il s'approche à quelques pas du lit.

— Nous partons pour Mendoza dans une heure. Le petit-déjeuner est sur la table de la cuisine et ensuite il faudra que tu te prépares.

Ce qu'il vient de me dire, je m'en fiche royalement. Une seule question tourne en boucle dans ma tête :

— Comment va Alex ?

— Il survivra, me répond-il distraitement.

A pas lents, il se rapproche de moi, bien trop près de moi. Il s'assoit à quelques centimètres de mon corps et je m'écarte sans aucune hésitation. Je ne veux pas attraper la peste.

Ses lèvres s'étirent en un sourire qui ne présage rien de bon pendant que ses pupilles brûlent d'excitation. Il se glisse vers moi une nouvelle fois et sa main se faufile jusqu'à ma cuisse. Je m'éloigne immédiatement.

Il est hors de question que ce gros porc me touche !

Il se rapproche encore de moi et repose sa main sur ma jambe, mais cette fois, un peu plus haut. Je tente de le repousser, mais il bloque mon torse grâce à son deuxième bras. Je me débats de toutes mes forces, en vain. Il a beaucoup plus de force que moi. Je suis piégée.

— A quoi vous jouez putain ?! hurlé-je.

Il ne me répond pas. Je tente encore de m'écarter, mais je n'y parviens pas. Sa main remonte doucement sur mon jogging et cette sensation est épouvantable, elle me procure d'horribles frissons.

Comment ose-t-il ?!

Il sourit et ça me dégoute.

Il est dealer, kidnappeur, et en plus de ça, pervers ! Nan mais j'y crois pas ! C'est pas possible !

Sa main me caresse de plus en plus haut et la panique me submerge.

Quand va-il repartir ?! Il veut aller jusqu'où ?!!

— Mais arrêtez bordel ! Lâchez-moi !

Mes paroles n'ont aucun effet sur lui, alors je recommence :

— J'ai dit LACHEZ-MOI !!! LACHEZ-MOI !!!

Il arrête subitement son geste malsain. Ses yeux trahissent ses pensées. Il vient de se rendre compte de ce qu'il était en train de faire, et si son patron l'apprend, je ne lui donne pas vingt-quatre heures avant de finir au fond d'une rivière.

Il s'éloigne brusquement et j'en profite pour me lever en hâte.

— Mais vous êtes taré !!!

— Désolé, bafouille-t-il avec une pointe de sincérité dans la voix.

Je me précipite dans la cuisine. Je ne peux pas croire ce qu'il vient de se passer.

Il...

Putain...
Qui sait jusqu'où il était prêt à aller...
Je balance cette pensée loin de moi. Le petit-déjeuner est servi et je compte bien me goinfrer, même si mon appétit a régressé ces dernières minutes. Je n'imaginais pas que l'Hispanique était aussi perturbé...
Je n'étais déjà pas à l'aise en sa présence avant... alors maintenant, c'est encore une autre histoire...

Chapitre 24

Alex

Mon agression a eu lieu il y a trois jours et nous sommes encore au point mort. Les résultats d'analyses pour tenter de déterminer qui sont ces fameux hommes cagoulés ne sont toujours pas arrivés. Nous ne savons donc pas encore si cela a réellement un lien avec l'enlèvement de Megan.

Les laboratoires de Los Angeles sont débordés à cause de l'attentat qui a eu lieu dans les quartiers ouest. Sept morts et onze blessés ont été répertoriés par les services de police. Deux unités du Swat ont également été mises sur l'enquête et cela ne me plaît pas du tout. Ce sont des agents en moins qui recherchent ma petite amie, mais bien sûr, je ne peux rien dire, car les familles des victimes attendent l'arrestation de l'assaillant tout comme moi j'attends celle des ravisseurs qui me font vivre un enfer depuis bientôt deux semaines.

Il est à peine cinq heures du matin, mais toute l'équipe est déjà au QG. Cependant, les analyses n'arrivent pas.

Trois jours purée ! Ils se fichent de nous ou quoi ?!

Les bras croisés, debout autour de l'ilot central de la salle de contrôle et luttant pour ne pas tomber de fatigue, j'attends.

J'attends.

J'attends.

Je n'en peux plus.

Je deviens fou.

La nuit, je ne dors plus et le jour, je me tue pour cette enquête qui n'avance pas d'un pouce, mais j'ai l'impression que ces laboratoires s'en fichent royalement ! Le document qui est censé accueillir le verdict des scientifiques reste vierge depuis plus de soixante-douze heures.

Pourquoi est-ce si long franchement ?!

Soudain, alors que la majorité de mes collègues somnole à côté de moi, Elena s'exclame :

— Les résultats sont arrivés !!!

Mon cerveau se réveille immédiatement après ces mots et mes yeux s'ouvrent tel des soucoupes. J'attends cette phrase depuis tant d'heures et en effet, des traits noirs sont apparus sur l'ancienne page blanche ! Enfin !

« Les résultats sont arrivés !!! »

Toute l'équipe sort de son mutisme et nous attrapons vivement nos tablettes. Le commandant lit les informations qui viennent de nous parvenir :

— Il y a trois traces ADN qui ont été retrouvées sur les lieux, mais deux nous sont inconnues. Nous ne connaissons donc qu'un des agresseurs, Tom Joyce. C'est un petit trafiquant qui a déjà fait trois courts allers-retours en prison. Cependant, il n'y a aucune concordance avec les traces de l'enlèvement de Garcia... mais ça ne veut rien dire. Les deux évènements ont sans doute un autre point commun et nous n'allons pas tarder à le trouver, j'en suis persuadé, mais pour l'instant, il faut qu'on retrouve ce fameux Tom. C'est la première étape.

— Et on a une adresse. On demande un mandat ? le questionne Lewis.

— Je m'en occupe. Allez-vous préparer. Cette fois, je sens que nous tenons quelque chose.

Et il s'en va téléphoner au juge afin d'obtenir l'autorisation de perquisitionner la maison de Joyce. Nous voulons simplement lui demander quelques explications en salle d'interrogatoire.

Les minutes passent. Mon équipe a eu le temps d'aller se changer au vestiaire et de revenir attendre dans la salle de contrôle, mais le commandant ne réapparaît pas. Nous craignons que la demande de mandat ait été refusée, alors qu'il n'y aurait vraiment aucune raison à son rejet. Ce serait ridicule.

Pourquoi nous enlèverait-il notre seule chance de retrouver Megan ?

Après une attente insoutenable, Johnson arrive enfin avec un morceau de papier dans la main.

— Désolé pour l'attente. Le juge voulait plus de précisions concernant l'enquête avant d'accepter. Mais maintenant c'est bon. Allez-y.

* * *

Le paysage défile à travers les fenêtres du blindé. Une vingtaine de minutes nous séparent du domicile de mon agresseur et nous en profitons pour répéter notre plan d'intervention. Nous devons le connaître sur le bout des doigts. C'est indispensable.

— On arrive dans trente secondes ! annonce Bryan sur le siège conducteur.

A l'arrière, nous nous préparons à descendre du véhicule dans une ambiance plus que tendue. Le stress monte parmi les membres de mon équipe et un silence de mort s'installe.

Le blindé s'immobilise et mon cœur s'accélère. Il bat à mille à l'heure, je ne le contrôle plus. Je suis en transe. Je ne suis normalement jamais aussi perturbable avant une intervention, mais aujourd'hui, je m'attaque à mon agresseur, celui qui m'a envoyé à l'hôpital, mais aussi à un gaillard qui sait peut-être où se trouve Megan. Nous devons l'avoir vivant, nous n'avons pas le choix.

— Allez. On y va, déclaré-je.

Nous sortons et nous rapprochons d'une maison de plain-pied, entourée par une clôture en piteux état. Les vielles planches sont rongées par les champignons et les mauvaises herbes, quant à l'ancienne peinture blanche, elle a viré au gris parsemé de vert, sûrement de la moisissure...

L'unité se met en formation, les uns derrière les autres. Je suis à l'avant de la file, comme d'habitude.

« On ne change pas une équipe qui gagne » comme on dit.

Je pousse le portail et avance dans ce qui pourrait aussi s'appeler une décharge. Des bouteilles de bière, des vieux vêtements troués, des cartons de pizza et des sacs poubelles à moitié mangés par les rats se comptent par dizaines dans les hautes herbes. Une odeur nauséabonde s'en échappe et je lutte pour ne pas courir en sens inverse afin de m'éloigner de ce carnage.

C'est plutôt une bonne technique pour ne pas être embêté. Très peu de personnes doivent avoir le courage de s'aventurer dans ce « jardin ».

Nous arrivons difficilement devant l'entrée de cette bicoque et Jason n'attend pas une seule seconde pour défoncer le battant, en espérant que l'air soit plus respirable à l'intérieur...

Mais apparemment pas...

Nous passons le pas de la porte à reculons et nous séparons en deux groupes. Bryan, Elena et moi partons en direction du salon et de la cuisine, tandis que nos trois coéquipiers prennent celle de la chambre.

La maison n'étant pas gigantesque, nous parvenons rapidement dans la pièce à vivre qui déborde de drogue. De le poudre blanche est éparpillée sur la table basse et un nombre incalculable de sachets traînent un peu partout.

Comment s'en est-il procuré autant ? Il n'a pourtant pas l'air plein aux as...

Le salon est si petit que son analyse ne me prend pas plus de deux secondes : il n'y a personne par ici.

— Salon RAS, crié-je.

Elena écarte une pile de cartons afin d'atteindre la cuisine. Je la suis de près, Bryan sur mes talons.

— Cuisine RAS, annonce ma collègue depuis l'arrière du plan de travail.

La voix de Jason résonne au même moment dans nos oreillettes :

— Chambre RAS.

Où te caches-tu Tom ?

Bryan ouvre plusieurs tiroirs et nous découvrons tous les trois leur contenu : de la drogue, de la drogue et encore de la drogue. Je n'ai jamais vu ça.

— Salle de bain RAS, nous informe Lewis.

Elena observe le frigo en piteux état. Je doute qu'il puisse encore fonctionner. La porte se détache du reste de la carcasse et les fils électriques ont été rongés par je ne sais quel animal...

Mon amie tire la poignée du bout des doigts et encore une fois, nous retrouvons des sachets pleins de stupéfiants.

— Comment a-t-il pu trouver autant de drogue franchement ? Même un grand trafiquant ne peut pas s'en procurer autant en une année entière ! s'exclame-t-elle.

Je lève les paumes vers le ciel. Je n'en ai aucune idée. J'ai l'habitude de perquisitionner des repères de dealers, mais ils ne sont jamais de cette ampleur.

— Bureau RAS. Il n'y a personne dans cette maison, déclare Lewis.

— Tout le monde a vérifié les parois cette fois ? taquine Jason.

Je me remémore les plans de la maison, mais aujourd'hui, je n'ai pas le souvenir que les dessins du bâtiment que nous avons analysés au QG étaient différents de tout ce que j'ai pu observer ici.

— De notre côté, tout est ok, annonce Bryan juste avant que je ne puisse répondre. Et chez vous ?

— Pareil, lâche Lisa à bout de nerfs.

Rien.

Encore.

Je détache mon casque. L'intervention est terminée. Il n'y a personne dans cette baraque.

Bryan, Elena et moi nous dirigeons vers la sortie. Nous n'avons plus qu'à rentrer au QG maintenant. Tom Joyce n'est pas chez lui et ses camarades non plus.

— Nous allons mettre la maison sous surveillance, le gosse reviendra forcément à un moment ou à un autre, nous informe le commandant dans nos oreillettes.

Je trottine dans les hautes herbes du jardin. L'odeur âcre pique toujours autant et je peine à respirer. Je m'apprête à envoyer valser le portillon lorsque la voix de Lisa m'interrompt :

— Euh... les gars... Faut qu'vous veniez voir ça... dans le bureau. C'est... euh... Venez...

Je me retourne et fixe mes collègues, perplexe face à l'attitude étrange de notre amie.

Qu'est-ce qu'ils ont trouvé ?

Nous accélérons le pas et rejoignons nos amis dans le bureau au fond du couloir. A l'identique du reste de la maison, il est en bordel. Dans un bordel sans nom. Des feuilles sont éparpillées au hasard dans la pièce, des cartons forment d'approximatives piles contre les murs et les livres de la bibliothèque ont apparemment trouvé leur place sur le parquet.

Je lève les yeux au ciel devant ce désastre. Si Megan était avec nous aujourd'hui, elle aurait déjà eu un infarctus ! Elle ne supporte même pas quand je laisse une fourchette dans l'évier, alors là... je n'ose même pas imaginer...

L'aîné de l'équipe lit un document sur le pupitre alors que les deux autres policiers examinent la salle dans ses moindres détails. En me voyant, Lewis attrape le dossier qu'il étudiait et me le tend.

— Regarde le nom à côté de la signature.

Je baisse les yeux vers le bas de la page et mon souffle se suspend. J'ai besoin de fixer le nom plusieurs secondes avant de vraiment le comprendre.

Mais c'était impossible...
Oh mon Dieu...
Quelle horreur...
Je...

— Fernando Garcia.

J'ai maintenant la confirmation que mon agression a bel et bien un lien avec l'enlèvement de ma petite amie. L'homme qui m'a rué de coups devant un restaurant communique avec son père en même temps que sa disparition. La coïncidence est bien trop énorme pour que ce ne soit qu'un pur hasard.

Mais comment son géniteur peut-il être impliqué ?

Quand nous avons fait des recherches, il y a une semaine, les chances pour que Fernando Garcia ait quelque chose à voir dans toute cette histoire étaient près de zéro ! Il est enfermé dans la prison la plus sécurisée de toute l'Argentine ! Il n'a aucun contact avec l'extérieur !

— Je ne comprends pas l'espagnol à la perfection, mais je crois que c'est un contrat. Ce document atteste que Tom Joyce et deux autres hommes acceptent de s'attaquer à toi, mais aussi à la mère de Megan et à une certaine Louane, si Megan fait un faux pas.

Si Megan fait un faux pas ?

Mais qu'est-ce que ça veut dire ?

Je me repasse en boucle toutes les informations que Lewis vient de me transmettre. S'il ne se trompe pas, Andréa et Louane peuvent être des cibles comme je l'ai été moi !

Je m'exprime alors à l'intention du commandant qui entend tout ce que nous disons depuis le QG :

— Il faut des patrouilles chez la mère de Megan et chez Louane Sighentez pour assurer leur sécurité. Je ne veux pas qu'il leur arrive quoi que ce soit d'identique ou de pire qu'à moi.

— Je viens d'envoyer des voitures chez elles. Elles ne devraient pas tarder, me répond-il du tac au tac.

Chapitre 25

Megan

Nous sommes arrivés à Mendoza avant-hier soir et séjournons dans un hôtel encore plus luxueux que le précédent. La première fois que j'ai posé un pied ici, j'en suis restée bouche-bée.

L'appartement comprend une cuisine plus moderne que dans toutes les pubs télévisées que j'ai pu voir dans ma vie, un salon aux multiples fauteuils en tissu blanc ornés de coussins et de plaids pastels, ainsi qu'une salle de jeu où les hôtes peuvent s'amuser avec un billard, un babyfoot, un jeu de fléchettes, etc…

Les cinq chambres sont aussi grandes que le salon et contiennent de gigantesques lits recouverts de polochons et de couvertures plus douces les unes que les autres. De plus, chaque pièce possède un boudoir et une salle de bain privée.

Avec mon salaire de capitaine au Swat, qui est déjà aisé par rapport à la majorité des citoyens, jamais je ne pourrai me permettre de payer quelques nuits dans cet hôtel. Je pense qu'en deux jours, j'aurais déjà épuisé mon salaire annuel... C'est hallucinant.

Assise sur l'un des fauteuils du salon de thé de ma chambre, je lis un roman que j'ai trouvé dans l'immense bibliothèque à côté de mon lit. En face de moi, une baie vitrée me laisse admirer la sublime vue sur la nature. Nous ne séjournons pas directement à Mendoza, mais à quelques kilomètres, dans la verdure et non pas dans la ville.

Dans d'autres circonstances, j'aurais trouvé ça magnifique...

Un balcon privé est de l'autre côté de cette fenêtre, mais Léonardo a gardé la clef pour éviter que je ne m'enfuie. Avant-hier soir, une fois toute seule, j'ai essayé de trouver une solution, mais je n'ai rien pu faire. Je n'ai pas réussi à crocheter la serrure. Il m'est totalement impossible de sortir et de m'éloigner de ces hommes qui me voient comme l'égale du tableau dans le hall d'entrée...

Des coups sur la porte me sortent de mes pensées...
— Entrez.
— On mange, m'informe Léonardo en passant la tête par l'entrebâillement.

J'ai très faim, mais je ne veux pas voir l'Hispanique. J'ai juste envie de rester dans cette pièce et de me morfondre dans cet enfer, malheureusement je n'ai pas le choix. J'ai l'obligation de manger avec lui, les deux Européens et Léonardo.

Arghhhh.
— J'arrive, grincé-je.

Il s'en va et je retire le plaid dans lequel je m'étais emmitouflée. Je me lève doucement. Je ne suis absolument pas pressée.

***

Le repas est bientôt fini. Ce soir, nous avons mangé des empanadas, une spécialité argentine. C'était très bon, mais ma mère les cuisine encore mieux. C'est son péché mignon.

Mon assiette est vide et je m'apprête à prendre congé quand Léonardo m'interpelle sans même m'adresser un regard :

— Nous partons voir un client dans une demi-heure. Prépare-toi dans le même style que la dernière fois.

Je l'observe longuement.

Il se fiche de moi ?

Il n'aurait pas pu me prévenir avant ?

Je lève les yeux au ciel et retourne dans ma chambre en trainant les pieds.

Je n'ai aucune envie de retourner jouer la cheffe de gang dans une planque !

Je sors des habits de ma valise, mais rien ne me correspond. Je déteste ces vêtements, je déteste ces hommes et je déteste tout ce qu'il est en train de se produire.

Si seulement j'étais chez moi...
Dans les bras d'Alex...
En train de l'embrasser...
Arghhhh !

J'ôte vivement cette pensée de mon esprit. Je dois rester forte et ce n'est pas en me créant des scénarios que cela fonctionnera !

Je retourne à mes bouts de tissus.

Je mets quoi ce soir bon Dieu !
Une jupe ?
Une robe ?
Un short ?
Arghhhh !!!

Je ne parviens plus à réfléchir. L'image d'Alex et moi m'aveugle. Je ne vois plus que ça. Je m'imagine avec lui, comme avant. Bien avant que nous soyons séparés par un gang qui m'utilise littéralement comme un vulgaire objet !

Je me prends la tête entre les mains.

Megan ! Ressaisis-toi !

Au bord des larmes, j'opte finalement pour le short en jeans le plus long que je ne puisse trouver, c'est-à-dire extrêmement court, et j'enfile également un top noir. Je me rends ensuite dans la salle de bain où je me maquille au naturel.

Si cela ne plaît pas aux mecs, euh bien, je m'en moque.

Je décide aussi de ne pas toucher à mes cheveux. Je n'ai plus le temps pour ça et de toute façon, je n'en ai pas envie.

* * *

Nous sommes en voiture en direction du rendez-vous avec notre client. Nous retournons vers la ville illuminée par les lampadaires à cette heure tardive, si tardive que je commence déjà à fatiguer. Pourtant, ce n'est que le début de la soirée.

Nous arrivons rapidement dans une ruelle assez similaire à celle du bar de Rosario. Par ici, aucune lumière n'éclaire le chemin de pavés. La nuit nous engloutis sous les regards curieux des vigiles du gang.

Lorsque notre voiture bleue est garée sur le parking, Léonardo se retourne vers moi et me prévient, tendu :

— Un seul faux pas et cette fois, il meurt.

Le stress m'envahit à nouveau. Je me sens compressée, à la merci de ces hommes, esclave d'accros aux violences...

La source de ma terreur sort ensuite du véhicule sans même me laisser le temps d'ouvrir la bouche. Les gardes et moi le suivons, mais nous sommes rapidement ralentis par une foule qui se presse au dehors de leur QG pour tenter de m'apercevoir. Mes escortes m'aident à repousser les dizaines d'hommes, femmes et enfants qui s'agglutinent autour de moi. Tout le monde se bouscule. C'est un vrai bordel.

Ici, à Mendoza, le lieu de rassemblement n'est pas un bar mais un simple hangar. Nous entrons et Léonardo poursuit son chemin vers le fond de l'entrepôt où un couloir étroit mène à plusieurs portes. Il ouvre la toute première et nous nous faufilons dans la pièce. De là, nous entendons toujours les membres du gang de mon père crier de l'autre côté de la paroi :

— Megan !!!

— S'il vous plaît Megan ! Nous voulons vous voir !

— Et vous parler !

— Megan !!! Megan !!!
— Mademoiselle Garcia !!!

Je les entends hurler de toutes leurs tripes, puis soudain, un silence glaçant survient. Tout d'abord, je ne comprends pas bien ce qu'il se passe, mais quelques instants plus tard, la porte s'ouvre sur un homme de la cinquantaine, baraqué comme je ne l'ai rarement vu, qui toise Léonardo de toute sa hauteur.

Alors lui, c'est aussi le subordonné de mon père ?

Rien que de le voir, j'en ai déjà la chair de poule. Je saisis vite pourquoi mon géniteur l'a choisi. Il lui ressemble comme deux gouttes d'eau.

Le sous-chef continue de scruter mon ravisseur plusieurs secondes avec une lueur de dégoût dans les yeux.

— Sanchez.
— Romero.

Ils se dévisagent pendant une éternité. Je devine qu'ils ne s'apprécient guère. Leurs regards assassins le démontrent suffisamment.

Je tourne la tête vers l'Hispanique qui n'a pas non plus l'air dans son assiette. Il est stressé, comme moi, et le ton qu'emploie Léonardo n'a pas le don de nous rassurer.

— Plus vite nous commencerons cette réunion, plus vite elle sera terminée.

— Très bien, asseyez-vous alors, rétorque le sous-chef du gang.

* * *

La réunion ne dure pas plus d'un quart d'heure et tant mieux. Léonardo ne discute pas comme lors du dernier rendez-vous que nous avons eu. Il est bref et j'en suis particulièrement contente. Les coups d'œil que me lance le chef du gang de Mendoza sont étranges, désagréables. Ils me piquent. J'ai hâte d'en finir.

Je suis assise en face de lui autour de la table ronde et je n'aime pas du tout cette place. Je ne suis absolument pas à l'aise. J'ai l'impression qu'il me déshabille du regard et je lutte pour ne pas lui en foutre une. J'ai horreur des pervers.

Ça vaut aussi pour toi l'Hispanique, si jamais tu ne l'aurais pas compris.

L'imprimante se réveille et Romero se dépêche de chercher le contrat que je signe en moins de deux.

— Bien. Ceci fait, nous y allons. Au revoir, s'exclame mon patron en se remettant sur ses pieds.

Je le suis vers la sortie et sens la présence de mes trois gardes dans mon dos.

On va enfin ressortir de ce satané bureau.

Léonardo s'apprête à poser la main sur la poignée de la porte quand le sous-chef rouspète :

— Pas si vite. Je n'ai même pas eu le temps de faire connaissance avec cette charmante jeune femme.

Je me retourne et nos regards se croisent. Nous nous dévisageons une fraction de seconde, mais le bras-doit de mon père me tire par le poignet pour me mener à la sortie.

— Nous avons encore beaucoup de choses à faire. Vous ferez ça lors de notre prochaine rencontre.

Il entrouvre la porte et est sur le point de se faufiler à l'extérieur, quand soudain, deux gardes mendocinos attrapent ses bras et claquent le battant.

— Mais que faites-vous ?! hurle Léonardo en donnant des coups aux hommes qui le plaquent contre le mur.

Derrière moi, je distingue également des sons de lutte.

— Lâchez-moi bande de connards ! insulte l'Hispanique.

Paralysée par la peur, je me retourne au ralenti et mon flux sanguin s'arrête un instant. Mes trois gardes se débattent eux aussi contre deux soldats chacun et leur patron se rapproche de moi à grands pas. Un sourire espiègle se peint sur ses lèvres...

Ça ne sent pas bon ça...

— Je fais ce dont j'ai envie, affirme simplement Romero en me plaquant contre le mur gelé.

J'essaye de résister et de me sortir de cette situation angoissante, mais sa force m'en empêche. Je suis piégée... et à sa merci...

— Ce dont j'ai envie, répète-t-il en chuchotant au creux de mon oreille.

Chapitre 26

Alex

Après plusieurs jours de recherches sur les délinquants qui m'ont tabassé et sur le père de Megan, nous ne pouvons pas dire que nous avons beaucoup avancé. Le Swat s'est renseigné sur les deux nouveaux noms que nous avons repéré sur le contrat : Zaydan Hassan et Henry Williams, mais nous ne les avons toujours pas retrouvés. Leurs domiciles ont été mis sous surveillance, mais pour l'instant, rien n'a bougé. Toutefois, lorsqu'ils réapparaîtront, ils seront drôlement bien accueillis.

Du côté du père de Megan, nous avons eu la confirmation qu'il séjourne encore dans la prison la plus sécurisée d'Argentine et qu'il n'a aucun contact avec l'extérieur en dehors des gardiens. Il y a bien longtemps que personne ne lui a rendu visite. Nous ignorons comment ces quatre criminels ont pu faire connaissance et surtout, comment le contrat que nous avons retrouvé dans le bureau de Tom Joyce a pu arriver jusqu'à lui. La seule possibilité est qu'au moins l'un des cent gardes de la prison soit impliqué dans le trafic. Mais lequel ? C'est ce que nous essayons de découvrir.

***

Je suis à nouveau dans la salle de contrôle avec mon équipe. Nous avons tous nos tablettes en main et analysons le peu d'informations dont nous possédons dans l'espoir de trouver une pépite qui nous ferait avancer de quelques pas.

— Lâchez-moi putain ! crie soudain une voix que je ne connais pas dans le couloir.

— Vous faites chier bordel ! hurle une seconde personne.

— Ferme-la et avance, répond un ton autoritaire qui m'est tout autant inconnu.

Les membres de mon équipe, le commandant et moi, surpris et dans l'incompréhension, sortons pour voir d'où provient l'agitation.

Qui sont ces gens ?

Nous n'avons reçu aucune information à propos d'une récente arrestation où les délinquants seraient emmenés au QG du Swat !

Rapidement, j'aperçois trois policiers plutôt fiers d'eux qui se rapprochent de nous en tenant chacun un homme. Je reconnais alors mes trois agresseurs : Joyce, Hassan et Williams.

— Bonjour. Nous avons des colis pour le Swat, annonce un agent.

— Ces trois crétins rentraient tranquillement à la maison, sauf que nous les y attendions de pied ferme, continue le deuxième flic.

— Ils ont voulu s'enfuir, mais ils ne courent pas assez vite pour nous, rigole leur collègue.

Je scrute les trois hommes que les patrouilleurs viennent d'arrêter.

Enfin.

Ils sont là.

Menottés.

Au QG.

Hassan me regarde d'un air assassin. La rage a dilaté ses pupilles foncées.

— Alex ! Quel plaisir de te revoir. J'espère que tu n'as pas eu trop mal l'autre soir ! se moque-t-il.

Et il ose me narguer ?

Il ose ?!

Quel crétin !

Je dois me contenir pour ne pas envoyer mon poing au milieu de sa figure. J'aperçois d'ailleurs les coups d'œil de mes collègues dans ma direction. Ils craignent que je craque, et ils ont raison, je ne suis pas loin.

Je ravale toutes mes émotions et lui jette d'une voix clame comme je m'en croyais incapable :

— On va dire que je ne suis pas mort... mais moi aussi je suis très heureux de vous revoir...

Je fais une courte pause dans ma phrase et dévisage mes trois agresseurs. Sans même réfléchir, j'affiche un sourire sincère, un sourire ravi, le premier depuis la disparition de la femme la plus importante pour moi.

Aujourd'hui, nous avons enfin avancé de quelques pas.

Et cela fait du bien.

Un bien fou.

— ...menottés.

Chapitre 27

Megan

Romero me plaque contre le mur et je n'arrive pas à me dégager. J'entends mes gardes grogner et se débattre, mais mon champ de vision est bloqué par la carrure mastodonte du sous-chef du gang de mon père. Mon ouïe distingue des coups. Je ne sais pas qui les donne ni qui les reçoit, mais je n'aime pas ça. Le combat est inégal. Nous sommes cinq, ils sont neuf.

— Bloquez-les dans le bureau. J'emmène la fille avec moi, ordonne Romero.

Quoi ?!

Nan ! Nan ! Nan !!!

— Si vous ne touchez ne serait-ce qu'à un de ses cheveux, je vous jure qu'il vous tuera, le prévient Léonardo.

— Et ça devrait me faire peur ? Votre boss est en taule et mes gardes viennent de neutraliser en moins de deux secondes ses soldats les plus entraînés.

Il rigole, puis me traine vers la sortie. Je gesticule dans l'espoir qu'il lâche prise, mais je ne fais pas le poids. Je ne gagnerai jamais contre lui.

Sur le chemin, je croise le regard désolé de l'Hispanique. Deux hommes le tiennent fermement et l'empêchent de bouger en pointant leurs armes sur lui, une sur son flanc et une sur sa tempe.

— Lâchez-la putain ! crie-t-il, mais Romero l'ignore.

Ce dernier baisse la poignée de la porte et commence à l'ouvrir.

C'est fini.

Je suis finie.

Un grand fracas retentit soudainement derrière moi et je me retourne en sursaut, découvrant la table ronde du bureau renversée. C'est l'Hispanique qui l'a fait tomber. D'ailleurs, un des gardes qui le tenait se l'est prise sur le pied et, en se tordant de douleur, lui a lâché le bras. Son collègue, se retrouvant seul, ne fait plus le poids contre l'homme de main de Léonardo qui l'assomme avec la crosse de son arme en une fraction de seconde.

Romero me pousse vers la sortie d'une main et de l'autre, il cherche les clefs de la salle dans ses poches. Il veut y enfermer tous les hommes présents, mais l'Hispanique est plus rapide. Il se précipite sur le chef du gang de Mendoza juste à temps pour faire valser les clefs à travers la pièce et le plaquer contre le mur. Il lui afflige plusieurs coups au visage et le menace de son pistolet.

Les hommes de Romero lâchent leurs prises et se jettent sur l'Hispanique qui est rapidement mis à terre.

Les Européens se lancent à leur tour dans la mêlée pour aider leur camarade. Plusieurs coups de feu font trembler mon corps tout entier.

Ils sont tarés !

Une main m'attrape le bras et je me débats, avant de m'apercevoir qu'il ne s'agit que de Léonardo. A bout de souffle, il m'entraîne à l'extérieur de la pièce.

— Va au bar et demande Armando. Il te cachera.

Je n'ai pas le temps de répliquer qu'il est déjà reparti dans le bureau où un combat fait rage. J'entends les coups donnés depuis l'autre côté du mur. Ils ne rigolent vraiment pas avec la violence par ici.

L'étroit couloir est vide. Les membres du gang sont partis, la voix est libre. J'en profite alors pour courir en direction du bar.

Malheureusement pour moi, je retrouve rapidement la foule qui est agglutinée dans la grande salle principale et qui n'a pas l'air d'entendre les coups de feu qui résonnent dans la pièce d'à côté.

Au milieu de tout ce monde, je rencontre des difficultés à me frayer un chemin, surtout que je suis souvent ralentie par des individus qui désirent discuter avec moi. Je les ignore à l'unanimité et continue ma route. Je cherche le bar des yeux.

Où est-il ?!

Je distingue soudain un panneau avec pour écriteau : « *Deux shots achetés, un offert !* ». Je me dirige dans cette direction. Le bar ne doit pas être très loin.

Après encore quelques pas, j'aperçois avec soulagement un comptoir où un jeune homme

hispanique sert des shots à un vieillard. Je m'approche en vitesse. Je n'ai pas le temps et la patience d'attendre qu'il ait terminé de s'occuper de son client qui a l'air totalement saoul, alors j'annonce directement :
— Je cherche Armando.
Le barman me regarde sans ciller.
— Vite ! le pressé-je.
Il tourne la tête et appelle son collègue qui est en pleine discussion avec des junkies quelques mètres sur sa droite.
— Megan te cherche.
Comment connaît-il mon prénom ?
Il me connaît ?
Je reste perplexe.
Mais que je suis bête !
Bien sûr qu'il me connaît !
Tout le monde me connaît ici !
Armando, surpris, se retourne. Il prend brusquement un air inquiet et ses traits se crispent.
— Passe derrière le comptoir.
Je lui obéis, même si en temps normal, je n'aurais pas écouté un seul des ordres que j'ai reçu ces deux dernières minutes. En ce moment, mon instinct me crie de sauver ma peau et dans cette situation, la meilleure chose à faire est d'écouter Léonardo. Il m'a dit de faire confiance à cet Armando, alors c'est ce que je vais faire. Je sais qu'il ne me plantera pas de couteau dans le dos. Il est du côté de mon père et de toute façon, s'il m'arrive un malheur, il sait très bien que mon géniteur ne le ratera pas et qu'on retrouvera son cadavre au fond d'un lac. Il n'a aucun intérêt à me faire

tuer. Je n'aime pas dire cela, mais je sais que je peux lui faire confiance pour me garder en vie.

Armando se dirige vers une porte à l'arrière du bar.

— Suis-moi.

J'obéis à nouveau et nous arrivons dans la salle de stockage du hangar. L'homme à la longue tignasse brune poursuit son chemin à travers le désordre. J'enjambe des dizaines de cartons, sans doute remplis d'héroïne ou d'autres substances tout aussi interdites et dangereuses.

Le barman s'arrête devant une armoire au fond de la pièce. Il ne lui faut pas longtemps pour l'écarter et laisser apparaître une porte dans le mur moisi du stock. Il l'ouvre brusquement et derrière, je découvre un minuscule garage qui ne contient qu'une seule voiture noire sans plaque d'immatriculation.

— Monte, m'ordonne-t-il encore.

Je m'assois sur le siège passager et il démarre sans attendre que je ne mette ma ceinture de sécurité. Nous sortons dans une ruelle très étroite qui comporte une multitude de passages différents. On dirait un labyrinthe.

Armando, lui, sait parfaitement où il va et roule comme un fou. Il ne ralentit pas dans les virages. J'en ai l'estomac totalement retourné.

S'il continue, nous allons finir dans un mur !

Mon cœur saute plusieurs fois dans ma poitrine. Je me cramponne à la poignée à l'intérieur de la voiture de toutes mes forces. Je stresse. J'aime la vitesse, mais pas comme ça. Pas dans ces circonstances et encore moins dans des zones aussi dangereuses.

Ok, son rôle est de me sortir de cette merde en vie, mais si nous finissons par faire un accident, ça ne servira à rien du tout !

Je passe à deux doigts de l'infarctus un nombre incalculable de fois et mon rythme cardiaque ne se calme uniquement lorsque nous parvenons sur une avenue passante et que mon chauffeur réduit la vitesse de son bolide. Il essaye de cacher la panique qui le submerge, mais je la remarque plus que facilement grâce aux regards anxieux qu'il jette régulièrement dans les rétroviseurs.

Après environ dix minutes de route dans le plus total des silences, il tourne et rejoint une route secondaire. Elle mène à une décharge abandonnée où il arrête le moteur.

— Bien. Maintenant attendons.

Je croise les doigts pour réussir à échapper à un interrogatoire sur ce qu'il s'est passé durant la réunion avec Romero, mais mes espoirs sont vite réduits à néant. Il se retourne vers moi et me fixe de ses billes caramel. Je me recroqueville dans mon siège. J'ai envie de m'enfoncer six pieds sous terre.

— Qu'est-ce qu'il s'est passé ?

Je lève les yeux au ciel, épuisée. Toute cette histoire m'a horriblement fatiguée et je désire juste tout oublier.

J'ai jamais rien demandé de tout ça moi !

Contrainte par l'homme derrière le volant, je pars dans une explication assez floue de ce que je viens de vivre, dans l'espoir d'en finir rapidement...

***

« Je marche avec Sofia, ma meilleure amie. Nous venons de terminer les cours et comme nous habitons dans le même quartier, nous avons l'habitude de rentrer ensemble. A vrai dire, je ne suis pas totalement à l'écoute de ma pipelette préférée. Je révise silencieusement mes tables de multiplications pour le contrôle de math de demain. Je relis en boucle mes petites cartes mais c'est trop dur ! Je ne retiens rien !

Alors que nous arrivons bientôt devant son petit jardin où nous faisons nos meilleures parties de « chat et la souris », mon amie m'arrache aux nombres qui tournent en boucle dans ma tête lorsqu'elle s'énerve soudain toute seule et commence à hurler :

— Mais t'as vu ! Georgina m'a volé mon petit copain !

C'est environ la trentième fois qu'elle me le dit aujourd'hui. Je n'en peux plus là !

— Oui... Je sais Sofia !

— Je te l'ai déjà dit ?

— Une trentaine de fois !

— Oups... Hihi... pardon... c'est vrai...

Nous nous marrons, puis elle reprend son air sérieux qui me fait tant rire.

— Mais t'as vu ? Il lui a tenu la main !

— Sofiaaaaaa !

— Je te l'ai déjà dit aussi ?

Je la regarde désespérément et un sourire gêné se dessine sur son visage de gémeaux.

— Je te l'ai déjà dit, conclue-t-elle.

Nous parcourrons encore quelques mètres et je délaisse mes cartes de math pour définir un plan de vengeance contre Luis qui a trahi ma meilleure amie. Nous avons décidé que demain, Sofia ne se mettra pas à côté de lui en classe, mais à côté d'Esteban ! Il va être jaloux ! Ça va être trop drôle !

Nous arrivons devant le portail de ma copine. Nous nous enlaçons, puis elle disparaît derrière la barrière blanche qui fait le double de sa taille.

Je reprends mon chemin jusqu'à chez moi. Ma maison est à l'angle de la rue. J'y serai dans deux ou trois minutes.

Je continue de réviser mon livret sur les petites cartes que ma maman m'a découpées le week-end dernier.

Trois fois trois... neuf !

Six fois quatre... vingt-cinq ! Nan ! Vingt-quatre !

Arghhh ! J'y arriverai jamais !

Tout en bouillonnant intérieurement, je marche sur le trottoir que je connais comme ma poche. Sans regarder devant moi, je calcule et me désespère. J'en ai marre !

Comment c'est possible d'être aussi nulle, franch...

— Fais attention minus ! hurle un homme lorsque je lui fonce dedans.

Je relève la tête, surprise et gênée. Je déteste quand on me crie dessus... Ça me rappelle mon père...

— Je suis désolée monsieur...

Le trentenaire est énervé, je le vois bien, mais un sourire bizarre s'étire sur son visage. Il me fait peur.

J'ai la boule au ventre, alors je rebaisse la tête et continue mon chemin comme maman m'a toujours dit de le faire si je rencontrais quelqu'un d'étrange...

Enfin... j'essaye...

— Pas si vite ! Pour t'excuser, il va falloir venir avec moi p'tite peste, m'informe-t-il en m'attrapant le poignet.

— Mes parents m'ont dit que je devais pas suivre des inconnus...

— Parce qu'ils t'ont dit de foncer dans les gens ? Non. J'crois pas. Alors tu m'obéis !

— Non ! Lâchez-moi !

Il me tire brusquement en arrière. Je hurle encore, mais ça ne l'arrête pas. Il me traine derrière lui et je n'ai pas du tout la force de résister. Mais je ne veux pas le suivre ! Je veux qu'il me lâche !

Des larmes dévalent mes joues. J'ai peur. Je crie aussi fort que je le peux et appelle de l'aide, mais mes voisins n'ont pas l'air de m'entendre. Je suis seule. Plus seule que jamais.

Le monsieur me pousse vers une voiture garée juste devant chez moi. Je jette un coup d'œil au-dessus du portail en espérant croiser le regard d'un de mes parents, mais le jardin reste immobile.

Je suis contrainte à m'assoir sur la banquette arrière. Je donne des coups de pieds, mais l'homme en rigole. Je ne fais pas le poids contre un adulte...

La portière se referme et je me mets à taper contre la vitre et défoncer la poignée, sauf qu'il n'y a rien à faire. Je suis enfermée.

— Laissez-moi sortir ! Je veux pas ! *JE VEUX PAS VENIR AVEC VOUS !!!!!!!*

Il n'a pas l'air de vouloir m'écouter car il fait le tour du véhicule et ouvre la porte du conducteur.

— Calme-toi petite. Tu me fais mal aux oreilles !

— Ouais, peut-être, mais ça c'est rien comparé au trou que t'auras bientôt dans la cervelle, clame une voix posée que je connais particulièrement bien.

Mon kidnappeur se retourne brusquement et son visage se décompose à la vue des trois carrures imposantes qui se dressent à quelques mètres de lui. Il s'immobilise et perd l'usage de la parole. Sa panique est visible à mille kilomètres et je la comprends mieux que quiconque.

Mon père s'avance vers mon agresseur et lui envoie son poing en pleine tête. Sous la puissance du choc, l'homme tombe à terre et mon géniteur s'acharne comme il le fait si souvent. La scène me donne envie de vomir. Je déteste la violence. Je la subis déjà tellement...

Je ferme les yeux. Je ne peux pas voir ça... Malgré tout, mon rythme cardiaque diminue. Mon père est là et il empêchera le monsieur de m'enlever. Je suis tirée d'affaire.

Des larmes continuent de rouler sur mes joues, mais de soulagement cette fois.

— Emmenez-le à la cave. Je m'occuperai de lui plus tard, ordonne-t-il en s'écartant enfin de son punchingball.

Ses hommes s'exécutent, quant à lui, il tourne autour de la voiture au pas de course.

— Megan ! Viens là ma puce, c'est terminé, me rassure-t-il en me prenant dans ses bras.

Mon père me surprend. Il est... gentil ? Il me chuchote des paroles douces qui ont le don de me calmer. La vulgarité et la méchanceté qui animent d'habitude sa voix se sont volatilisées pour laisser place à... de l'empathie ?

Je reste perplexe face à ce changement soudain de sa personnalité, mais ne m'en plains pas. J'ai brusquement l'impression d'avoir un parent normal...

Nous traversons le gazon vert pétant devant notre maison. Derrière moi, j'entends les supplications du monsieur bizarre. Il hurle, mais les deux molosses l'emmènent à la cave... d'où il ne ressortira sans doute jamais... en tout cas pas vivant.

Mon père me porte jusqu'à ma chambre. Lorsqu'il me repose, je cours immédiatement vers mon lit pour attraper ma peluche favorite, mon ours blanc. Je le sers contre ma poitrine comme si ma vie en dépendait, ce que je ne ferai jamais avec l'homme dans cette pièce.

— Tu n'as pas fait attention.

Sa voix est redevenue froide. Il n'a plus la légère empathie que j'ai pu entendre quelques minutes plus tôt.

— Pourquoi tu n'as pas fait attention ? Qu'est-ce que tu faisais bon sang ?!

Je me retourne face à lui et mon cœur se remet à battre la chamade.

Ce ton...

Je le connais...

Si bien...

Et je le déteste tant...
— *Réponds putain !*
— *Je... euh... bah...*
Il se rue sur moi. Sa poigne de fer m'attrape le bras et me secoue violemment.
— *Je révisais !*
La colère déforme ses traits, alors mes yeux se remplissent à nouveau de larmes. Ça ne sent pas bon. Pas bon du tout.
— *Tu révisais ? Je t'ai dit de faire attention sur le chemin de l'école !*
— *Oui... je sais... pardon...*
— *Tu ne m'as pas écouté ! Encore une fois !*
— *Mais je...*
Ma phrase est coupée par un cri. Mon père vient de me gifler. Il agrippe ensuite mes épaules et me plaque contre le mur, ce qui provoque une vive douleur dans tout mon corps. Ma tête aussi a subi un horrible choc et je vois trouble un quart de seconde.
— *S'il te plait ! Arrête !*
Il rit et mon ventre accueille son poing. Je sers les dents. Je dois être forte. Il n'aime pas me voir faible, il déteste ça. C'est encore pire après...
Son corps me surplombe et je n'ose plus le regarder. Je fixe le sol en espérant qu'il s'arrête là, mais mes espoir sont vite réduits à néant.
— *Aïe ! Stop ! J'ai mal !* *hurlé-je lorsque mon estomac souffre sous une nouvelle frappe de mon géniteur.*

Brusquement, il m'attrape par la gorge. Ma respiration est freinée par ses doigts gelés et l'effroi comprime mes tripes.

Je ferme les yeux. J'ai peur. J'ai horriblement peur...

Je sens son souffle chaud se rapprocher lentement de mon oreille. Je tremble de haut en bas. Je déteste quand il s'énerve, mais lui, il se fait un malin plaisir de me faire vivre un enfer...

— Tu réfléchiras la prochaine fois.

Et son poing s'enfonce une fois de plus dans le bas de mon ventre... »

Chapitre 28

Alex

Tom Joyce est dans une cellule avec un de ses amis pendant que j'assiste à l'interrogatoire de mon troisième agresseur depuis la salle d'observation.

— Je ne dirai rien. Vous perdez votre temps.

— Agression d'un policier, possession de plusieurs dizaines de kilos d'héroïne, complicité avec un criminel argentin qui a fait enlever la capitaine du Swat de Los Angeles, et cætera, et cætera. Combien de siècles penses-tu passer en prison ? Personnellement, j'ai ma petite idée, attaque Johnson. En revanche, si tu nous communique des informations utiles, on pourra négocier.

Un sourire s'affiche sur le visage de mon agresseur et un rire le suis rapidement.

— La prison est une récompense. Nous serons nourris-logés avec nos potes, ce qui équivaut à des vacances, donc perso, j'achète.

Une récompense ?
Et mon poing dans la gueule, c'en est aussi une ?

Le commandant essaye encore de le cuisiner avec toutes les horreurs que vivent les détenus, mais Zaydan Hassan n'en a rien à faire. Il continue d'encenser la prison comme nous pourrions le faire pour un palace.

Mon chef appelle Lewis pour qu'il sorte cette ordure de la salle d'interrogatoire. Nous perdons notre temps avec celui-ci.

C'est maintenant au tour de Tom Joyce de répondre à nos questions. Il est emmené dans la pièce où l'attend déjà Johnson, mais nous découvrons rapidement que son discours est identique à celui de son acolyte : il préfère aller en prison plutôt que de nous dévoiler une quelconque information. Le commandant tente alors une dernière tentative d'attaque en lui mettant sous le nez le contrat retrouvé dans son bureau, néanmoins Joyce rigole.

— Vous avez vu ? Le plus grand trafiquant de notre ère me fait si confiance qu'il me confie des missions extraordinaires. Je ne suis pas personne après tout, se vente-t-il.

Le commandant rit et je le comprends. Ses mots sont tellement idiots et dépourvus de sens.

Garcia lui fait... confiance ?
Pff.
N'importe quoi.

— Tu penses sincèrement qu'il t'a choisi pour ça ? A mon avis, il a juste pris quelqu'un dont il n'a rien à foutre, mon gars. Comme toi. Si tu pars en taule, tu crois vraiment que tu vas lui manquer ? Une ordure inutile dans ton genre ?

Joyce le regarde d'un air assassin. Si ses yeux pouvaient tirer des balles, le commandant serait mort, transpercé par une cinquantaine de projectiles... à la seconde.

C'est fini. Il ne parlera plus...
Au suivant.

Après un signe de la main du commandant, Lewis ressort de la salle d'observation pour ramener Joyce derrière les barreaux et revenir quelques minutes plus tard avec mon dernier agresseur, Henry Williams. Il le laisse seul avec Johnson et rejoint mon équipe.

Mon patron récite les fautes de l'Argentin et ce qu'il risque, comme il l'a déjà fait aux deux délinquants précédents, cependant, Williams a l'air plus réceptif que ses collègues. Ces informations l'atteignent. Elles ne lui glissent pas dessus comme si de rien n'était et le commandant l'a remarqué.

Le pion du père de Megan baisse la tête. Il n'ose plus affronter les yeux destructeurs du chef de la police de Los Angeles.

— Regarde-moi, lui ordonne ce dernier sans une once de douceur dans la voix.

Williams obéi à contre cœur, toutefois, ses yeux restent vides. Il est absent, loin de cette salle d'interrogatoire. Je ne sais pas bien où il se trouve, mais cela peut devenir intéressant pour nous. Le commandant progresse sur le bon chemin.

— Si tu nous donne des infos utiles, on pourra te négocier une réduction de peine.

Le regard du jeune homme se perd dans le vague. Il réfléchit. Un combat semble se mener dans son esprit.

— Si tu nous aide à retrouver Megan Garcia, le juge sera bien plus indulgent que si tu restes muet.

— Si je vous donne des infos, vous nous protégerez ? Moi et ma famille ? demande-t-il en revenant subitement à lui.

— Si ce que tu nous raconte est croustillant.

Williams hésite, je le vois bien. Il secoue la tête à de nombreuses reprises et mène une bataille contre lui-même. Il est devant un dilemme que lui seul peut résoudre.

Pitié.

Dis quelque chose...

Les secondes défilent et le stress monte en moi.

Nous y sommes presque. Nous sommes si proches du but. Il est sur le point de parler ! Allez !

Soudain, comme je l'espérais au plus profond de moi, il prend une lourde inspiration et se lance dans un monologue :

— Premièrement, je ne voulais pas être mêlé à ça. Je ne suis pas du tout le genre de personne à me mettre dans les embrouilles. Zaydan et Tom m'avaient dit qu'ils avaient trouvé un petit boulot sympa pour nous trois, alors je leur ai fait confiance et j'ai signé le contrat sans réellement le lire. A partir de ce moment-là, je n'avais plus le choix. J'ai voulu démissionner, mais si je le faisais, ils s'en prenaient à ma famille... Du coup, je ne pouvais pas arrêter et comme un con, j'ai suivi les instructions.

— C'est toi et tes amis qui avez enlevé Megan ?

— Non. Ça c'est pas nous, mais j'ai aucune idée de qui c'est exactement. J'sais juste que le grand patron, c'est son père, Fernando Garcia. Il arrive à gérer son trafic depuis la prison car il a pratiquement tous les gardes dans sa poche. En même temps, c'est facile quand on promet plusieurs centaines, voire milliers de dollars à des hommes qui travaillent dur, mais qui galèrent à nourrir leurs familles...

Et Megan dans tout ça, où est-elle ?
Je me fiche du trafic, je veux juste la retrouver elle.

— Mais pourquoi voulait-t-il enlever sa propre fille alors ? A quoi lui sert-elle ?

Williams secoue la tête et son regard se perd à nouveau. Je peux distinguer la peur sur son visage. Il en a déjà dit beaucoup et nous en apprendre d'avantage pourrait vraiment lui porter préjudice. Il risque gros.

Mais ça vaut le coup...
Pitié.

— Vous promettez de nous protéger ?

— Tu as ma parole.

Williams inspire profondément.

— Ok. Alors je vous préviens, je sais pas grand-chose, mais j'ai entendu dire que les affaires du trafic sont en baisse depuis quelques temps. Comme Garcia n'est plus sur le terrain, les clients diminuent et l'influence du gang aussi. Ils ont besoin de quelqu'un à leur tête et le patron a déjà essayé avec des dizaines de bras-droits différents, mais ça ne change rien, ça ne fonctionne pas. Il faut du sang Garcia. C'est pour ça qu'il l'a enlevée, pour l'image de son gang.

Je n'en crois pas mes oreilles. En plus d'avoir enlevé sa propre fille, il veut la faire passer de policière à dealeuse de drogue ?! C'est encore plus horrible que dans mes pires cauchemars.

Ce mec est timbré.

— Et où Megan a-t-elle été emmenée ?

— En Argentine. C'est là-bas qu'elle rencontre les clients du gang. Mais où exactement ? J'en sais rien. Je ne suis pas assez bien placé dans toute cette histoire pour le savoir. Je ne connais pas leur planque et de toute façon, en ce moment, pour visiter les QG des différents clients, ils doivent beaucoup voyager. Ils peuvent être n'importe où dans le pays.

En Argentine.

C'est là-bas qu'ils l'ont envoyée... sauf qu'on a un problème... « l'Argentine », c'est beaucoup trop vague pour la retrouver !

— Tu connais un nom qui pourrait nous être utile ? Un bras-droit peut-être ? Quelqu'un qui est sans doute avec Megan en ce moment ? Ou juste une personne ayant un lien avec cette affaire ?

— J'aimerais sincèrement vous aider, mais je n'en sais pas beaucoup plus que vous ! Les seuls noms que j'connais sont ceux qui sont écrits sur le contrat que j'ai reçu et vous les connaissez aussi ! Ce sont Tom, Zaydan et Fernando. Je n'ai eu affaire à aucun autre nom, prénom, pseudo et cætera !

— Ok, tant pis. Tu nous as déjà bien aidés. Merci pour ton courage. Je vais voir ce que nous pouvons faire pour ta famille et toi.

Williams hoche la tête et Lewis rejoint la salle d'interrogatoire pour ramener le garçon en cellule. Le reste de l'équipe et moi sortons également de notre observatoire en scrutant mon agresseur. Il a beau nous avoir apporté quelques infos, il ne nous a pas donné la lune. Nous sommes encore très loin de l'objectif qu'est de ramener ma copine à la maison.

Quand il passe devant moi, il s'immobilise soudain. Surpris, je l'observe d'un œil mauvais, je ne pourrai pas me retenir longtemps. Mon poing est prêt à accueillir sa face de camé, alors il n'a pas intérêt à dire un seul mot de travers.

— Je suis vraiment désolé pour l'autre soir... et pour votre copine aussi... j'espère vraiment que vous la retrouverez.

A la fin de sa phrase, il recommence à avancer et, toujours tenu par Lewis, disparaît dans le dédale des couloirs du Swat en direction des cellules individuelles.

Je rêve ou ce crétin vient de s'excuser ?

C'est un truc qui n'arrive pas tous les jours ça !

Dans son court récit, il avait l'air sincère. Je me surprends à pratiquement avoir de l'empathie pour lui...

Nan mais j'hallucine !

Alex !

Purée !!!

Chapitre 29

Megan

Nous patientons depuis plus d'une heure dans la décharge où Léonardo est censé nous rejoindre dès que possible, selon le plan que les deux hommes avaient convenu en cas d'urgence.

Les risques que quelque chose tournent mal aujourd'hui étaient très élevées. Depuis toujours, Romero et Léonardo se détestent et se font des crasses à toute heure du jour ou de la nuit. Ils sont sur le point de s'entretuer à chaque rencontre et en plus, le sous-chef du gang n'a aucune retenue, dans tous les sens du terme, mais bien sûr, mon patron du moment avait omis de me transmettre ce détail qui me semble pourtant plutôt important.

Le ciel a perdu sa couleur azur depuis déjà quelques heures. La lune est pleine et renvoie une lueur pâle dans le noir de la nuit tandis que la sphère céleste brille de mille feux. En observant ce spectacle de lumière, je pense à ma famille et à mes amis qui sont peut-être en train de le regarder en ce moment même, comme moi.

Le temps passe. Je commence à m'endormir. Je ne pourrai bientôt plus retenir mes pauvres paupières qui ne demandent qu'à se fermer ces dernières semaines... Je lutte contre le sommeil, lorsque des bruissements de roues sur le gravier de la ruelle qui mène à la décharge réactivent mon cerveau.

Qui est-ce ?
Pitié, faites que ce ne soit pas Romero !

Armando se crispe sur le siège conducteur et attrape l'arme qu'il avait posé sur ses jambes. Le pare-brise est positionné de telle sorte que nous avons l'entrée de la zone à ordure en face de nous. Nous apercevons donc la voiture arriver.

Armando sort et ferme la portière. Les phares du véhicule qui nous rejoint nous éblouissent, ce qui m'empêche de distinguer quel est son modèle. Mon cœur bat la chamade.

Pitié !
Pas Romero !
Pas Romero !
Je ne veux pas terminer en chair à viande, moi !

L'engin à quatre roues s'arrêtent et la lumière disparaît d'un coup. C'est une Renault bleue marine, comme celle avec laquelle je suis allée jusqu'au hangar avec Léonardo et toute la troupe, et le pare-brise est teinté. Il m'empêche de voir les occupants du véhicule.

Armando, tout aussi aveuglé que moi, crie :

— Sortez de cette voiture et veuillez nous faire part de votre identité ! Immédiatement !

Sans attendre d'avantage, la porte s'ouvre et j'expire un grand coup lorsque la silhouette de Léonardo s'extirper du véhicule. Je crois que je n'avais pas respiré depuis de longues secondes à cause de l'angoisse qui bloquait l'intégralité de ma cage thoracique.

Le barman baisse son arme.

— Eh ben mec, ça roule ?
— Ta gueule. Elle est où ?
— Dans la bagnole, mon pote.

Un Léonardo aux nombreuses blessures sanglantes s'approche à grands pas et ouvre ma portière sans aucune délicatesse. Je vois un énorme soulagement dans ses yeux et tout son corps se détend rapidement.

— Elle va bien. Elle va bien. Elle va bien, se répète-t-il en boucle.

Ouais, t'inquiète. J'suis pas morte.

Et c'est pas grâce à toi.

Derrière lui, l'Hispanique et les deux Européens sortent également de la voiture bien amochés. Des hématomes se forment autour de leurs yeux et leurs vêtements sont déchirés et dégoulinants de sang. Le liquide écarlate qui coule des nombreuses plaies que leur ont offertes leurs adversaires me retourne l'estomac.

Est-ce que tout ça était-il vraiment nécessaire ?

Léonardo s'écarte, les mains sur la tête. Il fait les cents pas dans un coin de la décharge et essaye de calmer ses émotions. Il a risqué gros ce soir, car si

Romero m'avait touchée, il serait mort dans un futur proche. Je suis sous sa responsabilité et ma vie compte bien plus que la sienne pour mon père. Il n'a pas le droit à l'erreur.

— Tout va bien. Elle est en vie. Tout le monde est vivant. Tout va bien, l'entends-je ruminer.

Tout va bien pour lui, peut-être que c'est vrai, sauf que de mon côté, ce n'est pas le cas. Absolument pas. Oui, je suis en vie, mais on me retient quand même contre mon gré depuis bientôt deux semaines... enfin bref... Lui, il ne voit pas ce problème-là. Il ne voit que les difficultés qu'endurent son petit business et les emmerdes que lui assurerait mon père s'il m'arrivait quelque chose.

L'Hispanique s'adosse à la portière et je me surprends à fixer son ventre durant plusieurs secondes. Son t-shirt est déchiré au niveau de ses abdos et me laisse découvrir une entaille aussi longue que mon avant-bras, qui crache du sang à volonté.

Et il n'a même pas l'air d'en souffrir !

— Oh ça ? C'est rien du tout. J'ai déjà vu bien pire par le passé. Ça se réparera tout seul en un rien de temps, m'indique-t-il en analysant sa blessure. Allez hop, ça suffit. Sors de là maintenant, ajoute-t-il en me faisant un geste de la main.

Je ne me fais pas prier, j'ai les jambes totalement engourdies. Je n'ai plus bougé depuis des heures !

Malheureusement, ma joie est de courte de durée, car elle laisse rapidement place au dégoût. Lorsque je m'écarte du véhicule, l'Hispanique me serre l'épaule, un geste après lequel je m'éloigne vivement en direction des deux Européens qui attendent à l'autre bout de la décharge.

Son toucher m'est horriblement désagréable depuis sa perte de contrôle à Rosario. Pour être franche, je ne peux même plus véritablement le regarder dans les yeux…

Maintenant que le problème « Romero » est terminé, des tonnes d'informations tournent en boucle dans mon esprit. Je réalise surtout que j'ai risqué gros ce soir, très gros même, et que ce sont mes kidnappeurs qui m'ont sauvée.

Enfin… sans eux, je ne me serais jamais retrouvée dans ce hangar… mais malgré tout, ils ont risqué leur vie pour la mienne…

Chapitre 30

Alex

Megan est en Argentine, nous en avons eu la confirmation lors de l'interrogatoire de Henry Williams. Selon lui, elle est là-bas pour aider son père, enfermé en prison, à maintenir son trafic et son gang en bon état.

Au Swat, nous recherchons les possibles planques où ma copine pourrait être retenue, même si mon agresseur nous a précisé qu'elle voyageait sans doute dans tout le pays actuellement.

Son père a vendu tous ses biens immobiliers depuis la prison il y a déjà quelques années. Nous avons analysé les différents profils des acheteurs, mais ils sont tous cleans.

Rien à signaler.

Nos recherches se concentrent donc à présents sur les proches de Fernando et les nombreux bras-droits qu'il a eu à travers ses nombreuses années à la tête du trafic, il y a plus de vingt ans. Certains d'entre eux ont disparu et n'ont pas donné de nouvelles depuis un bon nombres d'années.

Je crois deviner ce qui leur est arrivé...

Du côté de ceux qui sont encore en vie, beaucoup ont totalement pris leurs distances avec le gang, alors que d'autres, sont juste retournés à la place d'un membre classique.

— Vous pensez qu'un d'entre eux a voulu se racheter et l'a laissé utiliser un de ses bâtiments ? demande Lisa.

Jason regarde la liste des biens immobiliers des ancien bras-droits de mon beau-père.

— Franchement ? Nan. Ils n'ont pas de bâtiments entièrement à eux, ils n'ont que des parts dans des entreprises. Par exemple, y'en a un qui a vingt pourcents d'un resto étoilé, un autre a des parts dans la plus grande salle de sport de Mendoza et cætera.

— Mais ils dorment forcément quelque part !

— Il n'y a rien qui ressemble à une maison ou un appartement dans leurs biens. Ils doivent dormir dans des locaux non-déclarés...

— Ce qui ne nous aide pas du tout... conclue Lisa.

— Et dans tout ce dossier, on ne parle pas d'un possible bras-droit actuel ? demande Bryan.

— Cela fait une dizaine d'années qu'il n'a plus eu de visite en prison, alors je doute que la police soit au courant de quoi que ce soit... en tout cas officiellement... lui réponds-je.

Actuellement, l'identité du bras-droit de Fernando Garcia n'est pas affichée dans le dossier que nous avons sur lui. En même temps, il y est également écrit noir sur blanc qu'il n'a eu aucun échange avec l'extérieur depuis son entrée derrière les barreaux, or à présent, nous savons très bien que ce n'est que du pipo. Il n'a peut-être eu aucune visite, certes, en revanche aucun contact, ce sont des conneries. Williams nous a informé que tous les gardes de la prison étaient à ses pieds, il a pu leur demander n'importe quoi. Ce document n'est qu'un mensonge.

— Et peut-être qu'il a eu l'aide de proches qui ne sont pas répertoriés dans ce dossier ? Des amis ? De la famille ? Quelqu'un d'anodin, de discret ? avance Lewis.

— Mais comme tu l'as dit, ce n'est pas dans son dossier, donc on a absolument aucune idée de qui ça peut être... et bonne chance pour le découvrir ! lui répond Lisa.

— Euh ben... peut-être que je connais une solution pour le découvrir plutôt rapidement...

Ces mots sont sortis tous seuls. Je n'ai même pas eu à réfléchir plus de deux secondes, alors que mon équipe, elle, me regarde, perplexe. Elle n'a pas compris où je voulais en venir.

Ce n'est pourtant pas une idée de génie...

— Ma solution s'appelle : la mère de Megan...

***

Nous venons de rejoindre le domicile de ma belle-mère qui nous accueille dans son salon, même si son canapé huit places est actuellement dans l'incapacité de nous recevoir. Des tas et des tas d'objets s'entassent sur le cuir, alors que je n'ai jamais, au grand jamais, eu l'occasion d'entrevoir ne serait-ce qu'une miette dessus.

Il fait d'ailleurs éco avec le reste de la pièce à vivre, normalement si propre et rangée. Andrea est encore plus maniaque que ma copine qui excelle déjà en la matière, tout est toujours disposé au millimètre dans cette maison. J'hallucine à chaque fois que je pose un pied ici, mais aujourd'hui, c'est dans l'autre sens que je le suis. Le salon ressemble plus à ma chambre sans Megan pour me l'ordonner un minimum qu'à un hôtel cinq étoiles. Des assiettes vides, des livres, des journaux, des photos, de la nourriture, des mouchoirs et j'en passe, sont entassés dans les quelques mètres carrés autour de nous. Cela ne lui ressemble pas.

Debout dans un coin de la salle, je repose mes yeux sur Andrea qui nous observe, muette.

— Je sais que ce que je vais vous demander n'est pas facile, mais nous avons des raisons de penser que Fernando est finalement bel et bien impliqué dans la disparition de Megan, annoncé-je à la mère de ma copine.

— Mais je croyais que c'était impossible ! Vous m'aviez dit que...

— Nous aussi, la coupé-je, mais nous avons à présent des informations qui nous affirment le contraire... Alors est-ce que vous connaitriez un ou plusieurs hommes que fréquentait Fernando, autre que ses bras-droits officiels ?

Les pupilles d'Andrea se dilatent. Elle pensait sans doute qu'elle n'aurait plus jamais à affronter ces douloureux souvenirs, mais je vois bien qu'elle se creuse la tête pour aider sa fille. Des ombres passent sur son visage hispanique si semblable à celui de ma copine. Ces moments la hantent encore, comme Megan. Elles ne sont toujours pas guéries et ne le seront sans doute jamais... Des parts d'elles se sont éteintes dans leur maison aux abords de Buenos Aires, rien ne pourra changer le passé.

Son corps traduit la peur qu'elle a encore envers son ex-mari : elle tire les peaux autours de ses ongles, ses joues deviennent pâles et sa lèvre inférieur tremble, mais il faut absolument vraiment qu'elle nous donne un nom, nous en avons besoin. Pour pouvoir retrouver Megan, c'est notre seule option. Sans cela, nous serons à nouveau au point de départ.

Le regard de la cinquantenaire se perd dans la contemplation d'une photo d'elle et sa fille accrochée sur le mur. Ses yeux brillent. Elle retient ses larmes. Les souvenirs abominables de l'homme qui lui a fait vivre un enfer pendant plus de dix ans reviennent sans doute la hanter, et penser qu'il est de retour dans sa vie, pour à nouveau s'attaquer à son enfant, doit être encore plus terrifiant.

— En dehors de ses bras-droits, je n'en connais qu'un seul que Fernando pouvait blairer... Georgio Sanchez. C'était en quelque sorte son meilleur ami. Ils se connaissent depuis l'enfance...

Un de ses amis ?
Intéressant.

— Merci beaucoup. Ça nous sera sans doute très utile, la remercié-je en attrapant ses mains gelés.

Dans mon dos, j'entends mes coéquipiers reculer en direction de la porte, cependant moi, je ne bouge pas.

— Alex, ramène-la-moi en vie, s'il te plaît... Je ne pourrais pas vivre sans elle... chuchote-t-elle avec le peu de force qu'il lui reste.

Elle ne doit pas beaucoup dormir ces derniers temps... Je la comprends.

Moi non plus Andrea, je n'y arriverais pas...

Normalement, je ne peux pas promettre une chose pareille, mais aujourd'hui, j'ai envie d'y croire, j'y croirai jusqu'au bout, alors je hoche la tête dans une promesse silencieuse.

Cette enquête nous fait tourner en rond pour l'instant, mais je ne m'arrêterai pas tant que Megan ne sera pas de retour. Je la retrouverai. Peu n'importe le temps que je mettrai, j'y arriverai.

Je lâche les mains de ma belle-mère et rejoins mes collègues vers nos voitures. Bryan est déjà sur sa tablette en train de chercher des informations sur ce fameux ami qui n'est jamais apparu dans les dossiers sur le père Garcia.

— Georgio Sanchez. Son seul bien est un appartement en centre-ville de Buenos Aires, pas très discret à mon avis... Par contre...

Il se tait plusieurs seconde et examine quelque chose sur l'écran avec une grande attention. Un sourire illumine soudain son visage et ses yeux brillent d'excitation.

On tient une info.

—...il a un fils, Léonardo Sanchez, qui a une propriété immense en bordure de la forêt du Gran Chaco.

Il retourne sa tablette pour nous laisser observer la photo d'une maison blanche absolument gigantesque entourée par de la verdure.

— C'est la planque parfaite.

Chapitre 31

Megan

Deux jours se sont écoulés depuis l'altercation avec le chef du gang de Mendoza. Après cet incident, nous sommes immédiatement partis pour une nouvelle destination : Córdoba. Léonardo ne voulait pas s'attarder, au risque que la bande à Romero ne nous retombe dessus.

Mes ravisseurs n'ont pas accepté de me raconter ce qu'il s'est produit en détails, mais j'ai appris que durant la bataille, trois des gardes de Romero ont perdu la vie et les quatre hommes qui se battaient de mon côté ont failli la laisser également. Apparemment, les coups de feu sont partis dans tous les sens et ne finissaient plus. Il a fallu tenir longtemps avant que l'équipe de Romero ne soit à terre et épuisée, pour que la bande à Léonardo réussisse à s'enfuir.

Je suis en voiture avec mes quatre gardes. Nous allons en direction d'une autre planque du gang pour assister à un nouveau rendez-vous.

Encore...

J'espère sincèrement qu'il se déroulera mieux que le précédent... Je ne veux pas terminer en chair à viande pour un espèce de taré.

Nous roulons au pas sur une avenue bondée pendant des minutes interminables. Je m'impatiente. Je veux en finir le plus vite possible et rentrer à l'hôtel pour me blottir dans les couvertures en velours qui englobent mon lit.

Léonardo, qui conduit comme d'habitude, tapote le volant et le son aiguë de ses nombreuses bagues contre le cuir me donne la migraine. Je ressens un sacré soulagement lorsqu'il se gare enfin sur une des rares places de parc sur le bord de la chaussée.

— Nous sommes arrivés, annonce-t-il.

Je regarde par la vitre, mais ne vois que des locaux de grandes enseignes avec à leurs pieds, des restaurants complets en ce début de soirée.

Euh...

Rassurez-moi.

La planque n'est tout de même pas à deux pas de familles innocentes ?!

Malheureusement, j'obtiens vite ma réponse : Léonardo sort de la voiture et notre emplacement ne semble pas le gêner du tout. Ça a l'air absolument normal pour lui !

— Allez, hop ! Tout le monde dehors ! lance-t-il.

Je m'exécute à reculons. Tous ces citadins sont beaucoup trop exposés autour de nous ! Notre rendez-vous peut partir en vrille à n'importe quel moment et la sécurité du public est bien moins assurée qu'au hangar de Mendoza dans une zone industrielle désaffectée !

L'Hispanique me tient le bras pour ne pas me perdre dans la foule. Tout le monde se bouscule, nous devons jouer des épaules, c'est encore pire qu'à Los Angeles !

Léonardo, à la tête de notre petit groupe, entre dans le hall d'un bâtiment censé abriter une dizaine de grandes entreprises renommée et se dirige vers l'ascenseur, où il sort une carte qu'il fait biper contre le lecteur prévu à cet effet.

Nous montons jusqu'au huitième étage et parvenons dans un couloir rempli de fumée. Je toussote plusieurs fois, surprise par l'odeur âcre. Je comprends très vite que je n'ai pas affaire à de la cigarette, mais à quelque chose de bien plus fort.

Mon groupe s'avance vers une porte gardée par un molosse et d'où s'échappe de la musique qui me détruit les tympans. Je devine qu'ils doivent bien s'amuser juste derrière le battant en bois sombre que le vigile ne tarde pas à tirer.

Léonardo se tourne alors vers moi avec un sourire malicieux.

— Il vaudrait peut-être mieux que tu te caches les yeux, rigole-t-il.

En effet, ce serait sans doute la meilleure chose à faire à cause de ce que je découvre dans cette salle :

des jeunes filles d'environ quatorze ans se dandinent sur la piste de danse sous les yeux admiratifs d'hommes de tous horizons. En costard ou en habits délavés, il ne semble y avoir aucune différence dans leurs manières de penser.

Aveuglée par ce désastre en à peine quelques secondes, je regarde le sol. Je ne veux pas être affectée par le sort de ces fillettes. Mon moral est déjà bien assez bas.

Pour une fois dans ma vie, j'ai eu de la chance.

Elles portent toutes des vêtements similaires. La seule différence notable que je remarque, c'est leur couleur. Leurs tenues sont toutes composées de jupes extra-courtes ainsi que d'espèces de soutien-gorge en guise de t-shirt.

Je note aussi que les expressions de leurs visages confirment mes pensées : elles n'ont aucune envie d'être sur cette piste de danse. Elles me font vraiment mal au cœur.

En relevant la tête, je vois d'ailleurs une des filles se diriger vers un couloir désert munis de dizaines de portes qui mènent sans doute à des chambres ou quelque chose du style. Elle est accompagnée d'un homme d'une quarantaine d'années. J'ai envie de vomir.

Léonardo avance et je vois avec le plus grand énervement que lui aussi, regarde ces pauvres adolescentes qui tentent désespérément de ramener trois sous à la maison pour aider leurs parents à nourrir leurs familles.

En réalité, je crois que ça ne m'étonne même pas.

Ici, en dehors des fillettes, il n'y a pas de femmes. C'est pourquoi lorsque je fais mon entrée dans cette pièce, un nombre incalculable de regards se tournent vers moi.

— Euh, ma jolie ! Tu veux faire un tour par là-bas ? me demande un homme au pantalon troué qui pointe du doigt le couloir aux multiples portes.

— Laisse-la tranquille, le menace l'Hispanique en écartant le gaillard qui se rapprochait de moi.

Il n'a pas l'air de s'amuser non plus lui...

Pourtant, après ses gestes déplacés envers ma personne, j'aurais pensé qu'il adorerait ce spectacle...

Son visage est fermé et ses muscles tendus. Il jette des coups d'œil furtifs dans les quatre coins de la salle et tente de veiller à ce que ma sécurité soit maximale.

Si on peut parler de sécurité au vu du nombre de paramètres qui peuvent tout faire éclater.

— Oh ! Mais calme-toi mec ! Je veux juste m'amuser un peu !

L'homme essaye de me toucher, mais mon garde l'en empêche. Il l'attrape par le col de son t-shirt d'une main et lui crache :

— Tu ne la touches pas ! Allez, dégage !

Le ton de l'Hispanique était si menaçant que le forceur ne se fait pas prier. Il se faufile rapidement dans la foule et, en serrant les dents, je le vois s'arrêter au premier rang autour de la piste de danse. Il observe à nouveau les jeunes filles avec une attention particulière. Ça me dégoûte.

Sur notre route jusqu'au fond de la pièce, deux ou trois psychopathes m'abordent encore, mais l'Hispanique les remet tous à leurs places.

Nous arrivons maintenant devant une porte à nouveau surveillée. En nous voyant arriver, le garde s'écarte de la porte et nous laisse entrer dans un bureau déjà occupé par quatre hommes : trois soldats et un homme d'affaires. Je suppose que c'est le chef du gang de la partie de Córdoba.

— Léonardo ! Quel plaisir !
— Alejandro !

Les deux patrons se serrent la main.

— Et je vois que tu es venu accompagné en plus ! Megan Garcia. Ravi de faire enfin votre connaissance. Depuis le temps que votre père nous a promis votre visite ! Nous sommes vraiment heureux de vous accueillir à Córdoba.

« Tu dois faire bonne impression. »
« Tu dois faire bonne impression. »
« Tu dois faire bonne impression. »

Léonardo me l'a répété mille fois, si ce n'est plus.

Le sous-chef du gang vient de me faire un discours de bienvenue, je suis obligée de répondre poliment à cela ! Être hypocrite, c'est la règle d'or selon Léonardo.

— Tout le plaisir est pour moi. Je suis ravie de venir visiter votre charmante ville et ce fabuleux appartement.

Oh mon dieu !
Qu'est-ce que je viens de dire ?!
Que j'aimais cet endroit ?!

Quelle horreur !

— Quel plaisir de voir que vous appréciez. Nous avons longuement cherché comment améliorer nos soirées ici et je crois que nous avons trouvé la solution parfaite il y a quelques mois.

Et il en est fier en plus.
Dégueulasse.

— Eh ben... c'est génial... je trouve.

Je lui mens une seconde fois et une folle envie de me couper les cordes vocales ou de m'arracher la langue m'envahit après ce que je viens de dire.

Beurk.

***

La réunion se passe sans encombre. Comme les fois précédentes, je dois signer un contrat portant sur les nouveaux arrangements décidés par mon père. Apparemment, le prix d'achat de la drogue à la base de la chaîne grandit de plus en plus, ce qui oblige le gang à augmenter ses tarifs également.

Enfin, bref. Je n'ai pratiquement rien écouté de leur discussion. Plus d'une heure de débat sur le prix de la drogue, merci mais non merci. Je donne volontiers ma place.

Une fois la réunion officielle terminée, les hommes discutent encore plusieurs heures de la pluie et du beau temps en buvant quelques verres, alors que moi, j'attends. Je m'ennuie à mourir. Cette soirée est interminable et je m'endors littéralement sur ma chaise. Je ne vais bientôt plus pouvoir retenir mes paupières qui ne demandent qu'à se fermer.

* * *

L'horloge de la voiture indique trois heures du matin lorsque nous rentrons enfin à la chambre d'hôtel. Pourtant, ce n'est pas cet horaire tardif qui semblait décourager les hommes encore conquis par les fillettes sur la piste de danse. Elles me font mal au cœur, vraiment mal au cœur... J'aimerais tant pouvoir les aider, mais il faudrait déjà que j'arrive à me sortir de mes propres problèmes avant d'y penser...

Chapitre 32

Alex

Nous avons pris l'avion pour l'Argentine hier après-midi. Mon équipe est actuellement dans une chambre d'hôtel que nous avons louée pour quelques jours.

Il est tôt. Le soleil est à peine en train de se lever aux dessus des arbres de la forêt du Gran Chaco qui s'étant en face de moi. La demeure blanche de Léonardo Sanchez est quelque part au loin, camouflée dans cette verdure luxuriante.

Dans moins d'un quart d'heure, nous avons un rendez-vous avec la police du village campagnard dans lequel nous nous trouvons pour préparer un plan d'attaque.

— Alex ? m'appelle Elena. T'es prêt ?

Je détache mes yeux de la forêt et me retourne.

— Oui, j'arrive.

Je rejoins mon équipe dans le hall d'entrée, puis nous descendons tous ensemble les deux étages de notre hôtel. Dehors, nous marchons dans une petite ruelle décorée par des fleurs et des bibelots typiques argentins nous menant à la place du marché qui, pour l'instant, n'accueille que les commerçants en train d'installer leurs stands.

Il ne nous reste plus que quelques mètres à parcourir pour parvenir à l'entrée du commissariat de police. Juste devant, sont garées deux voitures de patrouilles et quatre agents attendent sur le trottoir.

— Le Swat de Los Angeles ! s'exclame l'un des policiers en nous voyant.

— C'est un plaisir de vous rencontrer dans notre minuscule village... même si nous l'aurions tous préféré dans d'autres circonstances...

Nous nous arrêtons au niveau des patrouilleurs et le commandant prend la parole :

— Nous sommes également ravis d'être ici, surtout si vous arrivez à nous aider à ramener notre capitaine à Los Angeles.

— Bien sûr. D'ailleurs, notre patron vous attend à l'intérieur il me semble, répond un policier en nous désignant la porte du QG.

Nous montons les quatre marches qui précèdent le seuil et entrons. Ces locaux sont bien moins entretenus que ceux de Los Angeles, mais je m'abstiens de dire quelque chose de travers. Tant que la police est compétente, leurs bureaux peuvent être en désordres après tout.

Un homme à l'allure de chef nous accueille et nous invite à le suivre dans son bureau. Carlos Ortiz, le commandant de la police de la région, est un homme d'environ cinquante ans en costard cravate et aux mocassins cirés. Il nous présente son capitaine, Juan Thorez, qui est plus jeune d'une dizaine d'années, mais qui lui ressemble beaucoup, surtout au niveau des vêtements, et nous nous installons dans les fauteuils en mauvais états dans un coin de la pièce.

— Alors vous êtes ici car vous avez des raisons de penser que votre capitaine, Megan Garcia, la fille de Fernando Garcia, est retenue par ce fameux Léonardo Sanchez ? C'est bien cela ? demande le commandant argentin.

— C'est exact. Selon la mère de Megan, le père de Sanchez est le meilleur ami de Fernando depuis l'enfance. Quand l'un est au courant de quelque chose, l'autre l'est également, récite mon chef. Quand nous avons découvert que son fils avait une propriété gardée par des dizaines d'hommes nuit et jour, en plein milieu de la forêt, nous nous sommes posé des questions. En plus, quand je vous ai appelé et que vous m'avez informé que la maison était inhabituellement vide depuis plusieurs semaines, nos doutes étaient fondés, car nous savons justement que Megan est sans doute forcée de faire le tour de l'Argentine pour rencontrer des clients à son père depuis plusieurs semaines. Nous sommes alors venus le plus vite possible dans l'espoir d'être sur la bonne piste...

— Et vous avez eu raison. Nous surveillons la maison car nous suspectons Sanchez de participer au trafic de drogue du père de votre capitaine depuis des mois, voire des années. Le problème, c'est que pour l'instant, nous n'avons aucune preuve. Nous nous basons sur des suppositions... bref... Il y a trois semaines, la vie autour de la propriété était spécialement active, puis plus rien, évaporée. Normalement, quand Sanchez s'en va, il rentre chez lui en moins d'une semaine, mais cette fois c'est étrange. En plus de vingt jours, il n'y a eu aucun signe de vie à son domicile... explique Carlos Ortiz.

— Vingt jours ? Ça concorde avec l'enlèvement de Megan, affirmé-je.

— Avez-vous une idée d'où ils peuvent se trouver en ce moment ? demande Lewis.

Le commandant de la région expire et s'enfonce dans son siège.

— Nous avons tenté de le savoir, mais pour l'instant, c'est un mystère... Ce gang est professionnel pour ne laisser aucune trace.

Il se lève et va chercher le document au sommet de la pile de dossiers sur son bureau. En revenant, il le tend à mon patron.

— Voici toutes les informations que nous avons à propos du fils Sanchez et de son implication dans le trafic. Nous savons qu'il se mêle beaucoup des affaires de Fernando depuis quelques mois, mais n'arrivons pas à le prouver. Dans ce dossier, nous avons répertorié tous les clients que nous connaissons et qu'ils vont sans doute aller voir s'ils ne l'ont pas encore fait...

Mon chef ouvre le dossier et des images de chefs de gang, de meurtriers, de dealers et cetera en débordent.

— Je sais que c'est beaucoup, mais le problème c'est que ce gang est le plus grand et rependu de toute l'Argentine... Il y a énormément de profils en lien avec lui...

Mon commandant regarde un ou deux morceaux du document, puis le referme, exaspéré.

— Il y a beaucoup trop d'information. Il va falloir qu'on trouve quelque chose de bien plus précis pour retrouver sa position exacte...

— Je confirme, acquiesce le chef de la police du secteur. Je vous propose de creuser les informations que nous possédons pour voir si nous pouvons reconstituer une partie du puzzle, ou même carrément d'attendre que Sanchez et votre capitaine reviennent à la demeure... Sanchez ne reste jamais trop longtemps hors de sa planque. En plus, chercher quelque chose de neuf serait encore pire que chercher une aiguille dans une botte de foin à mon avis...

Chapitre 33

Megan

Je me prépare pour un nouveau rendez-vous qui a lieu dans moins d'une demi-heure. Cette fois, nous sommes à Buenos Aires. J'ai eu du mal à regarder la ville par la fenêtre à notre arrivée hier. Je ne suis jamais revenue ici depuis que j'ai déménagé à Los Angeles après le procès de mon père il y a bientôt vingt ans. Cette ville me rappelle bien trop de mauvais souvenirs...

Je m'attache les cheveux en un chignon ample et me maquille peu. Je fais le minimum que Léonardo accepte : du mascara et du rouge à lèvre rouge pétant. Pour ma tenue, j'opte pour une jupe noire ainsi qu'un top orange pailleté et dans mon panel de chaussures, je choisis les talons les plus bas... qui font plus dix centimètres tout de même...

J'en ai marre d'avoir des ampoules qui me font souffrir le martyre !

— Megan ? m'appelle Léonardo depuis le couloir.

Je regarde l'heure sur le réveil de la table de chevet. J'étais censée être prête et dans le hall d'entrée il y a plus de dix minutes !

Oups !

Tant pis.

Il me demande de me préparer comme je n'en ai pas l'habitude, c'est plus long, c'est normal.

— J'arrive, lui réponds-je, épuisée par ce que l'on me force à faire à longueur de journée ces dernières semaines...

Je n'en peux plus, j'en ai marre. Je veux rentrer chez moi, retrouver Alex, ma mère, Louane et le reste de mes amis ! Je veux retrouver une vie normale !

Je sors de ma chambre et rejoins les quatre hommes qui m'attendent devant la porte d'entrée, gardée vingt-quatre heures sur vingt-quatre pour éviter que je ne m'échappe, puis nous partons en direction du lieu du rendez-vous.

Après une longue visite du centre-ville dans les bouchons, Léonardo se gare dans un parking sous-terrain de grande envergure et nous rejoignons la rue afin de nous rendre devant un petit restaurant typique argentin.

La terrasse est pleine et les plats ont l'air excellents. Je m'imagine ici avec ma famille, en train de profiter d'un moment inoubliable, mais malheureusement, ce n'est qu'un rêve. Autour de moi, il y a quatre gardes qui me surveille constamment pour que je ne puisse pas m'enfuir comme j'ai tenté de le faire lors de notre premier rendez-vous...

Léonardo prend les devants de notre groupe et nous le suivons à travers le restaurant. Au fond, il chuchote au barman quelques mots inaudibles pour moi qui suis à peine quatre enjambées derrière lui, puis passe derrière le comptoir. Il nous fait signe de l'imiter.

L'Hispanique marche devant moi, les Européens me secondent et nous passons la porte de service qui mène sur un long couloir plutôt sombre et lourd La chaleur pèse une tonne sur mes épaules.

Tout au bout du passage à l'arrière du restaurant, mon chef entre dans une pièce sans prendre le temps de frapper. Nous arrivons dans un bar clandestin. Dedans, la drogue est apparemment autorisée, car de la fumée âcre me pique le nez et je ne vois pas une seule table qui ne possède pas de trainée de poudre blanche.

Il y a des dizaines de profils masculins totalement défoncés à cause de je ne sais pas trop quelle substance, mais aucun visage féminin n'est dans mon champ de vision. Je me sens comme une intruse.

Comme depuis mon enlèvement à vrai dire...

Un homme mince se lève et s'approche de notre troupe.

— Sanchez.

— Herrera.

Notre client.

Les deux chefs se serrent la main, puis nous rejoignons un minuscule bureau où la réunion peut commencer.

***

Deux heures plus tard, nous sommes de retour dans le parking sous-terrain et j'ai la nausée. La fumée des joints ne m'a pas fait du bien. Ma tête tourne horriblement, je ne marche plus tout à fait droit. Je m'installe comme d'habitude au milieu de la banquette arrière, mais plutôt difficilement. Je n'ai plus de force.

— T'es un peu pâle nan ? rigole Léonardo.
— Sans blagues ? rétorqué-je.
Comme si je n'étais pas au courant.
Je lève les yeux au ciel. Je n'en peux vraiment plus, je crois que je vais finir par m'évanouir à ce rythme.
Je ne suis pas habituée aux substances douteuses, moi !
— Va donc exceptionnellement à la fenêtre. J'crois que t'as besoin d'air. J'veux pas que tu dégueules dans la bagnole.
Parfait.
Moi non plus je ne veux pas vomir ici, t'inquiète pas chéri.

Léonardo démarre la voiture et nous sortons du parking où l'air semble me manquer. A l'extérieur, un vent frais me fait du bien, je peux enfin respirer, même si l'odeurs de l'essence est particulièrement forte sur cette route bondée.

Nous roulons au pas pendant plus d'un quart d'heure dans les rues de ma ville natale et seuls les sons citadins se font entendre dans le véhicule. A ma droite, les Européens somnolent, sur le siège passager, l'Hispanique pianote sur son portable, et devant moi, Léonardo rêvasse.

* * *

Après un temps interminable de torture pour ma pauvre tête, nous parvenons enfin sur une avenue plus calme où les klaxons ne démolissent plus nos tympans.

Malheureusement pour moi, c'est justement à ce moment-là qu'un téléphone se décide à sonner.

Arghhhh !

C'est pas vrai !

Ce qui est sûr, c'est que ce n'est pas le mien. Je n'ai plus touché ce type d'engin depuis plusieurs semaines.

— Halo ? Silva ? prononce l'Hispanique.

Un bourdonnement sans fin sort du haut-parleur et mon garde ne semble pas content du tout. Son corps se crispe et sa voix tremble de rage lorsqu'il jette :

— Rassure-moi. Tu te fous de ma gueule !?

Il écoute encore les informations que lui transmet ce certain Silva.

— Mais comment cela a pu arriver ? On a payé les poulets y'a moins d'un mois !!! s'énerve-t-il encore.

Sa main cogne soudain la vitre et je sursaute. Je n'aimerais pas être à la place de son interlocuteur en ce moment.

— Que se passe-t-il ? s'inquiète Léonardo.

— Lopez s'est fait arrêter. Les flics de Rosario en ont fait qu'à leur tête.

— C'est pas possible ! Je t'avais dit de les faire flipper, les payer ça marche jamais bordel !

— Mais j'allais pas en abattre un pour le plaisir !

Léonardo rit.

— Pas pour le plaisir, nan, mais pour le bien de ce gang. Tu crois franchement que ce que nous faisons sert à quelque chose si nos clients sont mis derrière les barreaux ?!

L'Hispanique hallucine des mots de son patron et raccroche au nez de Silva. Léonardo et lui entrent dans une engueulade sans fin. Ils veulent chacun avoir le dernier mot, mais aucun n'est prêt à lâcher.

Léonardo veut prouver qu'il était nécessaire de terrifier les policiers de Rosario, alors que l'Hispanique veut affirmer le contraire.

Ils crient si fort qu'ils me font mal aux oreilles et amplifient mon mal de crâne, de plus, notre conducteur ne se concentre plus sur le trafic. Il est obligé de donner des à-coups dans le volant à plusieurs reprises pour éviter de foncer dans les autres véhicules. A de nombreuses reprises, je m'effraye de ses trajectoires irresponsables dans la file de voitures.

Le volume de la dispute des deux hommes augmente encore du ton et Léonardo plante ses yeux dans ceux de l'Hispanique. Il n'a plus aucune vision de ce qu'il se passe sur la route !

Mais il est fou !

On roule à plus de quatre-vingts kilomètres par heure !!!

Je me recroqueville sur mon siège et me tais, priant pour que je sorte d'ici en vie. J'aimerais vraiment leur dire de se calmer, mais cela ne changerait rien, ils ne m'écouteraient pas.

Soudain, comme je le redoutais, notre voiture s'embarque sur la route en sens inverse... et je suis apparemment la seule à le remarquer.

— Léona... crié-je trop tard.

Chapitre 34

Alex

Je suis dans ma chambre d'hôtel, il est tard. Nous avons effectué des recherches toute la journée et je suis crevé, il faut que je dorme, mais les indices dont nous disposons tournent en rond dans ma tête.

A présent, nous sommes pratiquement sûrs que Megan est avec Sanchez, mais où sont-ils ? C'est ce que nous tentons de découvrir. Je ne veux pas attendre patiemment qu'ils rentrent à la demeure. Ce jour peut être demain, mais aussi dans plusieurs semaines, ce qui est inconcevable !

Je me change pour aller me coucher, il faut que je sois d'attaque demain.

Alors que je m'apprête à éteindre la lumière, mon téléphone vibre.

Arghhhh.

C'est qui encore ?!

J'attrape l'engin sur la table de chevet et me redresse brusquement en lisant : « Rendez-vous dans le salon. J'ai du nouveau. » venant du commandant.

J'enfile en troisième vitesse le jogging que je venais de jeter par terre et me dépêche de rejoindre le salon où attendent déjà Johnson, Elena et Bryan. Ils sont assis sur le canapé et je les imite.

Quel est l'élément nouveau dont parle le message ?
Mon cœur bat la chamade.
Allons-nous enfin savoir où se trouve Megan ?
Le restant de l'équipe arrive rapidement et s'installe à côté de nous sur le divan.

— Bien, commence mon patron. Le commandant de la police régional m'a envoyé cette vidéo. Un collègue de Buenos Aires la lui a transmise à la suite de notre demande de recherche dans tout le pays.

Il pose une tablette sur la table basse du salon et nous nous penchons tous pour voir le contenu des images : c'est l'enregistrement d'une caméra de surveillance positionnée au-dessus d'une semi-autoroute de la ville.

Un accident a lieu en à peine quelques dixièmes de secondes sur les deux voies du centre. Une voiture s'est embarquée sur la route en sens inverse et un van l'a percutée au niveau de sa portière. Durant le reste de la vidéo, la file des véhicules est à l'arrêt. Je ne comprends pas le rapport avec notre enquête, jusqu'au moment où je vois quatre hommes sortir de l'automobile et en extraire une femme inconsciente.

Megan.

D'un côté, je suis rassuré car nous savons à présent dans quelle ville elle se trouve, mais de l'autre, je suis très inquiet. Elle a été sortie d'une voiture accidentée alors j'espère qu'elle est seulement inconsciente pas...

Nan.

Elle va bien, j'en suis convaincu...

Ou presque...

De plus, elle est toujours entre les mains de ces criminels, encore à leur merci. Ils peuvent en faire ce qu'ils veulent.

Les quatre hommes emmènent ensuite ma copine sur le bord de la chaussée, puis le plus baraqué se plante au milieu des voies de circulation et arrête une automobile au hasard. Sur la vidéo, nous pouvons le voir négocier et tendre de jolis billets sous le nez du conducteur qui accepte finalement de tous les faire monter.

Le trafic est toujours fébrile à cause de l'accident et de la voiture démolie au milieu des voies, mais le nouveau moyen de transport des criminels sort tout de même bien trop rapidement de la zone d'enregistrement de la caméra de surveillance. Nous les perdons de vue.

Le commandant reprend sa tablette et nous annonce :

— Nous savons donc que Megan est bel et bien avec Sanchez. C'est lui et sa bande que nous voyons sur la vidéo. Pour l'instant, ils sont à Buenos Aires, mais ils ne tarderont sans doute pas à se déplacer vers une autre ville. Allez-vous reposer. Nous avons un avion pour la capitale demain à huit heures. Il vous faudra vos batteries à cent pourcents.

Il se lève et nous salue.

— Bonne nuit, lui réponds-t-on avant de nous disperser en direction de nos chambres respectives.

Mes oreilles n'en reviennent pas. Nous savons où se trouve Megan et avons un avion pour la rejoindre à la première heure demain matin !

Demain est le grand jour !

Demain, ma copine est dans mes bras. Demain soir, elle dort avec moi, j'en suis certain, nous réussirons notre mission. Demain est le jour que j'attends depuis des semaines. Demain, nous la retrouvons.

Chapitre 35

Megan

Je me réveille, je suis bien au chaud sous une couette. L'odeur de la lessive propre est si agréable que je rêve de dormir encore quelques heures...

Hein ?

Mais...

J'ouvre les yeux. Au plafond, je découvre la peinture rose et verte que je trouve si immonde de ma chambre d'hôtel.

De ma chambre à l'hôtel ?

Je ne me souviens pas d'être rentrée ici hier soir, je ne me suis jamais couchée !

Je me redresse brusquement et une vive douleur surgit dans mon crâne. J'ai la tête qui tourne horriblement.

Aïe...

Je ferme les yeux, serre les dents et attends qu'il diminue légèrement pour me lever. Je titube, je n'ai pas d'équilibre ce matin...

Mais qu'est-ce qu'il s'est passé, bon sang ?

Mes yeux ont du mal à rester ouverts, mais un seul regard sur mon réveil me fait halluciner.

Il est déjà treize heures !

Je ne me suis pas réveillée avant ?!

C'est pas normal !

D'habitude, je ne dors pas beaucoup le matin !

En plus, comment suis-je arrivée ici ?

Pourquoi je n'ai plus de souvenirs après le rendez-vous d'hier soir ?

Je me rends dans ma salle de bain privée où je m'éclabousse un peu d'eau sur le visage pour me rafraîchir les idées. Rien ne me revient en tête.

Arghhhh.

Que s'est-il passé hier soir ?!!

Je me regarde dans le miroir : j'ai une mine affreuse, des cernes plein le visage et... un énorme hématome sur le front ?

Pardon ?

Mais qu'est-ce que c'est ?

Mes yeux descendent maintenant sur mes vêtements. Je ne porte plus la jupe noire et le top orange pailleté de la veille. Ils ont été échangés avec un t-shirt extra-large et un jogging que je ne me souviens pas avoir mis.

C'est quoi cette histoire ?

Je donne trois coups de peigne dans mes cheveux en piteux état, me brosse approximativement les dents et marche jusqu'à la cuisine où je trouve l'Hispanique aux fourneaux. J'aimerais bien des explications.

— Comment suis-je rentrée hier ? Pourquoi je ne m'en rappelle pas ?

Il se tourne vers moi, surpris. Il ne m'avait pas entendue arriver.

— Megan ! Comment vas-tu ?

— J'ai la tête qui est sur le point d'exploser, mais à part ça, ça va, lui réponds-je d'une voix totalement hypocrite.

Non, ça ne va pas du tout crétin.

— Je vois, dit-il en se retournant pour continuer sa mixture.

— Je vous ai posé une question.

Et ouais mon gars.

Je le regarde d'un air assassin. Si seulement mes yeux pouvaient tirer des balles, ça me serait d'une si grande utilité en ce moment. J'ai une envie folle de le fusiller, droit dans le cœur... ou dans ses pupilles noires.

Il se retourne.

— C'est vrai, pardon. Hier soir, nous avons eu un accident. Un van a heurté la portière de ton côté et tu t'es évanouie, commence-t-il comme si c'était la chose la plus normale au monde. Nous t'avons ramenée ici et je t'ai enlevé les fringues que tu détestes pour quelque chose de plus confortable. Léonardo a également appelé un médecin et il nous a affirmé que tu allais bien. Le choc t'a juste... comment dire... endormie quelques heures...

Il rit.

Crétin.

— Mais tu devrais avoir de petites migraines aujourd'hui, c'est normal. Force à toi, moi je déteste avoir des maux de tête.

Génial.

Comme si moi j'aimais ça...

Les souvenirs de notre dernière soirée commencent à me revenir. Je ne me souviens toujours pas de l'accident en lui-même, mais la dispute entre l'Hispanique et Léonardo se rejoue dans mon esprit. Ils s'engueulaient comme pas possible dans la voiture et notre conducteur n'avait plus du tout le regard sur la route.

En revanche, une phrase de l'homme que j'ai en face de moi résonne également en boucle dans mon crâne endoloris : « ...je t'ai enlevé les fringues que tu détestes pour quelque chose de plus confortable. »

Il m'a déshabillée.

Il...

Putain.

Il est dégueulasse !

Putain, qu'il me dégoûte !

Il a profité de mon malaise pour...

Bordel de merde !

C'est pas possible !

L'Hispanique attrape une poêle sur le feu et la pose sur l'îlot central.

— Je crois que nous serons les seuls à manger ici à midi. Les trois autres étaient énervés et sont allés chez des amis à eux. J'ai préparé du poulet thaï. Assieds-toi donc.

***

Nous mangeons en silence et mon regard reste figé sur mon assiette. Je n'ose pas relever les yeux sur le pervers face à moi.

Il...

Arghhhh.

Je n'en reviens toujours pas qu'il ait osé !

Mon poulet terminé à la vitesse de l'éclair, je me lève pour retourner dans ma chambre. Malheureusement pour mon moral, l'Hispanique se racle la gorge dans mon dos. Je me retourne avec une nonchalance hors du commun.

— Quoi encore ?

— A vingt-heure, nous partons pour San Luis. Remballe tes affaires.

On part déjà ?

C'est une blague ?

Je hoche la tête et une fois dos à lui, je lève les yeux au ciel. Il m'énerve. Il m'énerve au plus profond de ce qu'il peut m'énerver. Dans ses mots, j'ai l'impression qu'il croit que je suis heureuse de participer aux activités de ce trafic de drogue, alors que mon plus grand rêve est de m'échapper de son emprise pour rentrer chez moi, à Los Angeles, et revoir les personnes que j'aime.

Chapitre 36

Alex

Il est huit heures du matin et nous sommes dans l'avion en direction de Buenos Aires. Nous espérons de tout cœur retrouver Megan dans la capitale. Le commandant Ortiz et ses équipes ont réussi à suivre la voiture dans laquelle Léonardo et les trois autres hommes ont emmenée Megan après l'accident grâce aux caméras de surveillance de la ville et nous avons découvert qu'ils se sont arrêtés devant un hôtel prestigieux. Nous pensons que c'est là-bas qu'ils se planquent durant leur séjour à Buenos Aires.

***

Il est onze heures. Nous avons atterri il y a un peu moins d'une demi-heure et avons déjà récupéré nos bagages et les voitures louées par le Swat. Nous roulons actuellement en direction de notre hôtel pour déposer toutes les affaires dont nous n'avons pas besoin lors de l'intervention ainsi que pour nous préparer.

Dans l'avion, nous avons déjà examiné le plan d'approche que Johnson nous a proposé pour l'extraction de Megan. Nous interviendrons en fin d'après-midi, le moment le plus propice à ce que Sanchez, son équipe et Megan, soient dans l'appartement où nous allons faire une descente.

* * *

Il est quinze heures et nous sommes devant le QG de la police de Buenos Aires qui participera avec nous à la mission, car normalement nous ne pouvons pas intervenir en territoires étrangers aux Etats-Unis. Aujourd'hui, nous avons exceptionnellement l'autorisation de faire une descente dans l'hôtel où se trouve Megan, à condition que des officiers locaux nous accompagnent. De toute façon, du renfort ne pourra pas nous faire de mal. Nous nous attaquons tout de même au plus dangereux gang d'Argentine... probablement aussi d'Amérique... et du monde.

* * *

Il est dix-huit heures et nous sommes devant l'hôtel où séjourne, nous l'espérons, Megan et ses kidnappeurs. Une unité de la police de Buenos Aires est avec nous et plus de dix voitures de patrouilles attendent à l'angle de la rue.

Nous entrons dans le hall. Tous les clients dans l'entrée de l'immeuble nous observent, surpris et curieux, et s'écartent rapidement de notre passage. Nous sommes en tenues blindées et portons chacun plusieurs armes et explosifs. Nous devons être impressionnants, surtout quand on ne s'attend pas à nous voir...

Le commandant, qui ne vient normalement plus avec nous sur le terrain, devance le groupe d'agents de police et se rapproche de la secrétaire derrière le comptoir. Celle-ci fait mine de ne pas nous voir, toutefois, elle a l'obligation de répondre à nos questions si elle ne veut pas finir sa journée derrière les barreaux.

Je seconde mon chef qui sort son téléphone portable et lui montre une photo de Sanchez, puis de Megan.

—Est-ce que vous les avez déjà vu ? demande-t-il avec son espagnol assez médiocre.

La femme semble malgré tout comprendre la question, bien qu'elle secoue la tête en signe de négation.

— Vous en êtes sûre ? Vraiment sûre ? Si vous nous mentez, vous risquez de tomber pour complicité d'enlèvement d'un agent de police, ce qui est égal à pas mal de temps en prison. Vous en avez envie ?

La secrétaire le regarde avant de descendre ses yeux vers le sol. Nous voyons très bien qu'elle sait quelque chose, mais la peur la rend muette.

— Nous savons qu'ils sont dans cet hôtel. Nous voulons juste retrouver notre collègue et sa famille compte sur nous. Quel est leur numéro de chambre ?

La femme est tétanisée. A ce que je vois, Sanchez s'amuse à terroriser toutes les personnes qu'il croise sur son passage. C'est sans aucun doute comme cela qu'il obtient tout ce qu'il veut et qu'il se fait tant respecter, comme le père de Megan...

Au bout d'une vingtaine de secondes, elle relève la tête et nous chuchote d'une voix incertaine :

— Très bien... Je ne veux pas plonger pour lui, mais je ne veux pas non plus qu'il sache que je vous ai parlé. Je risque très gros s'il l'apprend. S'il vous plaît.

— Il ne saura rien. Vous avez ma parole.

Nous pouvons nous arranger avec le gérant de l'hôtel pour que les images des caméras de surveillance soient détruites et avec la police régionale pour que son nom ne soit pas divulgué dans les rapports qui pourraient tomber entre de mauvaises mains. Tout ça est possible et nous le feront, si elle nous donne le numéro de leur chambre.

La femme à l'arrière du comptoir prend une profonde inspiration et murmure :

— Ils sont dans la suite royale du septième étage. C'est la chambre numéro sept-cent-une.

Le commandant la remercie et nous ne nous attardons pas. Nous trottinons en formation serrée en direction des escaliers avec à notre suite une dizaine d'officiers argentins, les meilleurs de la ville.

Nous sommes prêts.

Je suis prêt.

Mon cœur bat à deux-cents kilomètres par heure. Nous sommes si proches du but. Megan est juste là, sept étages au-dessus de moi...

Chapitre 37

Megan

Il est dix-sept heures trente. Je viens de finir de remballer les nombreuses affaires que j'avais sorties de ma valise ces derniers jours et regarde par la fenêtre. Le ciel commence doucement à s'obscurcir et les lampadaires illuminent les allées où de nombreux piétons s'avancent encore. De notre côté, nous partirons pour San Luis lorsque le soleil aura définitivement quitté Buenos Aires.

Je m'assois sur mon lit et continue le roman que je lis depuis déjà une semaine. En ce moment, j'ai l'impression de lire comme un escargot, je ne suis pas très concentrée à vrai dire. La plupart du temps, je réfléchis à une manière efficace de m'enfuir de ce calvaire que je vis depuis plus de trois semaines, mais je ne trouve rien qui soit sûr à cent pourcents.

Léonardo a des yeux et des oreilles partout. M'échapper est mission impossible, et même si j'y parvenais, il tuerait au moins l'un de mes proches. Il a été clair à ce sujet : « Un seul faux pas et cette fois, il meurt. »

C'est beaucoup trop risqué... Je ne sais pas du tout comment me sortir de cette horrible situation. Ça me rend folle.

* * *

J'attends tranquillement sur mon lit. J'ai encore abandonné l'idée de lire car mon cerveau n'en fait qu'à sa tête. Je ne le contrôle plus.

J'analyse le plafond.

Qu'est-ce qu'elle est vraiment moche cette peinture rose et verte.

Ce peintre a des goûts bizarres franchement.

Mon horloge affiche dix-huit heure lorsque j'entends tout à coup la porte d'entrée claquer et la voix d'un Européen crier :

— Les flics ! Ils sont en bas ! Ils arrivent ! La pétasse de secrétaire a tout balancé !

Je me relève brusquement, même un peu trop vite pour ma tête toujours fragile depuis l'accident.

Les flics ?! Ils m'ont retrouvée ?!!!

Maintenant, c'est à mon tour de jouer ! Je dois gagner du temps pour leur permettre de monter jusqu'ici et m'aider !

La police est là !

Pour moi !

Des pas précipités fracassent le sol de l'appartement et ma porte s'ouvre à la volée en finissant dans le mur.

Léonardo entre en trombe. Je tente de l'empêcher de m'attraper, mais la chambre est bien trop petite pour jouer au chat et à la souris. En à peine une fraction de seconde, il me tient fermement par la taille et l'Hispanique ainsi que les deux Européens sont prêts à intervenir juste derrière lui.

— Avance ! m'hurle le bras-droit de mon père quand il tente de me tirer vers la sortie de la chambre alors que je m'accroche à tout ce qui me passe sous la main pour le ralentir.

— Parce que vous pensez que c'est maintenant que je vais vous écouter ?!

S'il a cru que j'allais rester son gentil toutou alors que la police a enfin trouvé où j'étais retenue et qu'elle est dans cet hôtel pour me sortir de ce cauchemar éveillé, il rêve. Le plus grand rêve de toute sa vie !

— Tu n'as pas le choix ! Nous y allons bordel ! Avance ! m'hurle-t-il encore.

Son ton est agressif, mais j'y discerne aussi de la peur et du stress. Il veut s'enfuir pour ne pas finir derrière les barreaux durant pratiquement tout le reste de sa vie, mais il ne peut pas me laisser là. J'en sais beaucoup trop sur ses affaires clandestines. Avec toutes les informations dont je dispose, son trafic serait réduit en cendre en moins de deux jours et pour ça, mon père le ferait abattre sans aucun scrupule. En plus, ils ont besoin de moi pour continuer à faire tourner leur business. Léonardo ne peut donc pas se permettre de me rendre à la police. Il signerait son arrêt de mort.

Mon ravisseur est en difficulté, je lui donne du fil à retordre. Je ne veux pas avancer et ne le ferai pas !

L'Hispanique vient malheureusement l'aider et lui, plus musclé ou tout simplement plus intelligent, me porte. Je donne des coups dans tous les sens, mais il en fait abstraction et avance rapidement entre la table basse et le canapé du salon.

Il m'emmène vers le couloir où se trouvent les chambres de mes gardes et je tente de m'accrocher aux poignées des portes devant lesquelles nous passons, en vain. Je ralentis l'Hispanique comme je peux, mais il n'a pas l'air de vouloir patienter une seule et unique seconde. Il accélère même le pas.

Il s'arrête devant la dernière porte, celle de la chambre de Léonardo, et se rend rapidement compte qu'elle est fermée à clef.

Léonardo arrive sans attendre, la déverrouille, puis nous entrons tous les cinq. Le chef de la bande devance le groupe et se dirige vers la fenêtre qu'il ouvre en un clin d'œil avant de regarder en bas et de retenir son souffle.

— C'est plus haut que ce que je m'étais imaginé... Si tu avais réservé plus tôt, on aurait pu avoir la chambre d'en-dessous et on aurait pas dû sauter d'aussi haut ! reproche-t-il à l'Hispanique.

— Mais on a pas le choix alors dépêche-toi ! Ils arrivent !

Justement à ce moment-là, j'entends la porte de l'appartement exploser et des pas précipités entrer dans ma prison dorée.

Je m'accroche au lit aussi fort que mes bras le permettent.

La police est là.

Je vais enfin sortir de ce cauchemar !

Il faut juste que je résiste encore quelques secondes !

— Salon RAS ! crie soudain une voix que je connais...

Lisa !

Le Swat est là ! Ce n'est pas simplement la police qui vient me chercher !

C'est le Swat !

Le Swat de Los Angeles !

— Je suis là !!!! hurlé-je à l'intention des agents qui font une descente dans l'appartement.

L'Hispanique couvre immédiatement ma bouche de sa géante main et Léonardo chuchote à mon intention :

— Ferme-la espèce de conne !

Je donne des coups de pieds de plus en plus violents.

Je ne sauterai pas par cette fenêtre !

J'entends des pas accourir vers le son que je viens d'émettre. Ils arrivent dans le couloir par lequel je suis passée il y a à peine quelques secondes et les portes s'ouvrent, puis claquent à de nombreuses reprises. Les policiers crient :

— Chambre deux RAS !

— Chambre trois RAS !
— Bureau RAS !

J'essaye à nouveau de pousser un cri qui aiderait mes collègues à me retrouver plus rapidement, mais je n'y parviens pas. L'Hispanique me bloque totalement la bouche, aucun mot ne réussit à sortir de mes cordes vocales.

— Dépêche-toi ! Ils sont là ! s'impatiente l'Hispanique.

Léonardo regarde une dernière fois par la fenêtre, puis prend son courage à deux mains et saute.

— Chambre quatre RAS ! hurle une nouvelle voix à quelques mètres de moi, de l'autre côté des murs de cette pièce.

L'Hispanique m'oblige à lâcher le lit et s'avance vers la fenêtre à côté de laquelle il me pose enfin. Cependant, il m'empêche toujours de crier. Je ne parviens pas à me dégager de son emprise...

Je regarde à travers la fenêtre par laquelle Léonardo vient de disparaître. Le toit de l'immeuble voisin à notre hôtel est environ au niveau de l'étage d'en-dessous. Il y a au moins quatre mètres de vide et la réception doit se faire sur du béton. C'est super dangereux !

En bas, Léonardo est déjà debout et il nous observe, stressé comme je ne l'avais jamais vu auparavant.

L'Hispanique se place de manière à pouvoir passer la fenêtre plus facilement et me soulève à nouveau.

Alors ça, il en est hors de question !!!

Je m'accroche à la seule chose qui me passe sous la main : les rideaux, mais les Européens ne tardent pas à me les faire lâcher.

L'homme baraqué me fait passer par-dessus le rebord de la fenêtre, s'assois sur la tablette et...

— Chambre cinq RAS ! crie alors une voix que je connais extrêmement bien : Alex !

Il est là !
Alex est là !
Juste là !
A quelques mètres de moi.
Et comme une idiote, je ne peux pas l'appeler !

...saute. Nous tombons de plusieurs mètres, la chute est longue. En arrivant sur le toit du bâtiment voisin, nous nous écroulons, mais Léonardo nous aide immédiatement à nous relever, bien que je me débatte encore comme une folle.

Chapitre 38

Alex

Quelques minutes plus tôt

Nous venons enfin à bout des escaliers qui nous mènent au septième étage de l'hôtel. Nous avons tous le souffle court, mais continuons notre progression en file indienne dans le long couloir de marbre. Le Swat ouvre la marche, suivit de près par la dizaine d'agents argentins.

Chambre sept-cent-treize, sept-cent-douze, sept-cent-onze, sept-cent-dix, sept-cent-neuf...

Les numéros de chambre défilent et mon cœur cogne de plus en plus fort. Je suis prêt à parier que les officiers qui m'entourent peuvent distinguer ses battements irréguliers. J'ai tellement hâte de retrouver Megan, mais j'ai aussi tellement peur que nous échouions...

Non ! Nous n'échouerons pas ! Nous réussirons ! Nous n'avons pas le choix ! Elle compte sur nous !

Chambre sept-cent-quatre, sept-cent-trois.

Nous nous rapprochons.

Sept-cent-deux.

Nous y sommes presque.

Sept-cent-une.

Nous y sommes.

Nous restons à quelques mètres de la porte en attendant que le commandant s'écarte du devant du groupe pour me laisser passer. Il n'entre pas avec nous, comme les agents argentins d'ailleurs. Nous ne pouvons pas tous intervenir en même temps. Ce serait un bazar monstrueux. L'appartement est trop petit pour accueillir une vingtaine de policiers. Ils sont uniquement ici en renfort... et aussi car s'ils ne sont pas avec nous, nous n'avons pas l'autorisation de participer à la descente...

Jason qui me seconde, me tape sur l'épaule : le signal. Tout le monde est prêt.

Elena va coller deux explosifs autour de la serrure, puis je mime un compte à rebours de trois secondes avec ma main. Nous nous protégeons le visage tandis qu'elle appuie sur le détonateur.

Nous entrons dans le salon où trois canapés de velours font face à une télévision digne d'un cinéma. Mon équipe se sépare en deux groupes en direction des différentes salles de la chambre d'hôtel et Elena crie :

— Salon RAS !

Pendant ce temps, Bryan, Lewis et Lisa avancent vers une porte sur notre droite et moi, suivi par Elena et Jason, j'ouvre un battant derrière lequel se cache une gigantesque chambre accompagnée d'une salle de bain privée. Ces deux pièces sont rangées à la perfection. Je ne remarque qu'un seul objet qui n'appartient pas à l'hôtel : une valise fermée dans un coin. Ils s'apprêtaient sans doute à quitter Buenos Aires.

— Chamb... commence Jason, mais un cri l'interrompt.

— Je suis là !!!!

Megan ! Elle est bien ici !

Le hurlement ne vient pas de la partie de l'appartement que nous examinons pour l'instant. Il provient du couloir du fond, vers lequel nous nous précipitons donc.

Ma moitié de l'équipe entre dans la première chambre sur notre gauche et Jason annonce :

— Chambre deux RAS !

Comme celle que nous avons déjà visitée, il n'y a qu'une valise fermée à côté du lit.

Les autres membres de mon unité ouvrent la porte d'en face et Bryan crie :

— Chambre trois RAS !

Toute les membres de mon équipe changent de pièce. De mon côté, nous arrivons dans un bureau qui ne contient toujours aucune trace de Megan.

— Bureau RAS !

— Chambre quatre RAS ! nous apprend Lewis quelques secondes plus tard.

Il ne reste plus que deux portes dans cet appartement au prix inconsidérable. J'ouvre celle sur notre gauche. Nous découvrons encore une chambre et comme dans les précédentes, il n'y a qu'une valise fermée. J'annonce à mon tour :

— Chambre cinq RAS !

Nous retournons dans le couloir et j'aperçois Lisa sortir des explosifs de son équipement.

— Elle est verrouillée, explique-t-elle en désignant le dernier battant possible.

L'équipe forme une file indienne contre le mur tandis que notre coéquipière s'occupe de coller le matériel sur la porte avant de se rendre à l'arrière du groupe.

— Trois, deux, un...

Elle appuie sur le détonateur. Nous nous cachons le visage pour ne pas recevoir de projectiles ainsi qu'une quantité conséquente de fumée et de poussière dans les yeux.

J'entre le premier, comme le veut la procédure. Un nuage de particules microscopiques inonde la pièce, mais je distingue tout de même les silhouettes de deux hommes sautant par la fenêtre.

Par la fenêtre du septième étage !!??

Je me précipite vers cette dernière. Le toit du bâtiment voisin n'est en fait que quelques mètres sous nos pieds.

Mon équipe vérifie à la vitesse de l'éclair qu'aucun complice ne se cache dans cette chambre, mais apparemment nous y sommes seuls.

Je projette mon regard par-delà la fenêtre. Les deux hommes que je viens de voir sauter s'enfuient sur le toit de l'immeuble voisin et son accompagnés par deux autres silhouettes masculines, dont une qui porte... Megan.

Megan.

Sans réellement réfléchir, je saute. Il n'y a qu'un seul étage de vide donc je ne devrais pas avoir trop de mal à me réceptionner. Derrière moi, Lewis me suit et tout le reste de l'équipe ne tarde pas. Juste après l'atterrissage quelque peu brusque, nous poursuivons les criminels qui s'enfuient avec ma copine aussi vite que nos jambe nous le permettent.

Mon équipe se sépare pour couvrir toute la largeur de la toiture. Nous zigzaguons autour des bouches d'aérations et les perdons plusieurs fois de vue, heureusement, nous les retrouvons toujours quelques secondes plus tard.

Tout à coup, nous entendons un homme crier en espagnol. Je ne parle pas très bien la langue maternelle de ma copine, mais je la comprends assez pour savoir que ce que je viens d'entendre ne me plait pas du tout.

En contournant une des ventilations du bâtiment, j'entends un léger « click » qui ne présage rien de bon et soudain, une grenade roule à mes pieds. Je m'écarte à toute vitesse et moins de cinq secondes plus tard, l'aération derrière laquelle je me trouvais explose dans un bruit assourdissant. Je m'écroule sous le souffle de la détonation.

— Alex ! Ça va ?! me demande Lisa, inquiète, en accourant vers moi.

— Je vais bien, je vais bien.

Je me relève en hâte, la tête un peu étourdie. Nous reprenons tous nos places le plus rapidement possible et continuons notre poursuite. Nous ne pouvons pas les perdre.

Derrière ce dense nuage de poussière, j'aperçois les hommes s'éloigner avec Megan. Sur les quatre criminels, deux sont à la traine. Ce sont sûrement ceux qui ont jeté la grenade quelques instants plus tôt.

A l'avant, ils arrivent déjà au niveau d'une porte devant laquelle ils s'arrêtent et le ravisseur le plus mince semble chercher quelque chose dans une de ses poches. Mon équipe sprinte pour les empêcher d'entrer, mais l'explosion nous a ralentis et ils ont beaucoup d'avance sur nous, beaucoup trop.

C'est à ce moment-là que Megan réussit à légèrement bouger dans les bras de son kidnappeur et tourner la tête dans ma direction. Ses si jolis yeux noirs croisent les miens, comme ils ne l'ont plus fait depuis si longtemps...

Chapitre 39

Megan

Mon regard se plonge dans les yeux bleu azur d'Alex. Il court dans ma direction, épaulé par son équipe.

Léonardo et l'Hispanique se sont arrêtés devant une porte et j'en ai profité pour me retourner dans les bras du ravisseur qui me porte depuis tout à l'heure. Je me débats au maximum. Je donne des coups de pied et des coups de poing pour essayer de gagner du temps et m'enfuir de la masse de muscles qui me serre atrocement fort la poitrine, en vain.

La police, mes collègues, mes amis, mon copain... Ils sont tous là pour moi, pour m'aider, pour me sortir de ce cauchemar, mais si je ne fais rien à mon tour, tous leurs efforts auront été inutiles et moi je ne rentrerai pas à la maison, auprès de mes proches...

Les deux Européens sont à la bourre. Ils courent encore pour nous rejoindre à cause du temps qu'ils ont perdu en lançant une grenade sur les agents du Swat. J'espère qu'elle n'a blessé personne car la fumée qui s'échappe du lieu de l'explosion ne me plaît absolument pas.

Léonardo cherche quelque chose dans ses poches et le trouve rapidement : les clefs de la porte en acier. Il ouvre cette dernière à toute vitesse, pile au moment où les Européens arrivent à notre hauteur, le souffle court.

L'Hispanique recommence à avancer et garder le contact visuel avec Alex devient compliqué. Je le vois se rapprocher à grand pas, mais pas assez vite pour arrêter les hommes qui me retiennent prisonnière depuis plus de trois semaines...

J'essaye de regarder l'homme que j'aime le plus de temps possible en me tordant le cou pour ne pas le lâcher des yeux. Toutefois, je n'y parviens pas bien longtemps. Lorsque nous passons le pas de la porte et que Léonardo la referme à clef juste derrière nous, notre lien se rompt et mes espoirs diminuent drastiquement.

Ils perdront du temps derrière cette porte... des secondes si précieuses...

Nous arrivons dans une cage d'escalier engloutie par une obscurité presque totale. Nous la descendons à toute vitesse, malgré mes multiples tentatives désespérées où je m'accroche à la rambarde en espérant ralentir le groupe. Malheureusement, les Européens envoient mes mains valser à chaque fois que je tente quelque chose. Je n'ai aucune chance.

Et merde.

Chapitre 40

Alex

Megan vient de disparaître derrière la porte en acier. Jason arrive le premier devant cette dernière et s'exclame :

— Elle est fermée ! Quelqu'un a encore des explosifs ?

Elena qui parvient en deuxième devant le battant, en extrait de son équipement et les colle contre la serrure. A présent, toute mon unité attend à l'endroit où nous avons perdu Megan et les quatre criminels de vue.

— Trois, deux, un...

La porte vole en éclat et nous nous précipitons dans une cage d'escalier noyée dans l'obscurité. Nous la descendons aussi rapidement que nous le permettent nos jambes et, jusqu'au rez-de-chaussée, il n'y a aucune issue. Au moins, nous sommes pour l'instant sûrs de la direction qu'ont pris les malfaiteurs qui nous précèdent.

En bas de ces longs escaliers, il y a des couloirs qui partent vers la droite, la gauche, devant, derrière, et une vingtaine de portes rien que dans mon champ de vision. J'analyse s'il n'y a pas quelque chose qui pourrait nous indiquer le chemin qu'ils ont emprunter juste avant nous, mais je ne vois rien. Rien du tout. Il n'y a pas de trace de lutte ou de porte entrouverte. Rien ne nous permet de deviner la direction que nous devons prendre pour retrouver Megan.

— Lewis et Elena, à droite. Lisa et Jason, à gauche. Bryan et moi, en face, ordonné-je.

Nous ne sommes pas assez pour vérifier tous les couloirs. Nous examinerons le dernier si les trois autres ne donnent rien.

Les membres de l'équipe se dirigent dans la direction que je leur ai indiquée et moi, je passe devant Bryan. Nous progressons dans le couloir et arrivons devant la première porte. Mon second l'ouvre à la volée et j'entre. Nous parvenons dans un deuxième couloir contenant encore plus de portes que le précédent.

C'est quoi cet endroit ?!
Bon, tant pis.
Nous n'avons pas le choix si nous voulons retrouver ma copine. Il va falloir chercher...

Bryan et moi nous dirigeons vers la première porte de ce deuxième couloir. Quand il l'ouvre, j'arrive dans un troisième corridor contenant au moins le même nombre d'issues.

C'est pas possible !

Je m'apprête à rejoindre la première porte quand Bryan m'arrête.

— Alex, c'est un labyrinthe. Ils savaient où ils allaient. Ils doivent déjà être loin à l'heure qu'il est...

— Non. On ne peut pas les avoir perdus ! Je refuse d'imaginer ça ! On continue de chercher !

Je m'écarte de mon collègue et me dirige vers le battant suivant, derrière lequel je trouve un nouveau couloir rempli de dizaines d'issues.

C'est quoi ce bordel putain ?!

— Alex ! Stop ! Ça ne sert à rien ! On perd juste du temps là !

Cette fois je m'arrête réellement. Il a raison. Ce que nous faisons n'est qu'une perte de temps, mais je n'arrive pas croire que Megan était là, juste devant nous, et que nous ne l'avons pas enlevée des bras de ces criminels !

— De notre côté, il n'y a qu'un labyrinthe de couloirs et de portes, annonce Lewis dans nos oreillettes. Elena et moi allons rapidement voir si ça l'est aussi derrière les escaliers.

— C'est également un labyrinthe chez nous. Nous allons vous attendre en bas des escaliers, nous informe Lisa.

Je baisse la tête quelques secondes pour ne pas exploser. Je contiens mes émotions, mais j'ai envie de virer toute mon équipe. On a fait un travail de merde. Elle était là, devant nous, mais nous l'avons perdue.

— Idem chez nous, communique Bryan.

Ce dernier et moi faisons marche arrière et rejoignons Lisa et Jason au début de la cage d'escalier. Lewis et Elena reviennent de leur vérification du quatrième couloir lors de notre arrivée. En voyant leurs mines défaites, je devine que celui-ci est identique aux précédents où nous avons posé les pieds.

— Rien par ici non plus, déclare malheureusement Elena.

— Les agents argentins descendent avec moi et les patrouilles ont été informées, nous indique le commandant qui a tout entendu depuis le début de l'intervention grâce à nos oreillettes. Elles bloquent la circulation et vérifient les identités des occupants des quelques voitures qui empruntent la route devant l'hôtel. Elle n'est pas grandement passante. Nous pouvons encore la retrouver.

Chapitre 41

Megan

Le rez-de-chaussée est un labyrinthe sans nom. Léonardo guide ses hommes au milieu des couloirs qui partent de tous les côtés et des dizaines de portes sur chaque mur. Nous progressons vite, bien trop vite. Les virages défilent et je ne peux rien faire pour ralentir le groupe.

Je ne parviens pas à poser la main sur grand-chose. L'Hispanique me tient toujours fermement malgré les nombreux coups que je tente de lui asséner, il ne me lâche pas d'un pouce. Je n'arrive pas à m'agripper à la moindre poignée.

La police ne me retrouvera jamais dans ce dédale de couloirs !

Après notre course dans plus d'une vingtaine de chemins interminables, nous arrivons dans un passage qui se termine dans la cour de l'hôtel voisin à celui où nous séjournions ces derniers jours. Une Porsche gris métallisé nous y attend. L'Hispanique ouvre violemment la portière pour me pousser sur la banquette arrière et les Européens me bloquent immédiatement de chaque côté. Je suis prise au piège.

L'Hispanique saute sur la place passagère et Léonardo n'attend pas une seule seconde avant de démarrer la voiture. Mon estomac se noue dès que je sens le véhicule avancer.

Faites que la police ait prévu une zone sécurisée par des agents tout autour de ce quartier !
Pitié !
Je ne veux pas retourner dans ce calvaire !
Le Swat m'a retrouvée !
Ils n'ont pas fait tout ça pour rentrer bredouille à Los Angeles !

Avant que la voiture ne quitte la cour, je jette un dernier coup d'œil à la porte par laquelle nous venons de sortir, dans l'espoir d'y voir apparaître un agent du Swat ou même un policier argentin, mais personne ne vient. Le battant fermé à clef en haut de la cage d'escalier a dû les ralentir et même s'ils ont réussi à le franchir sans trop de problèmes, ils se sont perdus dans le labyrinthe de couloirs et de portes au rez-de-chaussée, c'est certain.

La Porsche gris métallisé s'engage sur une avenue bondée à dix-huit heures. Nous parvenons à rouler, mais la vitesse n'est pas optimale pour une fuite.

Il faut que je garde espoir !

Cependant, comme la police ne connait pas le modèle de la voiture, ils auront de grandes difficultés à me retrouver parmi tout ce monde et ce, même pour des agents aussi bien entraînés que ceux qui ont été acceptés dans la brigade du Swat. De plus, les officiers penseront sans doute que notre conducteur a voulu éviter les embouteillages pour déguerpir plus vite en passant par de plus petites routes beaucoup moins utilisées. C'est ce que font les criminels en général, mais aujourd'hui, ils en ont décidé autrement...

Sans doute parce qu'ils connaissent très bien les stratégies policières...

Ils ont l'habitude de fuir...

Les minutes défilent et je ne vois aucun gyrophare à l'horizon.

Mais où sont-ils passés ?!

La voiture parcourt une vingtaine de kilomètres, puis quitte la voie rapide pour une route beaucoup moins empruntée. Malheureusement, je la reconnais rapidement : c'est le chemin de l'aérodrome. Nous allons quitter la ville dans peu de temps, donc si la police ne se dépêche pas, je vais m'envoler... loin de Buenos Aires...

Chapitre 42

Alex

Nous avons remonté la cage d'escaliers et sommes retournés sous la fenêtre de l'appartement où Megan a séjourné plusieurs jours avec ses kidnappeurs. Des membres de la police argentine ont installé des cordes avec des mousquetons pour nous permettre de remonter. Il n'y a pas d'autres issues. La seule porte que dispose ce toit mène à un labyrinthe et nous n'allions tout de même pas sauter du toit d'un immeuble de six étages pour atteindre la rue !

Une fois de retour à l'intérieur de l'hôtel, nous rejoignons les escaliers, descendons les sept étages que nous avons monté il y a maintenant un quart d'heure et nous précipitons dans le hall d'entrée. Des dizaines d'agents attendent et parmi eux, je vois le commandant de la brigade du Swat, Warren Johnson.

Mon équipe me suit. La colère, la peur et le stress doivent se manifester sur mon visage car quand mon chef m'aperçoit, son regard évite le mien. Pourtant, il n'a pas l'habitude de fuir les gens. Il leur rentre plutôt dedans en général.

— Vous avez fait tout ce que vous pouviez. Ils avaient bien prévu leur coup...

— Mais on n'en a pas fait assez ! Si nous, le Swat, nous ne parvenons pas à la sortir de là, alors qui le fera ?! m'énervé-je.

— Alex, des agents passent la rue au peigne fin. Ils n'ont pas pu s'évaporer ! En plus, le commandant de la police de Buenos Aires a envoyé deux de ses unités vérifier dans l'hôtel voisin pour que nous soyons sûrs qu'ils ne s'y soient tout simplement pas planqués.

— Mais nous devons y aller aussi alors !

— Ils nous appellent s'ils trouvent une piste. Le juge a uniquement autorisé une descente du Swat dans cet hôtel. Vous ne pouvez pas intervenir ailleurs !

— Mais du coup on doit attendre ici, les bras croisés, alors que Megan est toujours sous l'emprise d'hommes prêts à tout ?!

— Alex, cette situation ne me plait pas plus qu'à vous, mais nous n'avons pas le choix. Nous devons faire confiance à ces agents et attendre.

Attendre.
Encore.

***

Depuis notre intervention ratée, plus de trois heures se sont écoulées. Le soleil s'est couché et seuls les lampadaires illuminent les rues de Buenos Aires.

Nous n'avons toujours pas retrouvé Megan et ses ravisseurs.

Les patrouilles chargées de fouiller les voitures sur la route devant l'hôtel ainsi que les unités assignées à la vérification de l'immeuble voisin n'ont pas retrouvé leur trace. On dirait qu'ils se sont évaporés.

Je conduis la voiture de location pour rentrer à ma chambre d'hôtel. Sur la place passagère, Lisa reste muette et à l'arrière, Bryan et Jason l'imitent.

C'est bien mieux ainsi.

Je ne suis pas d'humeur à discuter. Je n'arrive pas à m'enlever l'image des yeux désespérés de Megan me suppliant de la sortir de ce calvaire.

Je m'en veux tellement de ne pas avoir réussi à la ramener à la maison. J'ai raté ma mission. J'ai tout raté. Depuis notre descente, tout le monde me répète que mon équipe et moi ne pouvions rien faire de plus, mais cela ne fait qu'aiguiser ma colère.

Bien sûr que nous aurions pu faire plus.

Nous le pouvons toujours et aujourd'hui, nous nous sommes ratés.

Totalement ratés.

Chapitre 43

Megan

Nous sommes dans l'avion, mais toujours sur le tarmac. Mes gardes m'ont enfermée dans le même petit salon qu'il y a près de trois semaines et je suis assise dans le canapé confortable que je déteste pourtant tellement. Je regarde par le hublot dans l'espoir d'y voir apparaître des lumières rouges et bleues, mais rien de ce genre n'entre dans mon champ de vision durant les longues minutes d'attente avant le décollage.

Le jet privé de Léonardo commence à avancer et la police n'est pas arrivée.

C'est fini.

Ils ne me retrouveront pas à Buenos Aires. Il faudra sans doute que j'attende à nouveau des semaines entières avant une nouvelle intervention de leur part. J'aurais dû en faire plus. Je n'ai même pas réussi à gagner un tout petit peu de temps !

**

Après un plus d'un quart d'heure de vol, la serrure du petit salon cliquette et j'observe Léonardo entrer d'un air assassin, ce qui le fait lever les yeux au ciel. Dans une colère noire, je redirige mes pupilles foncées par-delà le hublot.

Je l'entends expirer un long moment et sursaute quand il ferme brusquement le store de la fenêtre de la cabine devant mon nez. Je le scrute à nouveau d'un mauvais œil lorsqu'il s'installe sur le fauteuil en face de moi. Il pose un paquet de biscuit et une bouteille d'Oasis sur la table qui nous sépare.

— Tu n'as pas besoin de me regarder comme ça, tu sais. J'ai reçu des ordres et je les exécute. Je t'avais informée du pourquoi tu es là dès le début. Je ne peux pas te laisser partir. Si je le fais, premièrement, ton père ordonne à un de ses tueurs à gage de me trancher la gorge sur une place publique, et deuxièmement, tu étais flic. Tu sais très bien où je veux en venir. Si tu dégage, notre trafic est mort et tous les membres du gang finissent en taule en moins de temps qu'il n'en faut pour le dire.

Il fait une pause et j'en profite pour extérioriser la haine qui déborde en moi :

— Vous n'aviez qu'à pas m'enlever. Dans ce cas, je n'aurais rien su de votre trafic et je vous aurais tous laissé tranquille !

— Ton père m'a donné des ordres et c'est mon chef. Je ne peux pas lui désobéir, me répond-il d'un ton tranchant, mais calme.

— Et moi ? Ne m'a-t-il jamais donné d'ordres ? Est-ce que je les ai pour autant toujours écoutés ? Absolument pas. Vous m'avez dit un jour que vous étiez là. Vous étiez là ce soir-là. Vous savez très bien que je lui ai désobéi quand il m'a dit de rester dans ma chambre et que moi j'ai préféré venir écouter votre conversation. Ensuite, j'ai subi. Oui, c'est vrai. Les coups ont fait mal, mais au moins j'avais pris mon courage à deux mains pour faire ce dont, moi, j'avais envie de faire ! Je ne suis pas restée gentille comme un toutou qui obéi à son maître au doigt et à l'œil, moi. Je suis une personne, pas un animal. En plus, vous voulez un deuxième exemple de fois où je ne l'ai pas écouté ? Tenez c'est cadeau.

Je fais une pause et lui affiche un magnifique sourire hypocrite.

— Il m'a toujours dit de détester les poulets, mais au final, j'en suis devenue une et je suis fière d'en être devenue une. Alors quand vous dites que j'étais flic...

Je mime des guillemets avec mes doigts à la fin de cette phrase.

—... vous vous fourrez le doigt dans l'œil. Je ne l'étais pas. Je le suis. Mes collègues nous retrouveront que vous le veuillez ou non. Ce n'était pas aujourd'hui, certes, mais cela arrivera un jour ou l'autre. L'intervention de ce soir prouve bien qu'ils ont la capacité de nous retrouver alors que vous avez fait preuve de la plus grande attention possible pour ne laisser aucune trace derrière nous. Ils sont doués. Ils nous retrouveront et vous foutront tous en taule.

Je m'arrête là. Je crois que j'en ai assez dit. J'avais besoin de me défouler. La colère que j'ai emmagasinée ces derniers temps avait besoin de sortir et c'est ce que je viens de faire. Malgré tout, il m'en reste encore, encore beaucoup, mais je la garde pour une autre fois. Je suis sûre que j'en aurai à nouveau besoin pour lui clouer le bec.

Léonardo ne semble pas savoir quoi répondre à mon long discours rempli de haine, mais il tente tout de même de répliquer pour avoir le dernier mot, comme d'habitude :

— Tu n'es plus flic, je te le promets. Tu ne ressortiras jamais de l'emprise de ce gang. Nous te garderons bien au chaud et tu ne pourras rien y changer. Tu continueras à être notre gentille toutou, comme tu le dis si bien, jusqu'à la fin, un point c'est tout espèce de petite peste. Tu peux oublier ta mère à la con et ton poulet adoré. Eux c'est fini, mais t'auras d'autres chéris, t'en fais pas pour ça, sauf qu'ils n'auront plus jamais d'ailes et de crête, je te le garan...

— Léonardo ! Ça suffit ! s'écrit l'Hispanique en ouvrant la porte à la volée avant d'entrer en trombe dans le petit salon. On vous entend depuis l'avant de l'avion ! On avait dit que tu devais juste lui apporter la bouffe, pas déclencher une troisième guerre mondiale ! Sors d'ici immédiatement !

Léonardo le regarde, surpris et énervé.

— Je suis ton chef. Tu me parles sur un autre ton.

— Arrête tes conneries de chef, patron, supérieur et je ne sais pas trop quoi d'autre. On se connaît depuis bien avant toutes ces conneries alors sors d'ici avant que je ne m'en occupe moi-même.

Il fait une pause où le bras-droit de mon père n'ose pas dire un seul mot. L'Hispanique reprend ensuite sur un ton rempli de colère, mais aussi de... compassion ?

— Laisse la tranquille. Elle a le droit d'être énervée. Elle vient de voir ses proches, mais nous l'avons empêchée de les approcher. Elle a senti la liberté la frôler, mais nous la lui avons à nouveau retirée. A sa place, nous serions tous les deux pareil alors dégage. Laisse-la respirer et reprendre ses esprits putain !

Léonardo le regarde de longues secondes sans rien dire, puis se lève, lui passe devant et s'apprête à sortir de petit salon à la vitesse de l'éclair quand je décide d'en remettre une couche.

J'ai encore de l'herbe sous le pied.

— Vous êtes pas mieux vous, rétorqué-je pour l'Hispanique. Vous n'êtes qu'une espèce de pervers à la con. Y'a deux semaines, vous avez tenté de m'approcher de bien trop prêt et pas plus loin qu'il y a deux jours, vous m'avez déshabillée alors que j'étais inconsciente à cause de vos conneries à tous les deux !

L'homme que j'attaque m'observe, choqué que j'aie eu le courage d'en parler.

Et ouais mon gars, j'suis pas une mauviette.

Son chef qui s'est arrêté net durant mon discours se retourne au ralenti vers son ami d'enfance.

— Dis-moi qu'elle ment.

— Mais bien sûr qu'elle essaye juste de nous mettre à dos, se défend le pervers. Je n'aurais jamais osé toucher à la fille du grand patr...

Un fracas assourdissant résonne soudain dans le salon lorsque le poing de Léonardo heurte son visage.

— Putain ! crie l'homme à terre. T'es sérieux mec ? Elle ment, ça se voit bien, nan ?!

Cette phrase arrache un rire au chef de la bande qui attrape son subordonné par le col de son t-shirt, l'obligeant à se relever. Un nouveau bruit sourd retentit dans la pièce quand son dos rencontre le mur.

— Ce qui se voit bien, c'est que TU me mens !

Il fait une pause pour chercher ses mots, choqué de la trahison de son ami.

— Comment t'as osé ? COMMENT ?!

Un deuxième coup de poing atterrit dans le nez en sang de l'Hispanique. Son t-shirt est imbibé de rouge qui n'arrête pas d'affluer.

Il l'a bien mérité en même temps.

Le pervers ne semble pas vouloir répondre à la question de Léonardo qui le secoue encore une fois.

— COMMENT ?!

— Je sais pas, j'ai pas réfléchit... J'suis désolé...

Le chef ricane encore alors que moi, je prends un monstrueux plaisir à assister à cette scène hors du commun.

— Peut-être que tu réfléchiras plus la prochaine fois que tes envies érotiques feront surface dorénavant ! prononce Léonardo en abattant pour la troisième fois son poing au centre du visage hispanique que je hais tant. Maintenant, dégage d'ici.

Il s'exécute sans un mot. Il a tort sur toute la ligne et le sait parfaitement. Ça ne sert à rien de se battre contre le diable en personne.

Un sourire victorieux s'affiche sur mes fines lèvres alors que les yeux de Léonardo ne me quittent pas. Je n'arrive à décrypter les sentiments qui se cachent derrière ces traits redevenus neutres.

A quoi pense-t-il ?

Il me fait flipper purée...

— Bien joué. T'as vraiment le chic pour toujours tout dire au bon moment toi, formule-t-il en refermant la porte à clef, me laissant à nouveau seule dans ma dépression.

Chapitre 44

Alex

Assis sur mon lit, je me repasse l'intervention en boucle.

Qu'est-ce que nous aurions pu faire de mieux ?

Où nous sommes nous loupés ?

La colère remplit mon corps tout entier. Megan était là et elle ne l'est plus. Elle était devant moi et maintenant, elle est dans un endroit qui m'est inconnu.

Je me lève brusquement et m'emporte. J'envoie valser une lampe posée sur la commode en face de moi. Elle va s'éclater contre le mur dans un bruit cinglant, éparpillant des morceaux de verre brisés sur la moquette. Mon poing droit atterrit ensuite dans le mur dans un grand fracas. La douleur m'anesthésie la main, le poignet, puis s'étend dans tout le bras, mais tant pis.

Je recommence. Me faire mal m'aide à évacuer la quantité inimaginable d'énervement que je stocke depuis le début de cette atroce histoire d'enlèvement. Mon poing s'écrase une troisième fois dans le mur. Une marque se forme autour du point de contact, mais cela ne m'arrête pas. Le mur reçoit un quatrième coup et même un cinquième dans la foulée.

La porte de ma chambre que j'avais apparemment oublié de fermer à clef, s'ouvre à la volée. Lewis et Jason entrent en trombe, les traits tirés.

— Alex ! Arrête ! Ça ne sert à rien de te fracasser la main ! me brusque Lewis.

Ses paroles ne me stoppent pas, car je recommence. J'ai besoin de frapper quelque chose. J'en ai vraiment besoin...

— Alex ! Ça suffit ! me crie Bryan qui vient d'arriver avec le reste des membres de mon équipe.

Mon poing se réenfonce dans ce mur innocent une septième et une huitième fois. Lewis et Jason tente de m'écarter de lui, mais je les repousse d'un coup de coude violent. Je continue de tabasser cette paroi que je prends plusieurs instants pour les ravisseurs de ma copine, de celle que je veux demander en mariage.

La douleur à mon poignet s'intensifie. Du sang commence à s'accumuler dans le trou que je forme depuis que mon cerveau a perdu tout contrôle.

— Alex ! Stop ! S'il te plait ! me supplie Elena.

Elle s'approche de moi et je la repousse comme les deux dernières personnes qui ont essayé.

— Megan voudrait que tu te défonces la main comme ça ? Nan. J'crois pas, nan. Alors écoute ce qu'elle te dirait et arrête de te faire mal comme ça ! continue-t-elle.

Ce ne sont pas des belles paroles qui m'empêcheront de faire ce dont j'ai envie... mais malgré tout... elle a raison. Megan détesterait me voir ainsi...

Elena se réavance de trois pas. A présent, elle est assez proche pour me toucher. Elle pose sa main sur mon épaule gauche et cette fois, je ne la repousse pas.

— Ce mur ne t'a rien fait. Laisse-le un peu tranquille.

J'abaisse mon poing qui s'apprêtait à replonger dans le mur.

Elena a raison. Megan n'apprécierait pas mon geste et me casser les phalanges ne changera rien à la situation. Elle m'escorte jusqu'au pied de mon lit où je m'assois et me prends la tête entre les mains. Je sens du liquide tiède en profiter pour tâcher mon visage, mais tant pis. C'est le cadet de mes soucis en ce moment.

***

Trois ans plus tôt

« Le soleil se lève et tente de réchauffer le QG glacé sous l'horreur de cette nuit de printemps. Hier soir, une femme a disparu aux alentours de vingt-heure alors qu'elle faisait un jogging avec son berger australien dans les rues de Los Angeles. Son mari, ayant essayé de l'appeler à de nombreuses reprises sans recevoir la moindre réponse, a immédiatement contacté la police.

Après de premières recherches non concluantes dirigées par les patrouilles, mon unité a été placée sur l'affaire, mais pour l'instant, nous sommes au point mort.

Madelyn s'est volatilisée dans une ruelle sans caméra. Nous pouvons l'y voir entrer grâce à la vidéo d'un bistro, mais elle ne sort jamais sur le parking qui est la seule issue de l'autre côté.

Elle s'est envolée.

— Vous avez du nouveau ? me demande James, son mari, dans mon dos alors que j'analyse seul des images de caméras de surveillance du quartier où a eu lieu la disparition.

Je me retourne face à lui et découvre un homme changé. Cette nuit, il était confiant, il ne comprenait pas bien ce qu'il se passait, il ne réalisait pas encore, alors qu'à l'instant où je le vois, son regard est fade, il est rongé par la peur. Le manque de réponse l'affecte au plus profond. Il attend, sans savoir où est sa place ou ce qu'il doit faire.

— Pour l'instant nan, je le crains...

L'homme prends sa tête entre ses mains et sa jambe se secoue dans un geste nerveux.

— C'est pas possible. C'est pas possible. Pourquoi ? Pourquoi elle ?

Je m'approche doucement de lui pour tenter de le rassurer. Je ne peux pas faire grand-chose de plus...

— Je sais que ce doit être extrêmement difficile pour vous, mais regardez autour de nous, tous les policiers de ce QG sont à sa recherche. Je vous promets que nous ferons tout notre possible pour la retrouver.

Il acquiesce timidement et ses yeux évitent mon regard quand il se dirige vers la chaise dans le coin de la pièce.

— Vous avez une femme ? me demande-t-il contre toute attente.

— Malheureusement non.

— Une copine peut-être ?

— C'est compliqué...

La relation entre Megan et moi est secrète. Personne n'est au courant et personne ne doit le savoir, car sinon nous risquons d'être mutés dans de nouvelles unités, ce que nous ne voulons surtout pas. Donc oui c'est compliqué.

— Et ben, si vous l'aimez vraiment, vous comprenez peut-être alors. La perdre comme ça... Imaginez juste ce sentiment d'impuissance. Je ne peux rien faire pour la retrouver, pour l'aider. Je ne sers à rien.

— Ne dites pas ça.

— Mais c'est la vérité.

Je m'abstiens de répondre. D'une certaine manière, il a raison, alors ça ne sert à rien que j'en rajoute inutilement.

— Pourquoi est-ce compliqué ? me demande-t-il, sans doute pour penser à autre chose. Vous n'êtes pas sûr de vos sentiments ?

Je souris et m'adosse contre le mur en face de lui, un peu perdu dans mes pensées.

Je m'apprête à m'exprimer, mais une silhouette que je connais sur le bout des doigts se dessine dans le dos de James, dans l'entrebâillement de la porte. Je croise son regard malicieux qui me rends fou.

Elle a tout entendu !
C'est une blague ou quoi ?!
En plus un sourire espiègle se forme sur ses lèvres de velours qui me susurrent quelque chose comme : « Vas-y, j't'écoute. ».
Nan mais elle attend vraiment ma réponse !
J'hallucine !
— Alors ça, pas du tout, commencé-je en ramenant mon regard vers le mari de notre victime.

J'essaye de me concentrer, mais les yeux de ma copine secrète pèsent une tonne sur mon pauvre petit corps très musclé qu'elle est en train de mater comme si nous étions dans mon lit !
Megan !
Arrête voir de faire ça s'il te plait !
Tu me déconcentre !
— Je l'aime, repris-je plus pour la femme de ma vie que pour l'homme que j'ai en face de moi, bien qu'il mérite un peu de réconfort dans la tragédie qu'il est en train de traverser. Je ne doute en aucun cas de mes sentiments. Malheureusement, notre relation n'est pas vraiment conforme à la... société, si je peux dire ça comme ça. Alors oui, c'est compliqué à cause d'histoires bien ennuyeuses, mais tant pis... ce n'est pas ça qui nous arrêtera.

Le règlement du Swat est par exemple un des gros blocages de notre relation... même le seul à vrai dire...
Bref.
— Oh... je vois, je vois... J'espère que ça s'arrangera pour vous alors.

Un silence gênant s'installe dans la pièce et ma copine n'est apparemment pas décidée à me sortir de là tout de suite. Elle prend bien son temps avant d'entrer tranquillement dans la salle de contrôle.

— *Brown...*

Alors ça nan ! Megan !

Je viens de te sortir un putain de discours d'amour et toi tu m'appelle par mon nom de famille ?!

Tu te fous de moi là ?!

—*...nous avons besoin de vous dans mon bureau, finit-elle en analysant ma mine défaite par ce simple mot : Brown.*

Nan mais j'y crois pas ! Même au boulot, elle ne m'a jamais appelé ainsi !

— *J'arrive capitaine Garcia, l'embêté-je à mon tour, ce qui lui arrache une légère grimace qui disparait aussi vite qu'elle n'est survenue.*

Chacun son moment de gloire ma belle.

Son sourire espiègle reste collé à ses fines lèvres quand elle tourne les talons et disparaît derrière le battant en métal.

Je m'excuse auprès de James et suit le chemin de ma copine que je retrouve d'ailleurs juste derrière la porte.

Je m'arrête net et la dévisage.

— *T'es sérieuse ? C'était quoi ça ? Depuis quand tu m'appelle Brown ? rigolé-je.*

J'aime pas ça moi ! En plus, c'est totalement inhabituel ! Elle m'a toujours appelé Alex !

Elle survole le couloir du regard pour vérifier que nous sommes seuls, puis se rapproche légèrement de mon torse.

Qu'est-ce qu'elle est belle cette femme !
— Je voulais juste t'embêter un peu.
— Et pourquoi ça ? Qu'est-ce que je t'ai fait encore ?

Son sourire s'élargit et ses yeux pétillent lorsqu'elle murmure simplement :
— Tu m'aimes.

Puis elle s'éloigne dans l'allée faiblement éclairée, disparaissant rapidement de mon champ de vision.

Moi, je ne bouge pas d'un centimètre. Je viens de réaliser que c'était la toute première fois que je prononçais ces mots. Je les ai enfin formulés, après tant de temps, tant de doutes sur la possibilité d'une relation entre un sergent et sa capitaine.

Waouh...
J'ai réussi.
Je l'ai dit.
« Je l'aime. »

* * *

La nuit a été courte. Je n'arrivais pas à m'endormir. La vision de Megan dans les bras de cet homme durant l'intervention me hante. Cette scène tourne en boucle dans ma tête. J'ai l'impression de la revivre indéfiniment...

Actuellement, nous sommes dans l'avion en direction du minuscule village où Sanchez possède sa gigantesque villa. Nous allons devoir recommencer les recherches et les attentes interminables… que je hais tant…

Chapitre 45

Megan

Nous sommes arrivés à San Luis avant-hier. Suite à la descente de police à Buenos Aires, nous n'avions plus nos valises qui sont restées sur place. Léonardo a dû passer plusieurs coups de fils pour que des employés de sa villa nous emmènent de nouveaux vêtements et tout le nécessaire de toilette. Nous avons dû attendre l'arrivée de nos affaires plus d'une journée, mais elles sont enfin entre nos mains.

Quand j'ai pu enlever mes vêtements sales et me brosser les dents, le peu de joie de vivre qu'il me restait a émergé.

Ça m'a fait du bien.
Je n'en pouvais plus d'être crade.

L'Hispanique ne m'a pas adressé un mot depuis l'altercation dans l'avion et Léonardo et les Européens restent aussi les plus silencieux possible. Ils me donnent uniquement des ordres importants de temps à autres.

Actuellement, nous arrivons sur le parking d'un entrepôt désaffecté. Au niveau de la porte d'entrée, une vingtaine d'individus nous attendent avec impatience. Leurs visages s'illuminent en apercevant notre véhicule gris anthracite, alors que de mon côté, les coins de ma bouche ne se relèvent pas pour me donner une expression joyeuse. Je suis épuisée et en colère. Je sais que je le montre, et alors ? Je m'en fiche.

Cela fait bientôt quarante-huit heures que je me repasse en boucle l'intervention de mes collègues du Swat à Buenos Aires et que je tente de trouver comment j'aurais pu mieux les aider. J'aurais bien sûr dû essayer de me débattre encore plus, même si j'ai fait tout ce que j'ai pu. J'ai fait tout ce qui était en mon pouvoir pour gagner du temps, mais ce n'était pas assez...

Je me remémore l'eyes contact avec Alex. Il était là et il ne l'est plus. Je ne sais pas combien de temps je vais encore devoir attendre avant de le revoir lui, mais aussi ma famille et mes amis. J'espère que nos retrouvailles ne tarderont pas car je ne suis pas sûre de tenir encore longtemps dans ces conditions de vie.

Léonardo se gare sur l'une des nombreuses places appartenant à l'ancienne usine à présent transformée en planque pour un gang, mais ne sort pas de la voiture après avoir coupé le contact.

On peut sortir ?

Après plus d'une heure à être restée assise, écrabouillée entre deux soldats baraqués sur la banquette arrière, j'ai des fourmis dans les jambes.

Il se retourne et s'adresse à moi avec le même ton froid qu'il arbore depuis le vol en jet privé.

— Dégage-moi cette mine d'enterrement. J'te demande qu'une heure. Après, tu pourras tirer la tronche si ça t'fait plaisir.

Je lui affiche mon plus beau sourire forcé que je relâche immédiatement lorsqu'il se détourne. Je retrouve la mine lasse que je n'abandonnerai pas de la journée.

En entrant dans l'usine désaffectée, le monde semble à mes pieds. Les membres du gang me supplient de leur adresser un regard, un mot ou encore de leur toucher la main. Naturellement, je les ignore. S'ils savaient comment je suis arrivée ici, ils ne me chériraient pas autant, loin de là. Je suis policière, donc ils auraient peur de moi. Je me suis fait enlever et ne suis pas dans cette planque de mon plein gré, donc ils me détesteraient car je ne les adule pas à mon tour. En bref, je ne suis pas à ma place ici, mais cette information, ils ne l'ont pas.

Ils croient que je suis la fille extraordinaire d'un chef de gang incroyable et que je rêve de diriger ce gang pour le rendre plus fort qu'il ne l'est déjà. Ils ne connaissent pas mon histoire... enfin... ma vraie histoire. Léonardo leur a raconté tellement de mensonges que je ne ressemble absolument plus à Megan la policière. Pour eux, je suis Megan la cheffe de gang et la dealeuse la plus renommée de tout le pays.

Un garde nous mène jusqu'au bureau du chef qui s'occupe de la partie du gang de San Luis. Plusieurs minutes s'écoulent avant l'arrivée du dirigeant de toutes les personnes qui crient mon nom de l'autre côté de la porte. Cet homme est grand, mais plus maigre que la plupart des chefs que j'ai pu observer ces dernières semaines. Son regard me semble également plus mature et réfléchi. A la première impression, il me paraît plus sympa que tous les autres subordonnés de mon père, bien qu'il soit quand même à la tête d'un gang et d'un trafic...

— Léonardo Sanchez.
— Diego Cortez. Ça fait longtemps.
— Bientôt un an, oui.

Les deux hommes s'enlacent.

Se connaissent-ils personnellement ?

Léonardo n'a jamais pris un sous-chef du gang dans ses bras auparavant. Le plus grand contact que j'ai pu apercevoir durant nos précédents rendez-vous n'était qu'une légère tape sur l'épaule...

Etrange.

Cortez se tourne vers moi.

— Mais c'est la première fois que je vois cette jeune femme. Enfin ! J'attends votre visite avec impatience depuis longtemps, Megan.

Il me tend la main et je la lui serre. Léonardo me giflerait si je refusais l'avance d'un homme d'une telle importance.

— J'ai entendu beaucoup de bien de vous. Vous avez eu beaucoup de très bonne idées ces dernières années. Pourquoi êtes-vous restées dans l'ombre ? Tout le monde rêvait de vous rencontrer bien plus tôt !

Ces dernières années ?

Cela doit encore être un mensonge de la part d'un certain Léonardo Sanchez. Je jette un coup d'œil furtif à ce dernier et les mots ont du mal à sortir de ma bouche. Je ne m'attendais absolument pas à cette question et je devine que mon chef non plus, car la panique passe une fraction de seconde dans ses yeux. Je suis obligée d'aller dans le sens de Léonardo parce que si je m'amuse à rouler à contre-sens, je ne pense pas que mes proches feront long feu...

Cortez me regarde avec une insistance particulière. Je ne peux pas l'ignorer, alors je rajoute un mensonge au mensonge :

— Mon père souhaitait être tout à fait certain de ma capacité à pouvoir gérer des situations de crises toute seule, ainsi que la gestion d'un gang et d'un trafic aussi puissant. Comme vous l'avez dit plus tôt, j'ai fait mes preuves ces dernières années. Il m'a donc sentie prête à définitivement sortir de l'ombre, comme vous dites.

Il m'observe plusieurs secondes et la sueur est sur le point de perler sur mon front. Le stress me paralyse.

Ai-je été assez crédible ?

— Eh bien. Nous sommes vraiment ravis d'enfin vous accueillir parmi nous.

Il m'a cru. Ouf.

* * *

La discussion à propos des nouveaux arrangements du gang et du trafic dure plus d'une heure et une fois le contrat signé, ils continuent de parler de la pluie et du beau temps pendant une éternité. J'ai appris que Léonardo et Cortez se connaissent depuis l'enfance. Ils ont environ le même âge et leurs pères se rendaient souvent visite.

Ils se lèvent enfin !

— J'étais ravi de te revoir Dieg, annonce Léonardo en prenant son ami de longue date dans les bras.

Cette scène est sur le point de me donner les larmes aux yeux. Je repense à ma meilleure amie que j'aimerais tant serrer contre moi.

Louane...

Ma Louane...

Elle me manque tant...

— Autant pour moi, Léo.

* * *

Nous sommes de retour à la voiture et sortons de la zone appartenant à l'ancienne usine. Léonardo souffle :

— On l'a échappé belle avec sa question à la con.

Je ne lui réponds pas immédiatement. Je laisse planer un silence dans le véhicule.

— Pourquoi ne lui avez-vous pas dit toute la vérité sur mon enlèvement alors que vous sembliez très bien vous connaitre ?

— Parce qu'il ne sait pas tenir sa langue. Bientôt, tout le gang aurait su pour toi et la situation aurait été extrêmement tendue. Nous ne pouvions pas nous le permettre, me répond-il bien plus calmement que la dernière fois qu'il m'a adressé la parole.

Il n'a plus l'air aussi énervé...

* * *

Le chemin retour jusqu'à l'hôtel était beaucoup plus rapide que l'aller. En même temps, je crois que je me suis endormie une grande partie du trajet, je n'ai pas réussi à lutter bien longtemps contre la fatigue.

Une fois arrivés, je me rends immédiatement dans ma chambre où je me prépare afin de commencer ma nuit. Il est deux heures passées et je suis épuisée.

Vivement que tout ça se termine.

Chapitre 46

Alex

Six jours de recherches se sont écoulés depuis notre retour de Buenos Aires. Nous sommes à nouveau à l'hôtel du village où Sanchez possède sa grande demeure. Mon humeur, qui n'était pas au plus haut avant notre descente de police, a encore chuté d'un cran. Avoir revu Megan dans les bras de ces hommes horribles et ne pas avoir réussi à la sortir de là me hante. Je n'ai pas assuré. Vraiment pas.

Nous avons passé au peigne fin les valises que nous avons trouvées dans l'appartement lors de notre intervention. Nous espérions y trouver des informations à propos de leur prochaine destination, mais aucun document intéressant n'y figurait. Ils n'ont laissé aucune trace. Nous n'avons aucune idée de leur emplacement actuel.

Nous avons également vérifié que la demeure de Sanchez aux abords du village était toujours vide. Nous avons été déçus quand nous nous sommes aperçus que oui. Aucun signe de vie n'est à déclarer sur la propriété.

Depuis notre retour, nous examinons un nombre incalculable de casiers judiciaires appartenant à des hommes et à des femmes ayant un lien de près ou de loin avec le père de Megan, Fernando Garcia, son meilleur ami d'enfance, Georgio Sanchez, et le fils de ce dernier, Léonardo Sanchez.

Aucun des renseignements que nous avons récoltés jusqu'à présent ne nous mène à une piste concrète pouvant nous aider à la résolution de cette enquête. Ce gang sait se faire discret et adore effacer ses traces quand elles l'impliquent dans des actions malsaines. La probabilité pour dégoter une information valable et utile est relativement faible.

Je suis dans ma chambre d'hôtel et je lis le casier d'un ancien ami du fils Sanchez, Diego Cortez, mais je ne vois aucun lien avec Megan. C'est un chef de gang à San Luis depuis plus de cinq ans, mais rien ne nous montre qu'il sait quelque chose à propos de l'enlèvement de ma copine. Il ne l'a même sans doute jamais vue.

Le dossier fini, je me prépare pour essayer de fermer les yeux quelques heures...

* * *

Les rayons du soleil traversent les affreux rideaux troués de ma chambre et mon réveil affiche six heures trente-cinq quand je décide de me lever. Maintenant que je suis réveillé, je n'arriverai pas à me rendormir.

Le petit-déjeuner de l'hôtel ouvre à sept heures et dès l'ouverture, je m'installe tout au fond de la salle à manger. Je prends un croissant et un verre de jus d'orange, puis démarre la lecture des casiers judiciaires au sommet de la pile à examiner. Les dossiers sont monotones, ils se ressembles tous et ne mènent à rien. Cependant, ce sont les uniques potentielles aides dont nous disposons, alors pour retrouver la femme que j'aime, nous n'avons pas le choix que de fouiller dans cette grange à bottes de foin pour trouver l'aiguille gagnante.

Mon équipe me rejoint petit à petit. Lewis arrive en premier, suivi du commandant, puis d'Elena. Jason, Lisa et Bryan mettent un peu plus de temps, mais arrivent tout de même avant huit heures. Ils s'installent à côté de moi et nous lisons en silence, dans l'espoir que l'un de nous hurle qu'il a trouvé une information extraordinaire.

Mais rien.

Comme tous les matins depuis six jours.

Rien.

Peu après huit heures et demie, nous nous rendons au commissariat du village où nous enquêtons avec la police de la région du Gran Chaco. Aujourd'hui, les officiers nous montrent différents membres du gang que nous pourrions arrêter pour faire pression sur les dirigeants. Peut-être que nous réussirions à obtenir un renseignement qui nous aidera...

Notre commandant est prêt à mettre sur pied une descente alors que moi, je suis mitigé. Je pense surtout que cette intervention serait une grosse perte de temps. Rien ne nous garantit qu'elle nous servira, mais ce dont nous pouvons être sûrs, c'est qu'elle sera risquée. Nous devrons arrêter un membre de gang sur son territoire !

Le chef de la police locale nous propose un profil qui, d'après lui, est intéressant pour nous et mon commandant accepte sans hésiter bien longtemps. D'un côté, je suis convaincu qu'il ne saura rien et que ses patrons ne se préoccuperont pas qu'il soit derrière les barreaux, mais en revanche, je suis prêt à tout pour retrouver Megan. Si nous devons faire une descente risquée, nous ferons une descente risquée. Elle le mérite bien.

Notre cible a été repérée et fichée par la police dans une ville à moins de quarante kilomètres. Elle a récemment participé à un deal de plusieurs kilos d'héroïne, alors nous aurons une bonne raison de l'arrêter et de l'interroger. C'est parfait.

Les patrons semblent être sûrs de leur coup et mettent en place une stratégie d'intervention que j'écoute attentivement.

— Allez-vous préparer, nous partons dans une demi-heure. Rendez-vous ici même quand vous êtes prêts, annonce Ortiz une fois le plan intégré par tous les agents.

Nous allons nous rendre dans la ville où se cache le trafiquant aujourd'hui. Elle est à moins d'une heure de route, alors si tout se passe comme nous le souhaitons, nous serons de retour d'ici la fin de l'après-midi.

Mon équipe rentre à l'hôtel, nous nous préparons rapidement. Plus vite nous serons partis, plus vite nous serons rentrés. J'enfile une tenue blindée, prends mes armes, munition, et cætera. Avant de sortir de la salle de bain, je me regarde dans le miroir.

Cette fois, nous réussirons cette intervention. Nous arrêterons les personnes que nous devons arrêter et nous réussirons.

Nous réussirons.

Je m'encourage en observant mon reflet dans la glace. J'ai besoin de me rassurer. La descente à Buenos Aires fait planer un énorme doute sur mes compétences depuis plusieurs jours et je déteste ça...

Je retrouve mon unité dans le hall de l'hôtel où nous séjournons depuis une semaine. Ensemble, nous retournons devant le commissariat de la police régionale. Tous les agents qui seront à nos côtés ces prochaines heures sont déjà devant les portières de leurs véhicules.

Nous divisons notre équipe en trois groupes et embarquons dans trois voitures de police aux côtés d'agents argentins que nous avons côtoyés ces derniers jours.

Je suis assis sur la banquette arrière avec Lewis et mon commandant se joint à nous en s'installant sur le siège passager. Le chef de la police locale est au volant. Il discute de l'intervention avec Johnson. Ensemble, ils vérifient qu'il n'y ait aucune faille dans notre plan.

La dizaine de véhicules bleu marine sort de la municipalité. Nous roulons sur un chemin étroit et fait de graviers. La différence entre Los Angeles et ce village de moins de deux cents habitants est énorme. Je n'ai pas l'habitude de vagabonder entre les champs de soja. En temps normal, j'aurais trouvé cela magnifique et n'en aurais pas cru mes yeux, sauf que ces dernières semaines, j'ai d'autres préoccupations.

Nous arrivons à la lisière de la forêt quand tout à coup, la file d'automobiles s'arrête net et ne redémarre pas.

— Qu'est-ce qu'ils font ? C'est une ligne droite ! s'impatiente le commandant argentin.

Nous attendons encore quelques secondes sans comprendre la raison de cette soudaine immobilisation, puis la voix d'un agent de la région retentit dans la radio du véhicule.

— Commandant, vous devriez venir voir ça...

Après un court moment de réflexion, l'homme concerné sort sur le gravier et Lewis, Johnson et moi l'imitons. Nous passons devant les trois véhicules qui nous précèdent et dont les passagers sortent également. Le commandant marche d'un pas rapide afin de rejoindre ses collègues sans perdre une seconde.

— Qu'y a-t-il ? demande-t-il en arrivant à leur niveau.

— Regardez qui voilà, lui répond un sergent en tendant son index droit devant lui.

Je suis des yeux la direction qu'il désigne et mon cœur s'accélère. Il nous indique la route menant à la demeure de Sanchez. Il n'y a qu'un seul et unique chemin pour y parvenir et celui-ci voit arriver un grand nombre de voitures en tous genres.

— Il y a de l'activité autour de la maison de Sanchez, ce qui n'est plus arrivé depuis bientôt un mois. Je suis prêt à parier qu'ils vont rentrer très bientôt, annonce le commandant Ortiz en affichant un sourire. Il ne nous servira sans doute à rien d'aller interpeller notre petit trafiquant au final. Ils rentrent... et nous serons là pour les coffrer, je peux vous l'assurer.

Johnson acquiesce et Ortiz retourne à sa voiture pour annoncer dans son talkie-walkie :

— A tous les agents, nous retournons au QG. La cible a changé.

Chapitre 47

Megan

Depuis notre rendez-vous avec l'ami d'enfance de Léonardo, il y a cinq jours, nous n'avons pas bougé de San Luis. Je n'ai pas eu l'autorisation de sortir de l'appartement un seul instant et je tourne en rond, je n'en peux plus.

Nous restons car, à ce que j'ai compris, Léonardo passe ses journées à rendre visite à plusieurs de ses amis qu'il n'a plus vu depuis des lustres.

Génial.

De mon côté, je me contente donc de dormir la majeure partie de mes journées. Grâce à ça, je passe moins de temps dans le cauchemar que je traverse depuis plus d'un mois.

Les rares moments où je suis réveillée, j'essaye de lire, mais les mots se brouillent souvent devant mes yeux. Je n'arrive pas à garder ouvert un bouquin dans de telles conditions.

L'Hispanique me parle à nouveau. Son caprice du roi du silence est fini. Durant les repas, il essaye de dialoguer avec moi, mais je ne l'écoute pratiquement pas. Mon humeur n'a toujours pas remonté la pente abrupte depuis sa chute lors de la descente de police à Buenos Aires. Avoir revu Alex d'aussi près et ne pas avoir réussi à gagner du temps pour obtenir son aide me hante. Je n'ai pas assuré. Vraiment pas.

Cela fait peut-être déjà une semaine, mais pourtant cette scène tourne en boucle dans mon crâne. Je n'en peux plus...

Je viens de finir le déjeuner avec l'Hispanique et les deux Européens. Ils m'ont annoncé que nous rentrons dans très exactement une demi-heure. Nous retournons à la villa de Léonardo, les rendez-vous sont terminés.

D'une certaine manière, je suis contente. Les visites avec des chefs de gang et les plus gros trafiquants de drogue d'Argentine, c'est fini, mais une partie de moi me crie que ce n'est pas la meilleure chose qu'il pouvait arriver. La police a découvert que je suis en Argentine sous l'emprise de Léonardo Sanchez, alors trouver mon emplacement une seconde fois ne serait peut-être pas trop long. Je ne sais pas.

En revanche, effectuer une descente de police dans la demeure serait beaucoup plus délicat que dans un hôtel, bien que la dernière ne se soit pas passée comme je l'aurais voulu.

Un nombre inimaginable de gardes surveillent la propriété vingt-quatre heures sur vingt-quatre. Il faudrait énormément d'agents et le combat serait rude.

Les risques de perdre un policier seraient très forts car les criminels n'auraient pas peur de leur tirer dessus. En plus, mon père voudrait qu'ils sortent les armes, alors ils le feraient. Ils sont dévoués à leur patron à cent pourcents.

Pour faire court, une fois dans cette maison, tout deviendra encore plus compliqué... voire impossible.

Je commence à remballer mes affaires quand mon réveil dévoile l'heure du départ. Ma chambre est dans un bazar monstre. Des fringues traînent sur chaque pouf, chaise, armoire, et cætera. Le sol non plus n'est pas épargné. Des vêtements que je n'ai pas eu la force de ranger le recouvrent presque entièrement.

Ces derniers jours, la haine, la peur et la tristesse m'ont fait rentrer dans la pire des spirales négatives. Je ne voulais rien faire de mes journées. Ranger me paraissait être une épreuve insurmontable.

— Megan, t'es prête ? me demande l'Hispanique derrière la porte.

— J'ai presque fini.

Pas du tout. La moitié de mes affaires est encore éparpillée un peu partout.

— Je peux entrer ?

Pas trop nan, je viens un peu de te mentir... Je ne suis pas prête du tout en réalité... Si tu voyais ça, tu serais furieux...

J'ajoute un mensonge au précédent :

— Euhhh... pas tout de suite, je me chan...

La fin de ma phrase est engloutie par le bruit de la porte de ma chambre qui s'ouvre. L'Hispanique s'arrête sur le seuil et me regarde, exaspéré. Il secoue légèrement la tête quand il me rétorque :

—Là, tu te changes ? Et tu as bientôt fini de ranger toutes tes affaires ? Tu te moques de moi ou quoi ?

Je cherche mes mots, mais je n'ai rien à dire pour ma défense. Il a tout juste.

— Tu es habillée et ta valise est à moitié vide ! Je t'ai dit de te dépêcher ! Léonardo nous attend déjà en bas !

Je lève les yeux au ciel. Il n'avait qu'à me prévenir plus tôt ! Je ne peux pas tout ranger en un claquement de doigt ! Je n'ai pas de super-pouvoirs !

—J'arrive, lui réponds-je d'un ton cinglant.

Il secoue à nouveau la tête et se baisse pour attraper les vêtements qui sont à ses pieds.

Mais à quoi il joue ?!

Je ne veux pas que ce psychopathe touche aux vêtements que je serai obligée de porter !

Nan mais il se prend pour qui lui ?!

—Vous faites quoi là ? demandé-je aussi froidement que possible.

—Je t'aide. On ira plus vite à deux, réplique-t-il sans faire attention au ton que je viens d'employer.

En même temps, il doit commencer à avoir l'habitude avec moi...

Cet homme me dégoûte, mais j'accepte son aide à contrecœur, en sachant qu'il a raison. Léonardo ne manquera pas de me faire la morale si je ne me dépêche pas... et toute seule, je suis encore là demain...

Pour une fois, l'Hispanique et moi formons une équipe potable, bien que mon avis sur lui n'ait pas évoluer d'un pouce. Je le déteste toujours autant, mais je dois avouer que nous sommes efficaces cette après-midi. En moins de cinq minutes, mon bazar est rangé et ma valise est dans la voiture.

A présent, nous nous dirigeons vers l'aérodrome où nous attend le jet privé qui nous ramènera dans ma prison de marbre...

Chapitre 48

Alex

Mon unité vient de se planquer sous un pont près du chemin menant à la villa de Sanchez. Une équipe argentine est avec nous et deux autres sont dissimulées à une dizaine de mètres en amonts. Nous attendons qu'une voiture d'employé arrive afin d'envoyer Elena en infiltration à la place de son conducteur.

Plus tôt dans l'après-midi, après avoir pris connaissance de l'activité au domicile du kidnappeur de ma copine, nous sommes retournés au QG et avons mis en place un nouveau plan. Nous ne voulons pas intervenir sans être sûrs que Megan soit bel et bien à l'intérieur. Si nous faisons une descente et qu'elle n'est pas là, Sanchez l'emmènera dans une nouvelle planque qui nous sera longue à dénicher.

Sans compter que nous ne savons pas dans quoi nous nous embarquons. Nous ignorons combien de soldats nous aurons en face de nous et nous ne savons même pas dans quelle pièce se trouve notre capitaine, en supposant qu'elle est à l'intérieur.

Nous avons besoin d'une vue plus précise de la situation. C'est pour cela que nous allons envoyer Elena en infiltrée, pour être certain de ce qui nous attendra entre ces hauts murs.

Nous sommes pratiquement sûrs que les ravisseurs de Megan ne connaissent pas ma collègue, donc passer pour une employée lambda ne devrait pas être un exercice trop difficile pour elle. En plus, elle est la seule à parler un bon espagnol. Sans ça, ce n'est même pas la peine de poser un orteil sur la propriété sous une fausse identité. Nous serions cramés en moins de temps qu'il ne faut pour le dire.

Elena est formée pour ce genre de situation et elle est extrêmement douée. Je lui fais entièrement confiance pour mener à bien sa mission.

Le flux de véhicules auquel nous avons assisté de loin tout à l'heure a fortement ralenti. Nous sommes sous le pont depuis bientôt un quart d'heure et aucun véhicule n'est passé pour l'instant. Soudain, nous entendons le rugissement d'un moteur qui s'amplifie au fil des secondes. Une voiture arrive.

Nous nous préparons à intervenir. Nous devons arrêter l'automobile avec le moins de bruit possible pour ne pas alerter les autres employés que la police se mêlent des affaires de cette maison. Il ne faut pas qu'ils détectent un danger à l'horizon. Cela gâcherait tout notre plan.

Le véhicule tourne à l'intersection de deux routes en gravier et entre enfin dans notre ligne de mire. Il se dirige vers nous. Pour l'instant, le conducteur ne nous a pas remarqués.

Quand l'automobile arrive à la hauteur de mon équipe, nous sortons de notre cachette et bloquons le chemin afin de l'empêcher de continuer à avancer. La voiture pile et le regard du conducteur, ou plutôt de la conductrice, paniqué, cherche une issue. Elle tente de reculer, mais les deux équipes en amonts la coincent à leur tour. Mon arme pointée sur la jeune femme derrière le volant, je crie en espagnol :

— Sortez immédiatement du véhicule les mains en l'air !

La demoiselle articule une phrase inaudible pour tous les agents entourant la voiture et Lewis répète les quelques mots que Megan m'a appris quand nous regardions ses séries policières préférées, en espagnol du coup, mais la femme ne daigne pas coopérer. Un agent argentin demande pour la troisième fois à la conductrice de sortir du véhicule, mais elle reste sagement assise à sa place.

— Jason, à toi, annoncé-je alors.

Le jeunot s'écarte de la ligne que nous formons devant le quatre roues et se rapproche à pas prudents de la portière arrière. A l'aide d'un pied de biche, il brise la vitre afin de lancer une grenade assourdissante dans l'habitacle. La femme, surprise par l'horrible volume sonore, se bouche les oreilles en espérant diminuer la douleur de ses tympans.

Par expérience, je sais que c'est peine perdue. Ça ne fonctionne absolument pas.

Une unité argentine profite de la distraction pour la sortir du véhicule et un sergent lui passe les menottes. Elle hurle des paroles incompréhensibles pour moi. Mon niveau en espagnol n'est pas assez haut pour saisir la subtilité de ses mots, mais par contre, j'arrive plutôt facilement à deviner qu'elle ne nous idole pas. Loin de moi cette idée.

Le sergent argentin emmène rapidement la demoiselle dans la voiture de police cachée derrière le pont. Le volume des cris de la jeune femme diminue alors jusqu'à disparaître. J'espère que personne ne les entendus...

Il ne faut pas que les employés de la maison se doutent de quoi que ce soit...

Elena, n'ayant pas participé à l'intervention dans sa tenue de civile, nous rejoint avec une Peugeot que nous avons louée pour l'occasion.

— Elle s'appelle comment et c'était quoi son job ? demande-t-elle en baissant la vitre. Que je puisse enfin rentrer dans cette foutue baraque !

— Aucune idée. Pour l'instant, elle n'a pas été très coopérati... commence Lisa, interrompue par Bryan.

— Pas besoin d'elle. Sa carte d'employée était dans son portefeuille sur la place passagère. C'est une femme de chambre et elle s'appelle Marina David.

Bryan s'approche de la voiture et lui tend la petite carte qui lui permettra sans doute de passer le portail. Avec un léger soulagement, je m'aperçois qu'aucune photo n'y figure. Elena pourra se faire passer pour cette femme sans trop de difficultés.

— Marina David, femme de chambre. Ok, j'traine pas. A toute.

— Reste sur tes gardes, lui rappelle Lewis.

Elle hoche la tête et redémarre le moteur. Les autres, nous restons là, à l'observer s'éloigner sur le chemin en laissant derrière elle un monstrueux nuage de poussière.

Chapitre 49

Megan

Il est dix-huit heures passées et nous arrivons sur le chemin de gravier qui mène à la demeure. Un nuage de poussière entoure les dix voitures sous les ordres de Léonardo. A l'aérodrome, toute une armée d'homme aux multiples fusils et équipés de gilets pare-balles nous attendaient. La descente de police à Buenos Aires l'a forcé à prendre des précautions. Les forces de l'ordre savent que Léonardo en est pour quelque chose dans ma disparition et par conséquent, son domicile doit être surveillé. Il le sait.

Il sait également qu'une fois à l'intérieur, je ne peux plus sortir sans son autorisation, ce qui l'arrange bien. Les dizaines de gardes qui surveillent la villa nuit et jour forment un mur pratiquement infranchissable pour moi, mais aussi pour les quelques policiers qui aimeraient m'aider. Ils n'en feraient qu'une bouchée.

En plus, personne souhaitant rester en vie n'oserait s'en prendre à Léonardo sur son territoire. Il faudrait être fou. En un seul coup de fil, Léonardo est capable de faire exécuter toute une famille...

J'aperçois le portail de la propriété au loin. Il se rapproche et les chances de quitté cet enfer diminuent à chaque mètre. Si la police ne me retrouve pas avant que je n'aie franchi la limite de la propriété, je peux dire adieu à ma liberté pour encore de longues semaines...

Les premiers véhicules de la file passent déjà l'entrée du terrain et notre tour vient plus rapidement que je ne l'aurais voulu. Ma voiture enjambe la limite de la propriété et nous arrivons sur la même allée pavée que le premier jour de mon cauchemar. De chaque côté s'étend la pelouse particulièrement verte, des parterres de fleurs qui ne manquent apparemment pas d'arrosage automatique, ainsi que des arbres de toutes les sortes. Je ne suis même pas sûre que toutes ces variétés de plantes vivent normalement en Argentine.

En face de nous se dresse l'imposante maison aux murs de verre et aux dizaines de balcons assortis. J'aperçois la fontaine construite au centre d'un rond-point et des gardes de tous les côtés qui guettent l'arrivée de la voiture, comme le premier jour.

Léonardo s'arrête au pied des marchent menant à la porte d'entrée. Il coupe le contact et sort sans attendre, suivi par l'Hispanique et les deux Européens. Moi, je prends mon temps.

Léonardo se dirige vers l'intérieur et une fois sur le perron, il m'ordonne sans même se retourner :

— Monte dans ta chambre et prépare-toi. Ce soir, nous fêtons la fin de notre première mission ensemble et je te veux ravissante. Chic et sophistiquée. Je ne te veux pas comme le premier jour. Ta femme de chambre sera là pour t'obliger à faire des efforts cette fois. Je répète : RA-VI-SSAN-TE.

Sans un regard dans ma direction, il passe le pas de la porte et disparait dans le labyrinthe de marbre pendant que l'Hispanique et ses collègues sortent les valises du coffre de la voiture qui nous a transportés de l'aérodrome à la demeure de Monsieur J'en-ai-rien-à-foutre-de-ces-valises-démerdez-vous.

Pour une fois, j'obéis à mon soi-disant chef, enfin en partie. Je ne monte que dans ma chambre. Pour le reste des ordres, on verra plus tard. Je n'ai qu'une envie : me rouler en boule dans les draps du lit et ne pas bouger jusqu'à ce que la police vienne me tirer de là-dessous. Bien sûr, je sais que je ne fais que rêver. Je ne peux pas rater ce dîner. Désobéir à Léonardo signifierait signer l'arrêt de mort de mes proches, or, ce n'est pas mon but premier dans la vie.

En plus, la police ?
Dans cette villa ?
JAMAIS !
Une descente de police ici ?
MIEUX VAUT RÊVER !
Sortir d'ici ?
IMPOSSIBLE !

Je parcours le chemin jusqu'à ma chambre d'un pas rapide en espérant me souvenir de son emplacement exact. De mémoire, elle se trouvait au troisième étage.

Je monte les larges escaliers et arrive dans le fameux couloir rempli de portes qui se ressembles toutes comme deux gouttes d'eau. Il n'y a aucun écriteau désignant les fonctions des pièces cachées par les battants.

Génial.

Où est ma chambre ?

Je m'arrête au début du couloir.

L'espèce d'imbécile prénommé Léonardo ne pouvait pas me remontrer son emplacement au lieu de m'abandonner bordel ?!

Je crois qu'elle était vers le fond alors je fais quelques pas en avant.

Ok. Et maintenant ?

Dernière porte ? Nan ! Peut-être l'avant dernière. Ou peut-être pas au final. Je n'en sais rien ! Et droite ou gauche ? Je ne sais plus ! Je vais faire am stram gram, si ça continue ! J'ai plus de chance de réussir grâce au hasard que grâce à ma mémoire apparemment !

Faisant confiance à la chance, je choisis l'avant dernière porte à droite. Je m'approche d'elle pour pouvoir poser ma main sur la poignée.

Faites que ce soit bien celle de ma chambre !

Je pousse le battant et le referme immédiatement après un coup d'œil dans la pièce, ou plus précisément sur le lit, où deux employés semblaient bien s'amuser. J'essaye de m'ôter cette image du cerveau, ce qui est plus compliqué que ce que nous pensons aux premiers abords.

Enfin bref. Ce n'était pas ma chambre. Ça, c'est sûr.

Avant-dernière porte à droite, cochée. Ce n'est pas elle.

Suivante.

Je me dirige vers la plus au fond du couloir à droite. Toujours sur mes gardes, j'entrouvre la porte. Cette fois-ci, je découvre le lit dans lequel j'ai passé mes premières nuits en captivité dans ce monde de fous, vide.

Ouf.

Je referme la porte derrière moi et me fais le plaisir de m'éclater sur le lit à baldaquin. J'enfouis ma tête sous mon oreiller pour étouffer un cri de colère, de tristesse, de peur...

Je ne sais plus quoi penser de ma situation. Les missions sont terminées, mais la forteresse qu'est cette demeure empêche sans doute la police de procéder à une intervention dans le but de me sortir de ce cauchemar que j'endure depuis plus d'un mois...

Je suis seule dans cette chambre aussi grande que ma maison à Los Angeles et j'attends ma femme de chambre qui ne devrait pas tarder à venir dans le but de m'aider à me préparer pour la « fête » en l'honneur de la fin de notre première mission.

Génial.

Je ne dois pas patienter un trop long moment car j'entends rapidement la porte s'ouvrir, mais je ne prends pas la peine de tourner la tête dans sa direction. Mon regard est perdu dans la contemplation du jardin encore plus vert que lors de ma dernière visite. J'ai envie de disparaître.

— Alors ! Monsieur Sanchez m'a demandé de te préparer pour une soirée sensationnelle !

Une soirée sensationnelle ? Elle rêv...
Attendez !
Quoi ?
Cette voix !
Je la connais bien !

Mes yeux quittent brusquement le paysage extérieur et s'écarquillent lorsqu'ils tombent sur la personne qui se tient sur le seuil de la chambre. Je me lève d'un bond, au bord de l'évanouissement.

Elena !
Elena !
Elena !
Elle est là !
Sur le seuil de la porte !
Dans la demeure de Léonardo !
Dans la forteresse !

Je reste figée sur place. Je tente de chuchoter quelques mots, mais ils restent dans mes cordes vocales. Mon cerveau bourdonne dans tous les sens.

Elle est là.
Le Swat est là.

Elle ferme la porte en douceur et se rapproche de moi. Un sourire se dessine sur ses lèvres.

— Enfin, sensationnelle... Il y a un toast ou un truc du genre avec les gens de cette baraque, mais je ne parle pas de ça. Ça, je m'en fiche, me chuchote-t-elle. Moi, ce qui m'intéresse, c'est après, cette nuit.

Maintenant que nous sommes sûrs que tu es là, nous pouvons lancer notre plan de... sauvetage ?

Elle réfléchit un quart de seconde.

— Ouais. Sauvetage, c'est bien.

Je n'arrive toujours pas à parler, mais Elena est assez proche de moi pour me permettre de la prendre dans mes bras. Toutes les craintes que j'éprouvais cinq minutes plus tôt se sont totalement évaporées.

Le Swat sait où je suis et il va tenter une seconde intervention pour me sortir de mon cauchemar éveillé.

Si tout se passe bien, demain, toute cette histoire est derrière moi !

Nous nous écartons l'une de l'autre et elle rigole :

— Il est temps que tu rentres, car je te promets qu'Alex est insupportable depuis un mois !

Elle appuie bien sur le mot « insupportable » et son sourire est contagieux. Je parviens à rire, ce que je n'avais plus l'habitude de faire depuis bien trop longtemps. J'arrive enfin à murmurer un « Merci » qui me vaut une nouvelle étreinte.

Nous sommes collègues, certes, mais c'est aussi mon amie. Par le billet d'Alex, il n'est pas rare que nous fassions des soirées ensemble et Elena est une femme adorable.

Elle observe ma chambre et semble chercher quelque chose. Son sourire s'élargie encore lorsque son regard tombe sur le canapé douze places surplombé d'une dizaine de coussins et de trois plaids au fond de la pièce. Elle s'en rapproche et se laisse lourdement tomber dessus.

— Bon. Maintenant que tu es là et que je suis installée dans un canapé mou comme je n'en ai jamais vu, nous pouvons commencer à parler de la seconde partie de la soirée qui sera SEN-SA-TIO-NNELLE.

Elle tapote la place à côté d'elle et je m'exécute, si impatiente.

— On parlera de comment tu t'habilles pour ce toast plus tard. D'ailleurs, je n'ai pas de grande qualification en la matière, donc... je ne te serai pas d'une grande aide... Bref !

Elle se frotte les mains et me regarde dans les yeux, un sourire toujours accroché à ses lèvres.

— J'ai attendu que tu arrives toute l'après-midi pour enfin te raconter tout ce que tu dois savoir à propos de ce soir, alors je te préviens, ça va débiter !

Il ne faut pas avoir des jumelles pour s'apercevoir qu'elle a vraiment hâte de démarrer ses explications et moi, je suis tout aussi impatiente de les entendre.

— Alors, commençons à préparer ton évasion !

* * *

Un quart d'heure plus tard, la totalité du plan d'intervention de la police est ancré dans mon cerveau. A deux heures du matin, quarante agents, dont cinq du Swat, entreront dans la propriété pour me sortir de ma prison dorée.

Je le vois le bout du tunnel. Il est juste là, devant moi.

Chapitre 50

Alex

Dans la salle de contrôle du QG, la tension est palpable. En début d'après-midi, Elena est partie en intervention dans la villa la plus sécurisée du pays. Heureusement, nous sommes connectés à elle en temps réel grâce à une oreillette très discrète qu'elle porte en permanence durant sa mission.

En arrivant devant le portail de la propriété, Elena a montré la carte d'employé de Marina David et les gardes lui ont donné l'accès à la maison de Sanchez sans aucun problème. Depuis, elle nous a donné les principaux points où se trouvent les soldats, même si apparemment il y en a littéralement partout, et pas qu'un peu, ce qui ne nous facilitera pas la tâche... Mais nous sommes des tireurs d'élite, les situations compliquées, c'est la base de notre métier. Au Swat, nous sommes formés pour exceller dans de telles condition, alors tout ira bien.

Enfin, j'espère...

Au début de l'infiltration, Megan n'était pas encore dans la demeure. Les employés se chargeaient de faire le ménage dans toute la maison inhabitée pendant plusieurs semaines.

Elena a eu énormément de chance quand elle a appris que les équipes de nettoyage avaient totalement été remixées à cause de la masse considérable de nouveaux employés dans laquelle elle a d'ailleurs pu se fondre à la perfection. Sa « cheffe » et ses « collègues » ne connaissaient pas Marina avant aujourd'hui et elle a donc réussi à prendre sa place sans problème.

Malgré tout, nous avons eu chaud car sa couverture aurait pu être grillée en moins d'une demi-heure si nous avions eu affaire à des amis à la femme de chambre. Dans la précipitation, nous avions omis ces quelques détails... mais comme un don du ciel, ils n'y ont vu que du feu.

Par ailleurs, Elena n'était pas vraiment ravie de jouer la femme de ménage, surtout lorsque sa patronne du jour lui a demandé de passer la serpillère dans la salle à manger. Elle rouspétait en allant en chercher une dans un placard. Elle a pratiquement réussi à me faire esquisser un sourire, ce qui n'était pas arrivé depuis des semaines.

Et oui ! T'es une femme de ménage aujourd'hui !

Sa bonne humeur a cependant retrouvé son corps lorsqu'elle a appris que Marina était la femme de chambre de Megan.

C'est son job d'approcher Megan !

Ça nous facilitera nettement la tâche pour ce soir...

— Marina ! Le grand patron vous demande dans la chambre de Mademoiselle Garcia. Il faut la préparer pour le toast de ce soir, avions-nous entendu de la part de sa cheffe temporaire.

Après ces ordres, elle était partie, mais Elena nous avait discrètement demandé la chose suivante en rigolant :

— Parce qu'elle est où sa chambre ?

Des rires sourds avaient éclaté dans la salle où j'attendais avec impatience l'entrée de Megan dans le champ de vison d'Elena.

— Je vous entends rigoler et je vous interdis de le faire ! nous avait rétorqué notre infiltrée.

Après quelques discussions avec ses collègues journaliers, elle avait réussi à dégoter l'emplacement de la chambre de ma copine sans trop éveiller les soupçons.

— Entrons dans la chambre du loup, a-t-elle annoncé avant d'ouvrir la porte.

Appeler sa capitaine « le loup » devant un tas de policier ! Elle n'a aucune gêne cette fille ! C'est dingue !

Je veux bien qu'elles soient assez proche après les nombreuses soirées que j'ai faites avec mon équipe et auxquelles j'ai invité ma bien-aimée, mais bon. En privé ok, en revanche au boulot ? Je pensais mon amie plus discrète.

De nouveaux éclats de rires ont parcouru l'assemblée des treize policiers à mes côtés. L'excitation d'enfin réussir à s'approcher de Megan sans avoir besoin de lui courir après rendait la mission plus légère que je ne l'aurais cru. Le stress était présent, mais la hâte également.

— Alors ! Monsieur Sanchez m'a demandé de te préparer pour une soirée sensationnelle !

Elle la tutoyait devant tout le monde.

De mieux en mieux.

Mais franchement, je n'en avais rien à faire. Tout ce que mon cerveau venait d'enregistrer c'était qu'elle avait ma future fiancée dans sa ligne de mire.

Elena lui a fait un petit speech de retrouvailles que je n'écoutais que d'une oreille. J'étais bien trop concentré à me répéter en boucle que Megan était avec un membre de mon équipe et que cette fois, nous réussirions à la sortir de cet enfer.

Au bout de longues secondes, le rire d'Elena m'est parvenu aux oreilles. Cela ne prévoyait rien de bon à mon avis... et j'avais raison.

— Il est temps que tu rentres, car je te promets qu'Alex est insupportable depuis un mois !

Cette fois, je me suis senti rougir et absolument tous les policiers se sont foutus de ma gueule. A ce moment-là, j'avais tellement envie de mettre une grosse balayette à mon agent en infiltration qui racontait n'importe quoi !

Je ne suis pas insupportable !
Si ?
Peut-être...
Ok !
J'avoue que je peux l'être de temps en temps... mais Elena n'était pas forcée de le préciser !

Mon cœur a failli s'arrêter définitivement lorsqu'un léger « Merci » de la douce voix de celle que j'aime est arrivé dans mes oreille.

Megan.

Putain, c'est elle.

C'est vraiment elle.

Après ça, Elena lui a expliqué l'intégralité de notre plan. Maintenant, Megan est au courant de tout. A deux heures précise, elle devra se tenir prête, car cette nuit, elle retrouvera mes bras et je retrouverai son odeur. L'odeur de la femme que j'aime et que j'aimerai toujours. Celle de ma Megan.

En ce moment, nous attendons. Notre descente de police ne se passera que dans plusieurs heures. Tous les agents argentins sont partis se reposer car la nuit sera longue. Moi, je préfère rester dans cette salle où resonne de temps en temps la voix que je rêve d'entendre depuis plus d'un mois. La prochaine fois que je me reposerai, ce sera dans ma chambre d'hôtel avec mes bras autour de la taille de ma future femme. Je m'en fais la promesse.

* * *

— La robe verte ou plutôt la bleue ? Ou la violette ? demande Elena à Megan.

Les bonnes habitudes féminines ne changent apparemment jamais, même pas quand elles sont dans la maison d'un psychopathe qui retient une femme en otage depuis plus d'un mois. Elles parlent de vêtement et de maquillage depuis bientôt trois quarts d'heure !

— J'en sais rien. C'est toi la femme de chambre, répond ma copine avec un grain de sarcasme dans la voix.

— Ok. J'demande à Lisa alors.

Quelques secondes plus tard, Lisa rigole en regardant son téléphone qui vient de sonner. Elle me montre l'écran, exaspérée. Elena vient d'envoyer les photos d'une robe bleue, d'une violette et d'un verte avec un message disant : « Je suis trop nulle en mode. Laquelle pour le toast ? Faut qu'elle soit canon pour cette ds dans cette putain de GIGANTESQUE baraque ! ».

« ds » veut sans doute dire « dernière soirée ». Elena ne peut pas risquer d'envoyer un message qui pourrait mettre l'intervention en péril alors elle cherche des alternatives. Il est bien trop facile pour le gang du père de Megan de pirater un téléphone et de lire des SMS qui ne lui sont pas destinés. C'est également pour ça que nous ne pouvons pas faire d'appels téléphoniques... Nous devons rester le plus discret possible concernant l'évasion de Megan pour ne pas rencontrer de complications.

A la lecture du message d'Elena, un sourire illumine mon visage. J'ai l'impression que Megan est dans une soudaine sécurité absolue alors qu'en réalité, le plus dur reste encore à venir. Pour l'instant, elle est toujours bloquée dans la villa...

La robe violette lui ira à ravir, nan ?

Cette couleur met tellement ses yeux en valeur !

— Euh... Elena ? Je pense que...

— Alex ! Qu'y a-t-il ? m'interrompt mon amie avec sa voix d'enfant.

Je m'apprête à continuer ma phrase, mais j'entends Megan s'étouffer à quelques mètres du micro.

— Megan ! Ça va ? s'inquiète Elena.

— C'est... rien... j'ai juste... avalé de travers... Tu parles avec Alex ?

— Il entend tout au QG. J'ai une oreillette.

— Je savais pas ! Tu me l'as même pas dit !

— J'ai oublié... oups ! rigole la cachotière.

Malgré sa surprise, Megan ne devient pas muette, au contraire :

— Tu peux lui dire que... euh... je l'aime et qu'il me manque, genre... beaucoup ? demande ma copine un peu gênée par sa requête.

— Je parie qu'il a tout entendu. N'est-ce pas Alex ?

— Réponds-lui que je l'aime encore plus et qu'elle me manque encore plus aussi !

Elena passe le message. J'arrive presque à imaginer sa lèvre retroussée en un sourire qu'elle a l'habitude d'arborer à chaque fois que la discussion tourne aux sentiments.

J'aimerai tellement que mon infiltrée prête son oreillette à Megan pour pouvoir lui dire moi-même que je l'aime infiniment, mais c'est beaucoup trop dangereux. Si quelqu'un arrive et qu'Elena n'a pas le temps de réinstaller le petit écouteur au micro intégré dans son oreille, la mission pourrait en prendre un coup. Elle pourrait même être totalement gâchée et la situation deviendrait encore pire qu'elle ne l'est déjà. On ne peut malheureusement pas prendre ce risque...

— La robe violette lui ira parfaitement, affirmé-je ensuite.

— Ahhh ! Megan ! Alex a dit que la violette t'irait parfaitement !

Les deux jeunes femmes gloussent au bout du fil et Elena réprimande sa meilleure amie qui ne lui a pas été d'une aide magistrale :

— Et merci Lisa pour ta participation !

— De rien. C'était un plaisir ma chérie.

Les autres membres de mon équipe, restés me soutenir dans la salle de contrôle, éclatent de rire avec Elena, Megan, Lisa et moi. J'ai presque l'impression que nous sommes un jour comme les autres, que ma copine est en sécurité à la maison et qu'elle délire avec ses amis. La joie que Megan et Elena transmettent me paraît si réelle, alors que la peur hante sans aucun doute leurs pensées...

Chapitre 51

Megan

— Et la dernière touche... Voilà ! Parfait !

Elena vient de piquer un dernier sixtus dans le chignon qu'elle a merveilleusement bien réussi. Je me regarde dans le miroir en souriant. Pour la première fois depuis mon enlèvement, je me sens belle tout en étant moi. Aujourd'hui, je ne porte pas une robe qui dévoile pratiquement l'intégralité de ma poitrine et qui pourrait passer pour un t-shirt. Ma robe en satin violet caresse le sol et laisse à peine paraître ma jambe grâce à une fente me remontant au-dessus du genou.

Dans la glace, je vois mon amie s'approcher de mon oreille pour me chuchoter :

— Alex te trouverait absolument ravissante.

Elle s'écarte de moi et m'invite à me lever. Je suis dans l'obligation de tenir la jupe légèrement en hauteur afin de ne pas trébucher sur le long tissu.

Elena me surprend en sortant son téléphone.

— C'est bon Alex ! J'ai compris ! Je la prends en photo... oui... ok !

Je comprends alors qu'elle parle avec mon chéri. Elle lève les yeux au ciel et chuchote à nouveau, mais cette fois pour moi :

— Faut qu'j'te prenne en photo pour ton copain qui me saoule dans l'oreillette. J'ai presque envie de couper la communication. Dommage que je ne puisse pas. Qu'il est chiant parfois, c'est dingue !

Je ris et la jalousie me prend quelques courtes secondes. J'aimerais tellement lui parler moi-même et entendre sa voix. Il me manque tellement.

— Je sais que tu m'as entendue. C'était le but très cher.

Elle le nargue encore dans son minuscule micro.

— Blablabla. T'es mon patron, truc muche bidule. J'ai compris ! Mais comprends bien que si tu ne me laisses pas un peu tranquille, ta photo, tu te la mets où j'pense !

Je ris une nouvelle fois. J'avais déjà vu Elena se moquer de ses collègues, mais aujourd'hui, ses piques m'amusent beaucoup. Ces mini disputes m'avaient manquées, énormément manquées même.

Elena lève son portable et me fait signe de sourire. Avant d'envoyer la photo à mon copain forceur, elle me la montre. Je l'aime bien.

Elle rajoute un message qui me fait pouffer car je connais déjà la réaction d'Alex : il va se ronchonner.

« Regarde comme elle est belle ! » avec un emoji au regard sournois.

Quelques secondes plus tard, Elena prend un air exaspéré. Je suis prête à parier qu'Alex vient de lui rétorquer une connerie comme il a l'habitude de le faire à chaque fois que la situation commence à être gênante pour sa petite personne.

Mon amie regarde l'heure qu'affiche son téléphone et écarquille les yeux.

— Dix-neuf heures vingt-huit ! T'es censée être en bas dans moins de deux minutes !

Euhhh...

Moins de deux minutes jusqu'au salon avec cette robe et ces talons qui m'empêchent de marcher correctement ?

Ça va être compliqué, vraiment compliqué !

Nous nous précipitons au pas de course dans le long couloir et dévalons les escaliers plus vite que je n'y parviens normalement sans talon et sans robe plus longue que moi. En arrivant au rez-de-chaussée, nous ralentissons sous les yeux remplis d'incompréhension des employés de la maison. Un rire réussi à se percer un chemin jusqu'à l'extérieur de nos lèvres. Ça fait du bien.

En entendant un fort brouhaha, je devine le chemin jusqu'au salon dans lequel je suis conviée. Elena me laisse là et me chuchote qu'elle m'attendra dans ma chambre après la réception pour m'aider à ôter toutes les épingles qui maintiennent mon chignon.

Seule sous les regards jaloux des ménagères et les coups d'œil malsains des gardes, je m'engage dans la salle où m'attendent déjà les quatre hommes qui m'ont fait vivre un enfer durant ce dernier mois, ainsi qu'une dizaine d'employées du gang que je n'ai jamais vu auparavant.

Les femmes sont vêtues de robes élégante et arborent des bijoux exorbitants aux côtés d'hommes en costards hors de prix. Toute cette mascarade me fait penser que ce ne sont pas uniquement des petits subordonnés de mon père. Ils doivent être bien placés dans la monarchie de cette entreprise.

Dans la foule amassée autour des nombreux canapées que contient le grand salon, j'aperçois Léonardo qui me fait signe d'approcher en me tendant une coupe de champagne.

Ma toute première goutte d'alcool depuis mon enlèvement ?!

J'émets un hoquet de surprise qui me vaut un clin d'œil de l'Hispanique et bredouille une espèce de « Merci » que personne ne doit avoir entendu à cause du haut volume sonore autour de nous.

Je ne m'attendais pas à ce « cadeau ». Je pensais devoir m'en tenir à l'eau une soirée de plus.

Le chef de mes ravisseur lève son verre avant de s'exclamer :

— Bonsoir à tous !

Les discussions cessent petit à petit, laissant place au silence. Les regards se tournent instantanément en direction du petit groupe avec qui j'ai traversé l'Argentine au fil des semaines.

— Merci à tous d'être présents ce soir. Comme d'habitude, je ne passerai pas par quatre chemins durant mon discours.

Il fait une pause et parcourt l'assemblée du regard.

— Aujourd'hui, nous sommes ici pour fêter la fin de notre longue tournée de négociations auprès des différents chefs de notre gang. Les jours n'ont pas toujours été joyeux et sans embuches, mais nous nous en sommes sortis et les nouveaux arrangements entreront très bientôt en vigueur.

Des applaudissements retentissent et un sourire illumine le visage du représentant de mon père.

— Le père Garcia a été prévenu et il nous félicite tous pour notre travail.

Léonardo tourne la tête vers moi et les trois hommes qui nous ont accompagnés pendant un mois.

— Merci tout particulièrement à Javier Pérez...

L'Hispanique.

—...Liam Martin, Simon Dubois...

Les deux Européens.

—...et pour finir, Megan Garcia, sans qui notre mission aurait été vain, j'en suis certain. Alors que les dernières visites avant son arrivée ont été... très compliquées... celles-ci se sont nettement mieux passées grâce à sa présence.

Euh... il est en train de m'encenser, là ?

— Sa grande volonté de vouloir reprendre l'empire de son père nous a grandement facilité la tâche. Merci Megan.

J'hallucine !

Il ment à toute l'assemblée ?

Et elle le croit ?!

Je remarque à la lueur sévère dans ses yeux que je n'ai pas intérêt à le contredire, surtout devant toutes ces personnes bien trop importantes. Je ne peux pas me permettre de laisser entendre la vérité. Si je le fais, je ne devrai pas m'étonner qu'un de mes proches finisse au fond de l'océan.

Je me tais pour ma famille, mais ne manque pas de le fusiller du regard, à quoi il me répond par un sourire en coin.

Chapitre 52

Alex

Il est deux heures moins le quart. Nous n'avons plus beaucoup discuté avec les filles après le toast en l'honneur de…

Je ne sais plus…

Je n'ai pas tout compris aux explications confuses d'Elena.

Nous sommes en bordure de la forêt abritant la demeure où est emprisonnée Megan. Il ne nous reste plus que trois cents mètres à parcourir avant d'arriver au portail que nous allons franchir dans très exactement un quart d'heure. Nous sommes quarante et un policiers prêts à intervenir. Nous ne nous ferons pas avoir deux fois par défaut de notre nombre. Cette fois, nous sommes beaucoup et nous entrerons tous… contrairement à la descente de Buenos Aires.

Le commandant de la police argentine et celui du département de Los Angeles sont restés au QG afin de mieux nous diriger. Mon équipe attend patiemment le coup d'envoi de l'extraction de son capitaine. Il ne nous reste plus que quelques minutes à patienter.

Mon cœur bat la chamade. Le stress augmente au fil des secondes qui semblent s'être figées.

— T'es prêt ? me demande Lewis lorsque nous sortons de notre voiture à l'approche de l'heure du début de la descente.

Ma réponse n'est pas immédiate. Il me faut plusieurs secondes afin que la question me parvienne au cerveau et que ce dernier formule une phrase en retour.

— Paré.

Enfin... une phrase, c'est optimiste...

Autour de notre petit groupe venant de Los Angeles, les dizaines d'agents commencent à s'agiter. Je regarde ma montre et comprends instantanément pourquoi il y a du mouvement parmi nos hommes : il est une heure cinquante-sept et le lancement de la mission est dans moins de trois minutes.

Je sors les derniers équipements qui dorment encore dans le coffre du véhicule et j'attends patiemment le feu vert des commandants.

Tous les agents sont silencieux pour que nous ne nous fassions pas repérer. Nous pourrions entendre une mouche voler. Seuls les hululements des hiboux et les bruissement des feuilles nous parviennent aux oreilles.

Une heure cinquante-huit.

— Unité dix. Ok ? demande le commandant Ortiz.

L'équipe argentine acquiesce.

— Unité vingt ?

Celle-ci affirme comme la précédente.

Les quatre autres équipes de la région sont appelées par leur chef et répondent à l'identique de leurs collègues. Après Ortiz, vient le tour de Johnson de prendre la parole.

— Swat de Los Angeles ? Prêts ?

Nous imitons les réponses argentines.

Nous sommes parés.

Une heure cinquante-neuf.

La tension monte et les colonnes d'agents se préparent à avancer jusqu'à la maison de Sanchez.

Le chant des cloches de l'église du village nous annonce que l'heure est arrivée.

Deux heures.

— C'est parti, nous annonce le chef argentin.

Le feu vert a été donné. Que la mission commence. Allons récupérer ma copine.

Les quarante et un policiers ont démarré leur course et nos pas nous mènent tout droit en direction du domicile de l'homme qui se sert de ma petite-amie pour le bon fonctionnement de son commerce depuis plus d'un mois. Aujourd'hui, je viens récupérer ce qui m'appartient et ne compte pas échouer.

Mon équipe est la seconde de la troupe d'agents. Le portail de la propriété entre dans ma ligne de mire, tout comme les coups de feu qui accompagne notre arrivée. Les gardes à la délimitation du territoire du gang n'hésitent pas à nous viser avec leurs fusils d'assaut. Heureusement, nous l'avions prévu et disposons de boucliers blindés pour nous protéger.

Les quatre hommes ennemis tombent comme des mouches sous nos balles. Nous sommes beaucoup plus nombreux, bien mieux équipés et entraînés pour ne pas succomber aux cartouches adverses.

Nous parvenons rapidement au niveau des corps qui gisent sur le sol et passons par-dessus sans perdre de temps. Plus vite nous entrerons, plus vite nous ressortirons.

Le sergent de l'équipe qui nous devance se rend dans la cabine dirigeant les mouvements du gigantesque portail afin de nous ouvrir le passage.

Maintenant que la voie est libre, nous entrons sur le terrain qui, aux yeux des habitants de la région, s'appelle : La Forteresse.

Il est temps de voir de nos propres yeux s'il mérite réellement ce titre...

Chapitre 53

Megan

Deux heures moins le quart

La lune est pleine. La nuit est claire. A travers la fenêtre de ma chambre, je me perds dans la contemplation du ciel étoilé. Elena m'a conseillé de dormir avant l'intervention de la police, mais je n'arrivais pas à fermer l'œil. L'adrénaline augmente en moi au fil des secondes qui passent et une multitude de sentiments se baladent dans mon corps.

La peur.

Ce soir plusieurs dizaines d'agents se mettrons en danger pour moi. Les tirs fuseront dans tous les sens, c'est une certitude. Il peut y avoir des blessés, même des morts... Si c'est le cas je m'en voudrais toute ma vie...

La joie.

Je vais bientôt revoir Alex. Il me manque tellement ! Et ma famille ! Mes amis ! Ma mère ! Louane !

Le stress.

Et si ça foire ? Si la police n'arrive pas à me sortir de là ? Léonardo m'en fera baver...

L'excitation.

Imaginer reprendre ma vie normale dans très peu de temps me fait rêver ! M'enfuir de cette prison et retrouver mon chez moi ! Ma maison ! Retravailler au Swat et non dans un trafic de drogue ! Voir les gens que j'aime à longueur de journée et non des criminels que je préfèrerais voir morts ! OMG ! J'en rêve !

* * *

Les cloches du village sonnent deux heures. L'intervention est lancée. Moi, j'attends Elena dans ma chambre comme elle me l'a demandé. Nous rejoindrons ensemble le point de rendez-vous fixé avec une unité de police.

Je continue d'observer l'extérieur, même si cette fois mon regard ne repose plus sur les astres, mais sur le sol, plus précisément sur le portail qui s'ouvrira bientôt sur un monstrueux groupe de policiers.

J'attends.

Deux heures deux.

Une heure miroir !

Je me touche deux fois le bout du nez pour espérer recevoir un peu de chance de là-haut. Cependant, le portail est toujours clos. Je n'aperçois aucune activité dehors.

Ils ne vont pas tarder. J'en suis certaine.

Deux heures trois.

Le sanglant sifflement de coups de feu me parvient soudain aux oreilles.

Enfin ! Ils sont là !

Les tirs cessent rapidement et quelques secondes plus tard, le portail s'ouvre sur des dizaines d'agents de police qui s'engagent sur l'allée recouverte de pavés.

Wawww !

Quand Elena m'a dit qu'il y aurait beaucoup de policiers cette nuit, je ne pensais tout de même pas autant !

Grâce à la nuit claire et aux petites lampes accrochées aux armes des policiers, je peux distinguer très clairement sept groupes, sûrement sept unités. Je cherche les membres du Swat et les repère assez facilement étant donné leur nombre. Toutes les équipes sont composées de six officiers, sauf celle du Swat qui fait exception à cette règle car Elena est en infiltration et non avec ses collègues.

Je suis beaucoup trop loin pour réussir à apercevoir les visages des hommes dans le jardin, mais je devine sans problème qu'Alex est le premier de sa troupe, je reconnais parfaitement sa carrure qui m'est si singulière.

J'entends à nouveau des tirs. Les gardes de la demeure tentent de repousser les intrus, mais la police avance comme si de rien n'était, les boucliers leur permettent d'échapper aux balles sans trop de difficultés. Les sept équipes s'éloignent les unes des autres et prennent des directions différentes en arrivant à mi-chemin entre le portail et la villa.

La porte de ma chambre s'ouvre tout à coup et je sursaute, sur le point de faire un arrêt cardiaque.

— Allez ! On y va ! me presse Elena.

Je la rejoins en moins de temps qu'il n'en faut pour le dire et nous nous engageons ensemble dans le couloir que nous parcourons à toute vitesse. Nous zigzaguons entre des dizaines d'employés sortis de leur chambre pour essayer de comprendre d'où proviennent le sifflement des balles. Leurs regards paniqués en disent long sur leurs sentiments en ce moment. La peur prend possession de leurs yeux.

Des messes basses balayent l'ensemble des travailleurs de la villa de Léonardo et dans le stress, personne ne semble se demander pourquoi je cours, accompagnée d'une de leur collègue. Je ne me fais pas arrêter et remettre en chambre par les employés, et heureusement !

Dans la foule, je distingue des gardes qui se précipitent afin de venir en aide à leurs camarades qui essuient les tirs. Ils ne se préoccupent pas de moi et tant mieux !

Les impacts de balles se font entendre de plus en plus fort, signe que la police se rapproche à grands pas. Soudain une explosion retentit et des cris de terreurs fracassent mes tympans. Par réflex, tout le monde se baisse d'un coup. Seules Elena et moi continuons notre course sans nous arrêter.

La foule dans le couloir du troisième étage est de plus en plus dense. Elena me prend la main pour être sûre de ne pas me perdre. Nous parvenons aux escaliers que nous dévalons aussi vite que nos jambes nous le permettent. De là, j'entends des voix que je ne connais pas hurler des ordres au rez-de-chaussée :
— Tout le monde au sol !
— Maintenant !
— Mains derrière la tête !
La police n'est vraiment pas loin.
Au milieu des marches, j'aperçois le hall rempli de gardes qui essayent d'empêcher les agents d'entrer sans hésiter d'utiliser leurs armes. Malgré cela, les cris des policiers se rapprochent. Ils doivent être juste derrière la porte d'entrée !

En arrivant en bas, Elena me traîne discrètement dans le dos des soldats en direction d'un couloir que je n'avais pas encore eu l'occasion de visiter. De ce côté de la villa, il y a nettement moins de portes qu'au troisième étage où elles s'enchaînent tous les deux mètres. Ici, les battants sont espacés par plusieurs longues enjambées. Je me demande bien quel genre de pièce se cache derrière ces murs.

Essoufflée, mon amie m'annonce que nous sommes bientôt arrivées au point de rendez-vous que la police a défini cette après-midi suite à son repérage.

Cette villa est décidément gigantesque, car malgré d'interminables secondes de course, nous ne sommes toujours pas dans la pièce où sont censés nous attendre des policiers. Nous tournons à droite à l'angle du couloir et cette fois, Elena me dit le souffle coupé :

— C'est la... deuxième porte à... gauche. Elle mène sur une petite salle... avec une porte qui s'ouvre... sur le jardin... L'équipe nous attend... là-bas.

Il ne nous reste plus que quelques mètres à parcourir. La porte est là. Le point de rendez-vous est là. Des policiers sont là ou arrivent dans très peu de temps. Je sens le sentiment de délivrance monter en moi. Un lourd poids s'échappe petit à petit de mon corps en voyant la distance avec cette porte s'effacer. Encore quelques pas. Encore un effort pour la liberté.

Subitement, un battant s'ouvre juste devant nous dans un fracas qui me fait louper un battement.

C'est Léonardo...

Qui...

Pointe une arme dans notre direction.

— On ne bouge plus mesdames.

Elena et moi nous arrêtons net. Elle cherche désespérément une solution des yeux, mais nous n'avons pas d'armes sur nous. Nous ne pouvons rien faire face à un pistolet...

De mon côté, je ne parviens pas à faire dévier mes pupilles dilatées par la peur de l'arme. Elles sont figées. Elles ne m'écoutent plus. Mon corps tout entier ne m'écoute plus. Je suis terrorisée. Non pas pour moi, mais pour Elena. Il n'oserait jamais me blesser car mon père le ferait exécuter dans d'atroces souffrances, cependant, il ne rencontrerait aucune difficulté à ôter la vie à mon amie.

Pourquoi si près du but ?
On y était presque...

Pour calmer la situation, je le supplie du regard et un minuscule son se fraye un chemin hors de ma bouche entre-ouverte :

— Léonardo... S'il vous plait...

— TA GUEULE PUTAIN !!! TU SAIS DANS QUELLE MERDE TU NOUS FOUS TOUS ??? ON RISQUE DE TOUS FINIR EN PUTAIN DE TAULE OU MORTS !!!

Il fait une pause afin de canaliser sa colère, sans doute pour éviter de me tuer. Son regard me fusille, peut-être encore plus que pourrait le faire son pistolet.

— Je ne te faisais pas totalement confiance, mais j'espérais vraiment que tu te rabattrais de notre côté à un moment donné !

— Je ne serai JAMAIS de votre côté ! OK ?! Mon père m'a détruite ! Il m'a fait vivre un enfer toute ma jeunesse et il continue ! Je ne veux pas faire vos putains d'illégalités de merde ! Je ne suis pas une dealeuse et il va falloir que vous vous le mettiez tous dans le crâne !

Ses yeux me lancent des éclairs. Avec mes paroles, je viens d'augmenter le niveau de sa colère et le regrette immédiatement. Je me suis laissée emporter par ma haine envers lui et mon père.

C'était pas une bonne idée Megan.

Mon sang se glace soudain dans mon corps quand Léonardo ordonne d'un ton sanglant :

— Javier ! Viens chercher Mademoiselle-j'ouvre-trop-ma-gueule !

L'Hispanique apparait dans l'encadrement de la porte où est passé mon bourreau quelques secondes plus tôt et m'attrape violemment le bras. Je fais tout ce que je peux pour me défaire de sa poigne, mais comme à chaque fois, c'est mission impossible.

Le bras-droit de mon père se rapproche d'Elena qui use d'une technique de maîtrise policière pour récupérer le flingue. Malheureusement, Léonardo l'avait anticipée et l'évite aussi facilement que s'il repoussait un moustique.

Les deux hommes nous trainent tout au fond de la salle et nous obligent à nous assoir sur deux chaises en bois clair.

L'Hispanique a l'air paniqué. Il fait les cents pas autour d'une table où sont disposées trois bouteilles de Fernet pendant que son collègue, qui semble s'être apaiser depuis son coup de gueule, me pointe avec son pistolet.

— Et on fait quoi maintenant ? Il est hors de question que je finisse en taule ! s'énerve le stressé.

— Déjà, tu te calmes. On a Megan et leur infiltrée...

Il a compris qu'Elena n'est pas qu'une simple employée.

Merde.

Il nous pointe du doigt tour à tour avant de continuer :

—... donc s'ils veulent les revoir en vie, il va falloir nous laisser partir. Tous les deux.

Chapitre 54

Alex

Des gardes arrivent de tous les côtés de la demeure. Des hommes nous tirent dessus depuis la droite, la gauche, et même depuis les fenêtres de la maison. Nos boucliers arrêtent heureusement les balles qui nous auraient achevés depuis déjà bien longtemps.

Nous tirons en retour et avons déjà touché plusieurs soldats que j'aperçois gésir sur le sol. En avançant, j'enjambe deux cadavres de jeunes hommes. Ils ne doivent pas avoir plus de vingt-cinq ans. Au loin, je vois les autres unités passer également par-dessus des corps sans vie.

Je suis à la tête de mon équipe et nous progressons dans le jardin en direction de la droite de la villa où nous avons rendez-vous avec Megan et Elena. Avancer devient de plus en plus compliqué, car de nouveau gardes arrivent chaque seconde.

— Gauche ! hurle Jason.

Mon regard se précipite dans la direction qu'il nous indique : trois hommes armés se mettent en position de tir où le seul bouclier de mon équipe ne pourra plus nous protéger. Mon bras droit portant mon fusil d'assaut se dirige dans un réflexe sur les soldats qui étaient sur le point de nous viser et je tire. Je mets à terre l'un des employés de la villa et Jason et Lewis m'imitent.

Ok. Trois de moins.

Nous continuons notre progression dans l'herbe humide qui mène à notre objectif. Devant nous, une unité est déjà parvenue aux escaliers devant la porte principale. Ils s'apprêtent à entrer.

Bryan et moi tirons vers l'une des baies vitrées du deuxième étage, où des hommes se positionnaient, prêts à nous enfoncer une balle dans le crâne. Je n'ai aucune idée de s'ils sont morts, blessés ou s'ils se cachent seulement des munitions, mais je n'ai pas le temps de réfléchir car le sifflement de la mort me déchire le tympan droit. Je déplace légèrement le bouclier en direction des assaillants et mon équipe se charge de les mettre à terre en moins d'une seconde.

Je me retourne vers la maison et nous continuons la traversée de ce jardin aussi long qu'une avenue de Los Angeles. Nous essuyons des tirs, mais réussissons à leur échapper. Cependant, ce n'est pas le cas de tous les policiers de l'intervention. Du coin de l'œil, j'aperçois trois flics à terre, mais vivant. Je comprends aux expressions de leurs coéquipiers que ce ne sont que les gilets pare-balles qui ont pris.

Ouf.

Je ne veux absolument pas perdre d'agent dans cette quête, que nous savons malgré tout très dangereuse. Nous en sommes tous conscients et restons sur nos gardes.

Le Swat atteint enfin le coin de la demeure. Ici, la zone est beaucoup moins prisée par les balles. Les soldats sont surtout installés sur l'allée principale. De ce fait, nous avons la voie libre jusqu'au point de rendez-vous. Nous rasons le mur durant une éternité et arrivons devant la porte que nous devons rejoindre.

Nous mettons les pieds dans cette forteresse et parvenons dans un petit dépôt pour les femmes de ménage. Megan et Elena ne sont pas encore là. Ce n'est pas normal. Elles devraient être dans ce local depuis déjà un moment !

Lewis semble remarquer ma crainte et tente de me réconforter en posant sa main sur mon épaule :

— Elles vont bientôt arriver. J'en suis sûr.

Je prends une grande inspiration.

— Ouais. Y'a pas l'choix.

Elles sont en train d'arriver, c'est sûr, mais bordel qu'est-ce qu'elles sont lentes !

Ma jambe commence à trembler. Le stress s'empare de mon corps, je ne contrôle plus ses mouvements.

Putain Alex !

Calme-toi !

Elles vont arriver !

Il faut que tu arrêtes de stresser pour rien !

Nous attendons. Chaque seconde est de trop pour moi. Je regarde ma montre en permanence et les aiguilles me narguent.

Vingt secondes.
Quarante secondes.
Une minute.
Trois minutes.
Cinq minutes.
Ce n'est pas normal.
— Il y a un problème. On y va.

Lewis m'arrête en attrapant mon avant-bras. Il rétorque en me fixant dans les yeux.

— Ce n'est pas le plan Alex !

— Et dans le plan, il est dit qu'elles sont censées être là depuis plus de cinq minutes !

Je plonge mon regard dans celui de mon équipier. A cause de la tension qui pèse sur mes épaules, je suis sur le point de lui cracher des mots que je risque de regretter, mais le commandant me devance dans l'oreillette, ce qui m'empêche de blesser mon ami.

Heureusement.

— Alex a raison. Allez-y. Ce n'est pas normal.

Après ces paroles, nous nous plaçons près de la porte qui mène à un couloir de cette gigantesque baraque.

— Ok ? demandé-je à mon équipe.

Ils affirment tous et Jason pousse le battant qui n'était pas fermé à clef. Un couloir désert s'ouvre devant nous. Juste avant de m'engouffrer à l'intérieur de ce dernier, je suis bouche-bée par son immensité. La hauteur de plafond est phénoménale. Il pourrait facilement y avoir trois étages rien qu'au rez-de-chaussée ! En plus, un lustre d'un diamètre plus long qu'un camion pend du plafond et la largeur du couloir est au moins deux fois plus élevée. Je n'en crois pas mes yeux. Cette demeure est digne d'un palace.

Je reprends vite mes esprits et devance mon groupe dans le long couloir. J'actionne la poignée de la première porte sur notre droite et me rends vite compte qu'elle est fermée. Lisa se hâte de me dépasser dans le but d'y coller des explosifs.

— Trois, deux, un...

L'explosion retentit et je me précipite sans attendre dans la pièce. Je n'ai pas le temps d'examiner un seul centimètre carré que mes jambes s'arrêtent brusquement à l'entente de cris de femmes que je reconnais parfaitement.

Megan.

Elena.

La détonation a dû les effrayer... et tant mieux. Nous avons maintenant compris où elles se trouvent : dans la pièce en face de celle que nous allions examiner. Mon équipe se retourne sur le champ et nous changeons de destination.

Au niveau de la porte qui me sépare de ma copine, j'entends des hommes s'énerver d'une violence extrême. Ils reprochent aux filles de nous avoir donné leur emplacement, bien qu'elles ne l'aient sans doute pas fait exprès. Ils déversent leur haine si fort, je déteste ça. Ce n'est jamais bon signe.

D'ailleurs, j'avais raison. Il y avait bel et bien un problème. Elles n'étaient pas dans le local car elles n'avaient pas eu l'occasion d'y aller. Elles s'étaient fait arrêter juste avant de pouvoir l'atteindre.

Lisa répète le collage de la dynamite et, dès l'instant où elle a retrouvé sa place dans la colonne que nous formons, elle recommence un compte à rebours.

L'explosion fait siffler mes tympans, mais je n'y porte aucune attention. J'entre dans la pièce, mes collègues sur mes talons. Ce que mes yeux y découvrent m'horrifie. Mes poils se dressent sur la totalité de mon corps.

Sanchez se tient derrière une Megan terrifiée, un coude autour de son cou et un pistolet sur sa tempe. A côté d'eux, un homme dont j'ignore le nom l'imite avec Elena comme victime...

Chapitre 55

Megan

Le Swat est entré dans le bureau. Léonardo se cache dans mon dos. Son coude commence à me couper la respiration tandis qu'il pointe son arme sur ma tempe. A côté de moi, Elena est dans la même situation dans les bras de l'Hispanique.

Dès l'instant où Alex m'a aperçue, son regard s'est assombri. La peur déforme ses traits comme elle doit le faire sur mon visage. Derrière lui, je devine que Jason et Lisa se retiennent de provoquer les hommes armés. L'équipe entière essaye de se montrer le plus calme possible, mais leurs expressions trahissent leur inquiétude.

Tu m'étonnes.

C'est pas comme si on était en très bonne posture...

— Sortez d'ici immédiatement si vous voulez les revoir en vie ! leur crie Léonardo.

Le Swat ne répond pas.

— Vous m'avez entendu ? Dehors !

Aucun mouvement de la part de mes collègues.

— DEHORS !!! cri-t-il une seconde fois en me serrant le cou encore plus fort et en enfonçant son arme plus profondément sur ma tempe.

J'ai mal.

Il me fait mal.

Je peine à reprendre mon souffle. Je me débats pour lui faire lâcher prise, mais il ne fait que resserrer son emprise. S'il continue, il va me tuer. Respirer est de plus en plus compliqué.

Alex s'avance doucement, prudent.

— Restez clame ! Qu'est-ce que vous voulez ?

— Que vous dégagiez tous de cette baraque !

Jamais de la vie crétin.

Mon copain jette un coup d'œil à Lewis qui vient de faire un pas en avant pour se mettre à son niveau. En un regard, Alex lui donne l'autorisation de parler. Il n'est pas le mieux placé pour négocier. Sa copine est bloquée dans les bras d'un criminel extrêmement dangereux. Il ne peut pas paraître neutre. C'est impossible.

Alors que son collègue prend la parole, Alex fige son regard dans le mien comme si nous pouvions communiquer par cette simple action.

— Rendez-nous les filles et nous partirons. Nous vous laisserons partir sans essayer de vous rattraper.

Absolument pas. Ce n'est que du bluff. Bien sûr qu'ils les arrêteront.

Technique de négociation.

Malheureusement Léonardo s'y connait assez pour se taper un fou rire après la phrase de Lewis. Au passage, il relâche son emprise sur mon cou. J'en profite pour reprendre une respiration à peu près normale.

— Arrêtez de vous foutre de notre gueule. Si nous les relâchons, vous nous bloquerez à la sortie de la propriété. J'suis pas con !

Mon stress continue d'augmenter. Mon père ne l'a pas choisi comme bras-doit pour rien. Léonardo est intelligent. Il ne se laissera pas avoir aussi facilement.

— Si vous leur faites du mal, vous ne sortirez pas d'ici vivant !

Mon agresseur rit à nouveau.

— Si je vous laisse Garcia, je suis de toute façon un homme mort ! Alors mourir des mains des flics ne sera rien comparé à la douleur que me fera subir son père !

En effet. Je le connais assez pour savoir que son patron lui ferait vivre une mort lente et douloureuse. C'est vrai que perdre la vie avec une balle dans la cervelle est une technique plus rapide. Cela ne va donc pas dans le sens d'Elena et moi cette histoire... Lui et l'Hispanique n'ont plus rien à perdre.

Le temps que Lewis cherche quelque chose à lui rétorquer, Léonardo le devance en perdant patience.

— Dehors putain !!! Sinon elles perdent la vie !!! Ensuite dégagez le passage et laissez-nous prendre la bagnole devant la porte d'entrée.

— Sans les filles.

— Avec ! Je ne suis pas idiot pour savoir que si on les laisse sur le parking, vous nous rattraperez ! Cette condition est non-négociable !

— Si vous nous les laissez, nous ne vous arrêterons pas !

— Vous m'avez déjà piégé une fois avec cette femme de chambre.

Il accentue le « femme de chambre » d'un ton magistralement froid.

— Je ne vous laisserai pas me piéger une deuxième fois ! Alors dehors !!! TOUT DE SUITE !!!

Mon ancien chef perd son sang-froid et je le connais assez pour savoir que ce n'est jamais bon signe.

Pitié.

—Nous ne vous...

— DEHORS !!!

Cette fois, Léonardo ne se contente pas de crier sur mes collègues. L'arme posée sur ma tempe s'éloigne et se pointe en direction d'Elena...

NON !

Je murmure son nom dans l'espoir de le calmer, mais celui-ci rigole à nouveau. Je sens son souffle chaud se rapprocher de mon oreille. Sa voix s'est adoucie, mais d'une hypocrisie que je ne lui ai rarement entendue.

— Tu me supplies ma belle ? Cette situation me rappelle un peu la fois où c'était ton cher Alex qui était en mauvaise posture. A ce moment-là, il y avait le même sentiment de... désespoir dans ta voix.

Il fait référence au jour où j'avais fait une tentative de fuite lors de notre tout premier rendez-vous à

Rosario. Cela étant, il avait fait tabasser Alex sur le parking d'un fast-food. Repenser à ce moment me donne des frissons.

C'était horrible...

— Et si tu te souviens bien, ce jour-là, je n'avais pas cédé à ton caprice, alors pourquoi le ferais-je aujourd'hui ?

Un détonation résonne.

Elena s'effondre dans les bras de l'Hispanique. Des cris horrifiés proviennent des membres du Swat et mes jambes me lâchent à cause de la peur grandissante dans mon estomac. Léonardo doit me soutenir afin de ne pas se retrouver à découvert. Les larmes que je retenais depuis plusieurs minutes dévalent mes joues. Je ne suis plus maîtresse de mon corps. Ma cage thoracique se compresse. Des tremblements secouent mes membres et mon cerveau panique, m'empêchant de reprendre mes esprits.

Il...

Nan, il a pas...

Putain...

Je cherche l'impact de la balle et mes poumons se desserrent légèrement lorsque je m'aperçois qu'il n'a « que » touché sa jambe. Elena est sonnée par la douleur, mais en vie. Cette information me rassure, mais le stress ne reste plus enfoui au fond de moi. Mes jambes ne me portent décidément plus. Mon regard cherche désespérément celui d'Alex qui passe le bureau au peigne fin à la recherche d'un moyen de nous sortir de ce merdier. Ceux des autres agents se portent sur leur infiltrée, leur amie, qui commence déjà à créer une flaque de sang à ses pieds.

— La prochaine balle sera dans son crâne alors je vous conseille de SORTIR DE CE PUTAIN DE BUREAU !!!

Après cette menace et la preuve qu'il est prêt à l'exécuter sur le champ, l'unité de mon copain revient sur ses pas et sort du bureau en laissant Elena et moi dans les bras de ces criminels.

En quittant la pièce, Alex me jette un regard rempli de promesse. En un coup d'œil, il vient de me jurer qu'il reviendra me sortir de là.

Comment ? Il ne le sait pas encore, mais ce dont je suis sûre, c'est qu'il le fera...

Chapitre 56

Alex

Jason referme la porte derrière nous. Le couloir est toujours désert, il n'y a pas de garde à l'horizon. Nous nous éloignons de quelques pas de l'entrée du bureau afin que nous puissions parler sans dévoiler l'entièreté de notre plan aux hommes qui retiennent les filles en otage.

— Elle va se vider de son sang si on attend trop longtemps ! s'impatiente Lisa.

Elena.

Elle s'est fait... tirer dessus...

Putain, c'est la merde.

Lewis continue de prendre le lead de notre unité, mais surtout le rôle de l'aîné de notre groupe :

— Pour commencer, on se calme... tous...

Il jette un coup d'œil à chacun de ses collègues et attend une réponse de notre part. Aucun mot ne sort de nos bouches, mais nous hochons légèrement la tête.

— Bien. Maintenant, réfléchissons. Par la porte, c'est impossible de les atteindre. Il faut trouver une autre entrée qui, si possible, les surprendrait assez longtemps pour que nous puissions les neutraliser.

Un autre endroit où nous pouvons entrer ? Par... euh... Bonne question... Par...

Une lumière s'allume soudain dans mon cerveau embué.

Mais oui !

Cette maison est construite sur des baies vitrées ! Ce bureau en possède aussi sans aucun doute !

— Les fenêtres ! chuchoté-je.

Les regards de mes coéquipiers retrouvent de leur éclat. Je m'adresse à notre commandant grâce à mon oreillette :

— Est-ce qu'une équipe est proche de nous pour une entrée par la fenêtre ?

— Je regarde...

Plusieurs longues secondes s'écoulent et le silence est de plus en plus pesant.

— Il n'y a personne de votre côté de la demeure.

Et voilà. C'est imposs...

— Il faut qu'on se sépare. Deux ici et trois dehors. On a pas le choix si on veut les revoir vivantes toutes les deux, explique clairement Bryan.

Et il a raison.

— Lisa, Lewis, Bryan, dehors. Jason, tu restes ici avec moi.

Mes collègues exécutent mes ordres sans discuter. J'observe mes trois amis retourner à la porte menant au local où nous avons attendu un peu plus tôt.

— On est à l'extérieur. Nous cherchons la bonne baie vitrée, nous annonce Lewis quelques secondes plus tard.

Jason et moi attendons dans le couloir où le seul bruit que j'arrive à détecter est le son de nos respirations. C'est flippant.

Jason et moi sommes dos à dos et nous vérifions chacun un côté de ce hall. Les minutes passent et nous n'avons toujours pas de nouvelle de la deuxième partie de l'équipe. Il faut qu'ils se dépêchent. Sanchez et l'autre homme n'attendrons plus très longtemps avant de tirer une nouvelle fois. Et par-dessus tout, Elena est en train de se vider de son sang !

— Ça y est. On les a en visuel. Ils sont dos à nous et on a déjà collé des explosifs sur la fenêtre, nous informe Bryan. C'est quand vous voulez.

Jason et moi nous rapprochons de la porte du bureau. Mon sang palpite dans mes veines. Mon cœur bat la chamade. Mon cerveau bouillonne. C'est à moi de donner le signal.

Ok.

Je souffle un bon coup et...

— Trois, deux, un, go !

Le son de la baie vitrée qui se brise retentit en même temps que des cris. Jason défonce la porte et j'entre en tant que fer de lance. L'autre moitié de mon équipe est au fond du bureau. Dans l'explosion, les hommes ont lâché nos collègues. Ils sont tous les quatre à terre et nous nous précipitons vers eux.

Sanchez, encore sonné, réussit à se redresser et attraper son arme devant lui. Dans une tentative désespérée, il la tend dans ma direction. Son doigt glisse jusqu'à la détente et avant le moindre réflexe de ma part, deux coups de feu résonnent.

Le corps de Sanchez s'effondre.

Lewis.

Mon ami apparaît derrière l'ancien emplacement du preneur d'otage de Megan. Deux marques rouges apparaissent déjà dans le dos de ce dernier.

Lewis m'a sauvé la vie. Pendant une fraction de seconde, j'ai bien cru que c'était moi qui allais recevoir une balle. Je l'ai échappé belle.

Sur ma droite, le second homme se lève d'un bond en hurlant :

— Vous allez le payer ça !

La lueur d'une douloureuse haine brille dans ses yeux. Aussi idiot que son collègue, il pointe son pistolet en direction de Lewis, mais avant même que son index ne puisse descendre sur la détente, cinq balles perforent son abdomen.

Bryan.

Lisa.

Lewis.

Jason.

Et moi.

Le corps sans vie tombe à côté du précédent. Cette vision m'arrache un haut-le-cœur et un arrêt de tout mouvement dans la salle. Les regards analysent la scène. Nous sommes tous figés, paralysés.

— Putain Elena ! s'écrie soudain Lisa en reprenant possession de son corps et en s'accroupissant aux côtés de sa meilleure amie en sang.

— C'est rien... c'est juste... une petite balle... C'est pas bien... grave, rit-elle en serrant les dents, légèrement dans les vapes.

Elle souffre le martyre.

Bryan et Lewis se rapprochent également d'elle tandis que Jason parle aux commandants et appelle des secours.

— Des ambulanciers arrivent. L'intervention est terminée. Ils sont tous morts ou avec des menottes aux poignets, c'est fini, annonce le jeunot.

L'information que je rêve d'entendre depuis un mois d'horreur est enfin arrivée dans mes tympans !!!

« *C'est fini.* »

Je sors enfin de ma torpeur et oriente mon regard vers la personne qui vient de se relever à quelques mètres de moi. Une gouttelette de sang glisse le long de sa joue encore pâle des fortes émotions qui viennent de secouer son corps.

Megan.

Sans perdre une seule seconde, elle s'élance dans ma direction et se jette sur moi. Ses bras s'enroulent autour de mon cou et je l'attrape par la taille. Je la serre si fort.

Elle est dans mes bras.
Elle est avec moi.
Elle est là.
Megan.

Je la sens sangloter sur mon épaule. Mes doigts s'emmêlent dans ses cheveux et je resserre mon étreinte pour être sûr de ne plus la perdre, plus jamais.

Je ne te lâcherai plus.

Je te le promets.
Je t'aime.

Chapitre 57

Megan

Il est là.
Alex.
Son odeur emplie enfin mes narines et qu'est-ce que ça fait du bien ! Une de ses mains caresse le haut de mon crâne tandis que la deuxième m'enlace la taille. Mes bras sont enroulés autour du cou de l'homme que j'aime et mes jambes réussissent à peine à me porter. Mon visage se noie dans les larmes qui dégoulinent sur l'épaule de mon petit-ami.

J'ai encore beaucoup de mal à réaliser que mon calvaire est terminé, que la police a accompli l'impossible pour me retrouver. Je n'arrive pas à croire que je suis dans les bras de mon copain ! Enfin ! Après tant de temps sans aucune nouvelle de lui ! Il est là. Il fait partie des agents qui ont risqué leurs vies pour moi.

Bordel !
Je ne réalise pas ce qu'il vient de se passer !

De nouveaux sanglots font trembler mon corps. Les bras d'Alex m'attirent encore plus forts contre lui.

C'est terminé.

C'est terminé.

C'est terminé.

Je me dégage légèrement de lui et contemple ses iris que j'ai aimées dès la première seconde où je les ai aperçus. Un sourire se forme sur ses lèvres et je remarque une larme couler au coin de son œil.

Alex qui pleure ?

C'est bien la première fois.

Je l'essuie à l'aide de mon pouce, ce qui me vaut un petit rire de sa part.

— J'pleure pas.

C'est à mon tour de sourire.

N'importe quoi !

On vient de se retrouver et il se fiche déjà de moi ?!

— Et moi je suis la reine d'Angleterre.

— Peut-être pas celle d'Angleterre, mais la mienne en tout cas, la plus belle de toutes.

Un rictus satisfait apparaît sur son visage. Il est fier de lui. Il a réussi à transformer ma moquerie en une phrase toute mignonne.

Qu'est-ce qu'il m'énerve, mais qu'est-ce que je l'aime !

Sa main glisse le long de mon flanc tandis que sa bouche effleure la mienne dans une caresse si douce que j'en ai la chair de poule.

— Je t'aime Megan.

Arghhhh !

Sa voix tremble, il est si mignon.

— Je t'aime Alex.

* * *

— On se charge d'elle, affirme un ambulancier, une fois ses collègues partis avec une Elena très faible à cause de la quantité astronomique de sang qu'elle a perdue. Elle s'en remettra.

Dans le bureau, il ne reste plus que Lewis, Bryan, Alex et moi. Les autres ont accompagné Elena jusqu'au parking.

— Je crois qu'on ne manquera jamais de personnes corrompues... râle Bryan.

— Jamais, acquiesce Lewis qui quitte la pièce à la suite de son ami en laissant Alex et moi seuls à l'intérieur.

Mes yeux, curieux, se lancent dans l'analyse des corps sans vie de mes anciens détenteurs. Une flaque de sang recouvre à présent le sol de marbre blanc et inonde les vêtements des deux criminels. La quantité de rouge présent dans ce bureau me donne des frissons. J'ai envie de vomir.

Des mains me bloquent soudainement la vue.

— Arrête donc de regarder ça. J'crois que t'as eu ta dose d'horreur pour les cent prochaines années. Nan ?

Je me retourne vers mon homme qui me reprend par la taille.

— Ouais.

Je blottie à nouveau ma tête dans son cou. Mes jambes recommencent à trembler. Il le remarque immédiatement et ses bras me serrent plus fort pour m'empêcher de m'effondrer.

— On sort d'ici ? C'est un peu glauque, j'trouve...

J'acquiesce. J'ai hâte de quitter cette pièce qui me comprime peu à peu l'estomac.

Le couloir jusqu'à la porte d'entrée est pratiquement vide, contrairement à la foule grandissante qui grouille sur le parking à l'avant de la demeure. Des policiers s'activent à emmener les derniers employés derrière les barreaux, des ambulanciers se chargent des blessés et des journalistes locaux affluent déjà par dizaine derrière le cordon de sécurité. L'équipe d'Alex est rassemblée près de la fontaine avec mon commandant et un autre homme que je ne connais pas. Ils nous attendent.

— Megan ! Ravi de vous revoir ! m'accueille avec joie mon chef.

Mon vrai chef.

— Tout le plaisir est pour moi, merci infiniment.

Je souris, toujours secouée par les récentes émotions que je viens de traverser. Elles passent de la joie à la colère, de la peur à la confusion, ou encore du dégoût à l'amour, je suis un peu perdue...

— Je vous présente le commandant de la police du Gran Chaco, le commandant Ortiz.

— Enchantée. Je vous serrerais bien la main, mais... euh...

Je la soulève de quelques centimètre avec une grimace écœurée. Elle est dégoulinant de sang. Ortiz sourit et me fait signe que ce n'est pas très grave. Il y a bien pire.

Ce dernier mois me l'a largement confirmé d'ailleurs...

— Mademoiselle Garcia ?

Garcia.

Ce nom me fait frissonner. Mon corps tout entier se crispe sous les doigts d'Alex.

Je déteste ce nom, vivement que j'en change.

Mon copain me serre discrètement la taille et ses pupilles bleues me rassurent.

« C'est terminé. T'en fais pas, je suis là. » me lancent-elles.

Il n'y a plus de gros psychopathes qui me forceront à faire quoi que ce soit. C'est terminé. Mes angoisses s'apaisent et mon cœur se réchauffe sous sa caresse.

Je cherche des yeux la personne qui m'a appelée un peu plus tôt et la chevelure blonde d'une ambulancière souriante apparaît dans mon champ de vision.

— Vous venez ? Il faut que nous fassions quelques examens de vérification à l'hôpital.

Je vais bien... en tout cas physiquement. Pour le reste, c'est une autre histoire... Ces examens ne dévoileront rien d'extraordinaire, je le sais, mais c'est la procédure alors soit ! Allons-y. Je n'ai pas vraiment le choix.

— J'arrive.

***

Nous attendons des nouvelles d'Elena dans la salle d'attente de l'hôpital. Mes examens sont terminés. Alex n'a pas lâché ma main durant toute leur durée.

Les médecins m'ont tout d'abord fait passer des radios pour détecter un quelconque problème interne. Heureusement, aucun traumatisme crânien, aucune hémorragie ou encore une autre chose de la sorte n'était à déplorer.

Ensuite, il se sont occupés des blessures externes et n'ont uniquement dû recoudre une plaie sur mon front et une autre sur mon bras droit. Ils ont également vérifié celle du jour de mon enlèvement, sur mon épaule, mais apparemment il n'y avait rien à redire. L'infirmière avait fait un travail de professionnel.

J'ai aussi eu le droit à une prise de sang, comme si je n'avais pas déjà vu assez de sang aujourd'hui, ainsi qu'à une petite évaluation psychologique durant laquelle je n'ai pas réussi à beaucoup parler. Pour l'instant, me confier à un psychologue est compliqué pour moi. Je n'arrive pas encore à placer des mots sur tout ce qui m'est arrivé et la plupart du temps, mes phrases restent bloquées au fond de ma gorge. Le temps m'aidera... Je l'espère en tout cas...

Nous sommes tous arrivés à l'hôpital depuis plus de quatre heures, mais nous ne connaissons toujours pas l'état de notre collègue et amie. Les minutes défilent et nous restons sans nouvelle. Ça commence à être long.

— La jeune capitaine de la police de Los Angeles, Megan Garcia, disparue depuis plus d'un mois a été retrouvée cette nuit dans la forteresse de Léonardo Sanchez, un des plus grands trafiquants d'Argentine.

La voix d'une journaliste qui passe actuellement à la télévision me fait frissonner.

— Après des recherches à travers tout le pays, la jeune femme a été retrouvée et est actuellement saine et sauve...

L'émission sur mon enlèvement continue durant de longues minutes au journal de sept heures, mais je préfère l'ignorer. Je connais déjà cette histoire par cœur. Elle est ancrée en moi jusqu'à la fin de mes jours alors l'écouter à la télé ne servirait à rien du tout, si ce n'est qu'à me plomber le moral.

Un médecin au visage impassible arrive dans la salle d'attente et scrute notre groupe. Nous nous levons tous en même temps et c'est Lisa qui est la première à oser poser la fameuse question fatidique :

— Comment va-t-elle ?

L'homme expire longuement en évitant nos regards.

Il y a eu un problème ?

Nan, nan, nan, s'il vous plaît...

Les membres du Swat se jettent des coups d'œil inquiets. Le chirurgien ne laisse paraître aucune émotion...

Ça veut dire quoi bon sang ?

— Nous avons réussi à extraire la balle, mais avons eu quelques complications.

Oh nan... pitié...

— Cependant, elle est à présent hors de danger. Son état est stable. Elle ne devrait pas tarder à se réveiller.

Purée...

Merci. Merci. Merci.

Un soulagement général résonne dans la pièce. Des sourires se peignent désormais sur tous les visages et mon cœur se calme.

Elena va bien !

Mais pourquoi ce médecin avait une tête d'enterrement alors ?!

Alex sert ma main plus fort et ses lèvres se collent aux miennes dans un baiser dont j'ai rêvé pendant des semaines.

Aujourd'hui est une bonne journée, une journée exceptionnelle même.

— On peut la voir ? demande Jason, impatient de se rendre aux côtés de son amie.

— Evidemment, suivez-moi.

Chapitre 58

Alex

Megan est de retour dans mes bras depuis maintenant quatre jours, mais nous sommes toujours en Argentine. Nous avons décidé de ne pas rentrer tant qu'Elena était à l'hôpital ici, mais aujourd'hui, c'est le grand jour. Elle a reçu l'autorisation des médecins d'enfin rentrer chez elle, bien qu'elle soit encore très faible et qu'elle devra être suivie par des professionnels pendant encore de longues semaines.

Nous sommes actuellement à l'aéroport et attendons notre vol pour Los Angeles. Nous étions tellement anxieux à l'idée de le rater que nous avions prévu une avance de plus de quatre heures avant le décollage. Nous avons donc passé les sécurités et sommes à présent assis sur des fauteuils absolument inconfortables depuis plus de deux heures, à poirauter comme des cons.

Je scrolle sur Instagram pendant que Megan se repose sur mon épaule. Son joli visage est si innocent quand le sommeil la prend. Elle est si belle.

Elle m'a tant manquée.

Ce matin, elle est épuisée. Nous nous sommes levés à cinq heures et je sais que depuis trois nuits, elle ne dort pas bien du tout. Elle prétend le contraire, mais je la connais assez pour déceler son mensonge. Ses nuits sont agitées. Les cauchemars la hantent.

— L'embarquement pour le vol sept-cent-soixante-douze en direction de Los Angeles commence au guichet numéro trois, annonce une employée de l'aéroport.

C'est notre avion ! Enfin !

Mes amis se lèvent pendant que je secoue légèrement ma copine.

— Mon cœur, on va embarquer.

— Mmmh ?

Ma caresse dans ses cheveux emmêlés la fait sourire.

— Ils ne peuvent pas encore attendre une p'tite heure franchement ? J'dormais bien !

— Si tu veux faire attendre environ deux-cents personnes, libre à toi. Moi, j'y vais.

— Rohh ! T'es chiant. J'veux pas rester seule !

— C'est pour ça que tu vas venir avec moi ! lui réponds-je en lui chatouillant les hanches.

— Alex ! Arr...êtes ! Stooop ! C'est pas cooool !

J'éclate de rire, elle est vraiment très chatouilleuse. Je cède à ses supplications pour lui faire plaisir, non sans la faire patienter encore quatre ou cinq secondes.

— J'te déteste.
— Moi, je t'aime mon amour.

Je dépose un baiser fugace sur ses lèvres, puis lui tourne le dos pour rejoindre mes collègues.

— T'oublies pas quelque chose là ? me demande la voix de Megan derrière moi.

Oublier quelque chose ? J'ai ma valise, mon sac, mon portable. J'ai tout. Elle parle de quoi bon sang ?

Je me retourne et jette un coup d'œil vers le siège où j'étais assis dix secondes auparavant. Il n'y a plus rien dessus... Mes pupilles dans l'incompréhension se posent sur ma copine qui lève les yeux au ciel.

— Ba moi.

Elle me tend la main pour que je l'aide à se relever et m'observe intensément.

— Sérieusement ?
— Ouais. Tout à fait sérieuse.

Un sourire sournois apparaît sur ses lèvres lorsque je la tire à moi. Ma Megan n'a pas beaucoup changé... et heureusement d'ailleurs.

— T'as pas voulu faire attendre l'avion pour moi, alors...

* * *

Los Angeles.

Le paysage de ma ville natale défile sous mes yeux. Je roule et jette de temps en temps un regard à ma copine qui admire les buildings depuis la place passagère, un sourire scotché aux lèvres. Elle profite du trajet pour écouter toutes ses musiques préférées en boucle. C'est la troisième fois que j'entends « Si No Estás » depuis que la voiture a démarré, mais si ça lui plaît, je m'en fiche.

Les quartiers se succèdent. Nous sommes bientôt arrivés.

— Euhh... Alex ? Fallait sortir à la prochaine, pas maintenant ou bien ?

Pour rejoindre la maison, oui, j'aurais dû rester un peu plus longtemps sur la voie rapide, mais on ne rentre pas tout de suite ma jolie. Je lui mens :

— Nan. C'est plus rapide par là.

Elle se retourne vers moi, interloquée.

— Attends ! Quoi ?! Mais depuis quand ?!

J'attrape sa main posée sur sa cuisse et la ramène sur la console centrale de la voiture.

— Fais-moi confiance.

Elle se prépare à rétorquer quelque chose, mais se ravise au dernier moment. Ses yeux se perdent à nouveau sur cette ville qu'elle connaît si bien depuis ses onze ans.

Elle ne m'a pas encore raconté l'entièreté de son aventure malsaine. Elle m'a expliqué les grandes lignes, mais pour le moment, cette histoire lui fait encore trop mal. Je serai patient. Ce sera à elle de choisir le bon moment, quand elle sera prête.

Lorsque nous tournons à l'angle d'une rue, Megan se retourne brusquement vers moi. Elle a reconnu où nous allons. Enfin ! Elle était longue à la détente dis donc !

— C'est le... enfin... je... on... ?

— Exact.

Le QG du Swat n'est plus très loin devant nous. Plus qu'une centaine de mètre nous séparent de l'endroit où nous nous sommes rencontrés pour la première fois.

Je tourne afin de rejoindre le parking devant l'entrée principale. La barrière de sécurité est déjà ouverte. Je sens que Megan est méfiante car pour l'instant, elle ne comprend pas bien pourquoi je l'emmène ici.

— Oh purée...

Elle se prend la tête entre les mains. Elle vient d'apercevoir la foule qui l'attend sur le parking. Les visages de dizaines et de dizaines de personnes s'illuminent à l'arrivée de notre voiture. Au premier rang, la mère de Megan, sa meilleure amie Louane, mais aussi tout le reste de son groupe potes, ont un sourire jusqu'aux oreilles et les larmes aux yeux. Autour, tous les policiers du Swat assistent au retour de leur capitaine. Qu'ils soient en week-end ou en vacances, ils sont là pour accueillir celle qui manquait dans nos couloirs pendant si longtemps.

Toujours sur mon siège, je m'approche de l'oreille de ma chérie et lui chuchote un doux « Surprise ! » qui me vaut un regard mi-assassin mi-amoureux.

— T'aurais pu me prévenir ! J'suis pas coiffée et pas maquillée ! me reproche-t-elle en riant.

— On s'en fiche, t'es magnifique !

Cette fois, j'ai le droit à un moue mignonette.

— Allez ! Sors maintenant ! Ils t'attendent tous depuis un mois !

Elle affiche son magnifique sourire et pose sa main tremblante sur la poignée.
— Ok... souffle-t-elle en ouvrant la portière.

Chapitre 59

Megan

Dès l'instant où je pose un pied hors de la voiture, des applaudissements et des cris retentissent. Les larmes me montent aux yeux. Ils sont là. Tous là. Ma mère, Louane, Luis, Arnaud, Maxence, Juliet, Paula et beaucoup d'autres. Tous les agents de la brigade du Swat attendent aussi sur ce parking, pour moi...

Des sanglots secouent mon corps quand je vois ma maman courir vers moi et me sauter dans les bras. Je la serre tellement fort que ça ne m'étonnerait pas que je lui casse deux ou trois côtes. Mes amis la suivent de près et nous formons bientôt un tas géant d'êtres humains. Je les enlace tous un par un. Ils m'ont tellement manqué ! Mon cœur est au bord de l'explosion. J'ai tellement de chance de tous les avoir à mes côtés.

Ma mère me prend le visage entre ses mains et m'ordonne de ne plus jamais lui refaire vivre une telle souffrance.

T'inquiète pas maman. Recommencer n'était pas au programme...

Je la serre à nouveau comme si ma vie en dépendait. Je l'aime.

Je t'aime maman.

Cette aventure m'a beaucoup fait réfléchir. Réfléchir à ma vie actuelle, mais aussi à mon passé. Ma mère fait partie des deux. Elle était là quand mon père nous terrorisait à la maison et elle est là, maintenant que nous nous sommes recréé une vie loin du monde contre lequel je me bats nuit et jour dans mon métier.

C'est celle qui connaît le mieux la raison de mes angoisses et qui comprend complètement la peur que j'éprouve envers mon géniteur, car elle ressent la même chose que moi. Nous avons déjà tant souffert ensemble. Je m'en veux de l'avoir laissée si longtemps dans un sentiment que nous nous étions promis de ne plus vivre avec autant d'intensité.

La peur.

Après la tentative de meurtre de mon père sur maman, nous avions voulu nous reconstruire en oubliant la terreur dans laquelle nous avions été captives durant des années. Nous avions réussi jusqu'au commencement du nouveau jeu de mon paternel. Malgré tout, nous nous en sommes sorties une nouvelle fois car nous sommes plus forte, plus forte que ce crétin qui pense au fric avant sa famille. Il joue tout seul, il joue grâce à la peur que crée la simple énumération de son nom, alors que nous, nous jouons à deux, mais aussi avec une équipe remplie d'amis, de vrais amis.

Revoir tous mes proches me fait tellement de bien. Après tous ces jours horribles, cet amour que m'apportent ces gens réactive mon cœur qui s'était figé dans la froideur du monde de mon père.

Je ne finis pas d'enlacer des amis qui vident toutes leurs larmes sur mon épaule. Je ne peux pas m'empêcher de les imiter, c'est plus fort que moi. Me retrouver à côté de toutes ces personnes qui m'ont aidée à tenir mentalement dans les bras de ces criminels pendant ce qui m'a paru être une éternité, me fait du bien, tellement de bien.

Sans elles, je ne suis plus Megan. Je ne suis qu'une coquille vide. Je les aime. Je les aime tellement. Mon cœur se gonfle de joie en les revoyant et toute l'eau de mon corps continue de s'évacuer par mes paupières.

— Je te déteste Meg ! La prochaine fois que tu me fais peur comme ça, quand tu rentres, j'te tue direct ! m'hurle Louane dans le brouhaha des cris en me faisant une cinquantième étreinte.

* * *

Nous sommes de retour à la maison depuis un peu plus d'une heure. En passant le seuil, un frisson de dégout avait parcouru mon épiderme en repensant à ce qui c'était passé ici même un mois plus tôt. Heureusement, j'ai réussi à en faire abstraction. Oui, c'est ici qu'on m'a enlevée, mais c'est aussi ici que j'ai vécu les plus beaux moments de ma vie. Cette pensée me permet de compenser ma peur. En plus aujourd'hui, je ne suis pas seule. Je suis collée à Alex qui ne me laissera pas partir une seconde fois.

Actuellement, nous regardons un match des Lakers avec un plat de spaghetti bolognaise. Ce soir, nous pouvons boire un peu de vin car nous avons tous les deux pris une semaine de vacances. Nous voulons profiter de nos retrouvailles et de toute façon, je ne suis pas encore prête à retravailler. Je suis beaucoup trop remuée pour enquêter sur des enlèvements.

Je suis couchée sur le canapée, la tête posée sur les genoux de mon homme. Il caresse délicatement mes cheveux et mon poignet. Il n'a pas perdu les bonnes habitudes on dirait.

Tout à l'heure, lorsque je me suis changée, j'ai enfilé un de ses gros pulls. J'aime porter son odeur. En plus, il est super doux ! C'est un vêtement qu'il a reçu au Swat, mais moi, je n'en ai pas eu ! C'est pas juste ! Je veux le même !

Les lèvres de mon copain s'écrasent sur ma tempe dans un baiser si tendre que mon cœur fond.

Qu'est-ce que tout ça m'avait manqué !

Au même moment, la sonnerie de mon téléphone s'enclenche.

— C'est une blague ?! Qui m'appelle à cette heure-ci franchement ?

Je tends le bras et attrape mon portable sur la table basse du salon. C'est un numéro argentin inconnu dans mes contacts. Ça doit être un canular. Je m'apprête à le reposer, mais Alex m'arrête :

— Réponds. On ne sait jamais.
Pfff... J'sais pas...
Réticente, j'appuie sur le bouton vert et mets le haut-parleur.
— Allo ?
— Megan Garcia ? me demande une vieille voix de femme.
— Oui, c'est bien moi. Et vous ? Qui êtes-vous ?
— Je suis la gérante de la prison de votre père, Anita Klez.
Mon cœur fait un bond dans ma cage thoracique et mon téléphone peut s'estimer heureux de ne pas avoir terminé sur le tapis. Un silence s'installe entre nous. J'attends qu'elle reprenne la parole, figée.
— Mademoiselle ? Vous êtes toujours là ?
— Ou... oui.
Ma voix tremble.
Qu'est-ce qu'elle me veut ?
Mon père s'est évadé ? A tué un autre détenu ? Un garde ? Est malade ? Si c'est l'une de ces trois dernières solutions, ce n'est pas mon problème. Je le haïrai toujours autant, ça ne changerait rien pour moi.
— Je vous appelle car je viens d'apprendre que votre père s'est enlevé la vie dans sa cellule cette après-midi...
Mes yeux s'écarquillent et je me tourne brusquement vers Alex qui fait la même tête que moi.
Mon père s'est... suicidé ?
Lui qui est normalement si fort ?
Il s'est suicidé ?
OMG.

Il a dû apprendre pour mon évasion et n'a apparemment pas réussi à digérer l'information.

Aucune once de tristesse n'apparaît en moi. Seul un soulagement que je ne saurais expliquer emplit mes membres et fait couler une larme le long de ma joue.

C'est terminé.

Il ne pourra plus jamais faire de mal à ma mère et moi, ni même à personne d'autre.

Plus jamais.

— Toutes mes condoléances...

Toutes mes condoléances ?

Pfff.

Elle ne sait apparemment pas pourquoi il est incarcéré et n'a pas non plus entendu parler de la dernière idée de merde de ce con. Je me fiche qu'il ne soit plus en vie. J'en suis carrément heureuse en réalité...

— Merci de m'avoir prévenue.

— Ce n'est rien. Au revoir mademoiselle.

— Au revoir.

Je raccroche et dévisage Alex, déboussolée.

Mon père... il... je... waw...

Mon copain m'enlace pour que je puisse me blottir contre lui. Il m'embrasse tendrement le cou, puis me chuchote à l'oreille :

— Ça va ?

Je hoche la tête.

— C'est juste... bizarre...

— J'comprends.

Un long silence s'ensuit sans aucun mouvement de notre part. Je suis perdue dans mes pensée et Alex paraît tout aussi étourdi. La voix du commentateur du match des Lakers est le seul bruit qui résonne dans le salon. Je fixe la télé sans vraiment faire attention à ce qui s'y passe.

Il s'est suicidé.

C'est tout ce qui tourne en boucle dans ma tête.

Il s'est suicidé.

Tout à coup, Alex m'attrape comme on porte une mariée. Il me soulève et m'emporte loin de la pièce à vivre.

— Mais qu'est-ce que tu fais encore ? rigolé-je.

Un sourire narquois recourbe le coin de ses lèvres.

— Tu te souviens de ce que j'voulais te faire juste avant ton enlèvement ? Malheureusement, on n'avait pas eu le temps...

Quand je comprends le fond de sa pensée, ma bouche s'entrouvre.

Il est sérieux ?!

Je ris, puis il ouvre la porte de notre chambre pour me dépose délicatement sur le lit.

— Et ce soir, on en a du temps. On en a même beaucoup, alors j'te jure que je vais en profiter jusqu'à ce qu'on soit si épuisés qu'on en aura des courbatures pendant des semaines, affirme-t-il en lançant son t-shirt à travers la pièce.

Un sourire narquois accroché aux lèvres, il se jette sur moi pour commencer à dévorer mon corps tout entier...

Epilogue

Megan

3 mois plus tard

C'est mon anniversaire. Aujourd'hui, j'ai trente ans. Les années passent tellement vite ! Je ne réalise pas encore vraiment.
Trente ans.
Waw.
Cette journée de boulot était plutôt ennuyante. J'ai passé huit heures seule dans mon bureau à remplir de la paperasse. A la fin, ça commençait à être long, très long même. Heureusement, ce soir je vais me divertir grâce à un dîner de famille en mon honneur chez ma mère. Enfin... famille est un grand mot. Il y aura ma maman, Alex, ses parents, son frère et sa sœur. Ce n'est pas beaucoup... mais ça suffit. J'irai fêter ma

dizaine de plus avec mes amis le week-end prochain. Ce sera tout aussi sympa.

Quelqu'un frappe à la porte de mon bureau quand je ramasse mes affaires pour rentrer me préparer pour le repas. Il n'y aura pas beaucoup de monde, certes, mais nous avons tout de même décidé que ce serait une soirée chic. Il va donc me falloir d'interminables longues minutes pour être fin prête. Il faut vraiment que je me dépêche si je ne veux pas arriver en retard à ma propre fête !

— Entrez !

Le joli visage de mon copain apparaît dans mon champ de vision et un sourire s'étend sur mes lèvres, comme à chaque fois que je le vois.

— T'es encore là ?

— J'avais beaucoup de boulot, mais je rentre maintenant. On se rejoint direct chez ma mère du coup ?

— Yes. A toute, me répond-t-il en se rapprochant de moi.

— A toute.

En sortant de mon espace de travail, je lui fais un rapide baiser, puis m'en vais. Je n'ai absolument pas de temps à perdre. J'ai déjà pris plus d'une demi-heure de retard sur mon planning !

Alex, quant à lui, finit son service dans seulement deux heures et se rendra directement chez ma maman quand il l'aura fini.

* * *

Dix-neuf heures.

Je suis dans ma salle de bain depuis une heure et termine enfin de me préparer. Ce soir, j'ai opté pour une longue robe bleu roi échancrée au niveau de ma cuisse. Un petit décolleté dévoile légèrement la naissance de ma poitrine, mais cette tenue n'a tout de même absolument rien à voir avec les vêtements, si nous pouvons les appeler ainsi, que je devais porter en argentine quand j'ai été kidnappée. Ma robe bleue marine est élégante et chic, à l'opposé de la vulgarité. Elle est parfaite pour le thème de ma petite fête d'anniversaire.

J'ai décidé de plaquer l'avant de mes cheveux et de les laisser détachés à l'arrière, sans oublier de les boucler auparavant. C'est une coiffure simple, mais plutôt jolie.

Autour de mes poignets, j'ai attaché un bracelet que ma maman m'a offert pour mes vingt ans. Il symbolise énormément pour moi, car il est réalisé à l'aide de deux cordelettes emmêlées qui font référence à ma relation avec elle. Elles sont inséparables comme elle et moi. Malgré tous les obstacles imaginables, les nœuds ne pourront jamais se briser.

Mon cou est décoré du premier cadeau d'Alex. C'est un magnifique collier en argent avec un pendentif en forme d'étoile. En me l'offrant, il m'avait dit qu'il l'avait choisi parce que pour lui, j'étais son étoile, celle qui brille malgré la nuit, celle qui est toujours là, toujours aussi belle, souriante et prête à aider les gens qui se perdent doucement dans l'obscurité.

***

Dix-neuf heures quinze.

Je suis au volant de ma voiture. Durant le trajet jusqu'à chez ma mère, j'ai quelques embouteillages sur la voie rapide... mais j'habite à Los Angeles... c'est donc potentiellement normal...

Une route passante. Un vendredi soir. A l'heure où les gens rendent généralement visite à leurs proches. Toutes les conditions sont réunies pour accentuer mon retard déjà bien présent à la base. J'avoue que je suis partie de chez moi à l'heure où j'étais censée arriver à destination... mais quand même ! Je n'aurais pu avoir qu'un quart d'heure de retard et à cause de cette histoire, j'en aurais plus du double !

Je tapote distraitement le volant, prenant mon mal en patience.

Ils ne veulent pas avancer bon sang ?!

Après une attente interminable sur la route, j'arrive enfin dans la rue où j'ai vécu mon adolescence. Je gare ma voiture devant la garage, prends ma sacoche pailletée sur la place passagère et sors de l'habitacle. J'avance sur la petite allée en gravier à l'avant de la maison et toque à la porte.

Le temps que quelqu'un veuille bien venir m'ouvrir, je contemple la rue dans laquelle j'ai eu mes plus beaux fous-rires avec mes meilleures amis quand j'avais entre quatorze et dix-huit ans. Nous avons fait nos plus grosses conneries ici, je m'en souviendrai toute ma vie. C'étaient des moments magiques. Si je pouvais payer pour les revivre, je le ferais sans hésiter.

Au loin, j'aperçois cinq ou six enfants de moins de dix ans s'amuser avec un ballon de football à la lumière des lampadaires indispensables à cette heure-ci. Ils ont l'air si innocents. J'aurais tellement aimé vivre ça à leur âge... Malheureusement, la vie en avait décidé autrement pour moi...

Dans mon dos, le cliquetis de la serrure m'avertit que la porte va bientôt s'ouvrir.

— Plus d'une demi-heure de retard pour ton propre anniversaire ? T'es tranquille toi ! me reproche la voix de ma très chère mère.

— Désolée. J'ai eu des bouchons.

— Ouais, on va dire ça.

Je lève les yeux au ciel. Je l'aime beaucoup, mais parfois elle peut vraiment être lourde ! Je suis en retard, ok, mais il y a pas mort d'homme !

— Ohhh ça va ! J'rigole ma puce. T'es très jolie ce soir.

— Merci maman, toi aussi.

Nous nous enlaçons, puis elle m'explique que les invités m'attendent sur la terrasse pour démarrer l'apéro. Je la suis à travers le hall, puis dans le salon. Comme à chaque fois que je pose un pied dans cette maison, d'innombrables souvenirs envahissent mon esprit. Par exemple, un jour, maman et moi avions tenté de faire des tartes à la pomme de terre, mais la cuisine avait fini sens dessus dessous et on avait absolument tout rater. Cependant, c'était quand même tellement drôle !

Un autre souvenir qui me revient souvent est un soir où mes amis et moi avions environ quinze ans.

Nous avions créé une cabane géante en plaids et en coussins dans le salon pour regarder un film et dormir tous ensemble. C'était une soirée magique.

Devant moi, ma mère marche d'un pas assuré que je ne lui connais que depuis peu. Jusqu'à il y a cinq ou six ans, c'était une femme effacée, détruite par son mari. La voir aussi bien dans sa peau et heureuse me réchauffe le cœur chaque jour.

Nous parvenons à la baie vitrée ouverte, mais je ne vois pas Alex et sa famille assis sur les canapé de la terrasse.

C'est bizarre... Ils sont où ?

Je pose un pied à l'extérieur et des flashs éblouissent soudain mes pauvres yeux.

— SURPRIIIIIIIIIIIISE !!!!!!!!!!!!!!!!!!! JOYEUX ANNIVERSAIRE !!!!!!!!! crie une foule en délire.

Mes pupilles, rapidement habituées à la luminosité, découvrent des dizaines de personnes dans le profond jardin de ma maman. L'extérieur est décoré de tables fleuries, de lampions accrochés aux arbres et d'une... scène ? Il y a même un DJ !

Waw !

C'est absolument magnifique ! Je n'ai jamais vu quelque chose d'aussi resplendissant ! C'est encore plus beau que dans les films ! Je n'y crois pas mes yeux !

En plus, à côté de toutes ces merveilles, se tiennent tous mes proches en tenues de soirées. Tous les amis que j'ai depuis que j'habite à Los Angeles sont dans ce jardin ! Du collège, du lycée, de l'école de police, mes anciens collègues ! Ils sont juste devant moi ! Je n'en reviens pas ! L'équipe d'Alex est là elle aussi ! Il y a même le commandant !

La famille d'Alex est vers le fond, mais lui est au premier rang. Son sourire est contagieux. Il y est pour quelque chose, c'est sûr et certain ! J'aurais dû m'en douter !

Ils sont vraiment tous là ! Toutes les personnes importantes pour mon petit cœur sont à quelques pas de moi, juste en bas des trois marches qui séparent la terrasse de la pelouse.

La chanson spéciale pour les anniversaires retentit à fond les ballons. Louane, Paula et Juliet viennent me chercher et m'emmène près du DJ où est installée une piste de danse sous une boule à facette pendue aux branches d'un arbre. J'ai un sourire jusqu'aux oreilles. Je n'ai pas de mots pour décrire ma joie infinie à cet instant précis.

C'est... magique.
Je les aime. Qu'est-ce que je les aime !

Je ne m'attendais tellement pas à avoir le droit à une gigantesque fête surprise ce soir ! C'est un truc de malade !

A la fin de la musique, j'enlace toutes les personnes présentes et les remercie mille fois pour cette magnifique soirée. Je leur en suis si reconnaissante.

J'ai découvert très rapidement que les coupables de cette surprise sont ma mère, Alex et Louane. Ils ont tout organisé de A à Z dans mon dos depuis un mois et demi ! Je n'y avais vu que du feu !

* * *

La soirée se déroule à merveille. Le DJ est génial, il passe toutes mes chansons préférées. Louane l'a bien renseigné à mon avis.

La nourriture est fantastique. Je ne sais pas chez quel traiteur ils l'ont cherchée, mais elle est excellente. Tout le dîner est composé de spécialités argentines. L'entrée était des empanadas. Ce sont des chaussons généralement fourrés avec de la viande hachée, des olives, des aromates et des œufs. J'adore ça ! Ensuite, le traiteur nous a gâtés avec un fabuleux plat de bœuf grillé à la chimichurri très épicé.

En face de moi, Louane se régale. Depuis le temps, je sais bien que c'est son plat préféré, bien qu'elle n'ait pas d'origine hispaniques. Elle adore nos petites traditions, tandis qu'à ma droite, Alex semble plus réticent. Il n'est pas fan des plats épicé, alors aujourd'hui, il est servi...

— Comment tu arrives à manger ça ? m'a-t-il demandé au milieu du repas, la bouche anesthésiée par le piment. Je vais cracher du feu ce soir, j'te le jure.

Quelle chochotte.

Lorsque les invités ont fini et apprécié, ou pas, le contenu de leurs assiettes, les jeunes serveurs débarrassent. Louane attend qu'ils aient terminé pour sortir de table et rejoindre la petite scène qu'ils ont installée dans le jardin.

— Bonsoir à tous ! s'exclame-t-elle. J'espère que vous passez une bonne soirée !

Des applaudissements et des cris se font entendre. Mes amis sont à fond.

— Parfait ! Je suis contente alors.

Elle me regarde et continue :

— Ce soir, nous sommes rassemblés ici pour fêter l'anniversaire de ma merveilleuse meilleure amie, Megan, mais avant d'en dire plus, j'aimerais qu'elle me rejoigne sur la scène avec Juliet, Maxence, Arnaud, Paula et Luis.

Mes amis sont déjà aux pieds de l'estrade, alors tous les regards se portent sur moi. Je me lève doucement et m'avance vers la scène. En haut des trois marches, Louane me place en face de mon groupe potes qui s'est aligné. Elle reprend la parole :

— Megan. Notre très chère Megan. Nous nous connaissons tous les sept depuis maintenant dix-huit ans. Nous nous sommes rencontrés au collège, alors comme tu peux le voir, nous en avons fait du chemin. En dix-huit ans, nous sommes passés de gamins aux avenirs incertains, à des adultes plus ou moins matures.

Elle rit en récitant la dernière phrase de son discours, puis donne la parole à Paula à côté d'elle :

— Au début, tu étais si timide, tu craignais tant le regard des autres, mais sous cette carapace, nous avons tout de suite su qu'il y avait une jeune fille pleine de vie et prête à tout pour faire le bien autour d'elle. Dans nos bras, tu t'es ouverte. Tu as laissé tomber cette carapace qui t'empêchais d'avancer et tous les sept, nous sommes devenus les meilleurs amis du monde.

C'est ensuite à Maxence continuer leur discours :

— Ensemble, nous avons fait tellement de conneries. Nous avons tellement ri tous les soirs où nous sommes sortis en douce, où nous avons fait des blagues débiles à nos parents, où nous nous sommes bourré la gueule et j'en passe. Souvent, c'était toi qui faisais la maman quand on dérapait trop du droit chemin. Entre parenthèses, je parle au passé, mais en réalité je n'ai pas le souvenir que ce dernier détail ait changé, alors merci pour tout.

Au tour de Luis de m'arracher une larme :

— Tu as toujours été là pour nous. Souvent, tu nous as réconfortés parce qu'on était mal pour des sottises, alors que c'était toi qui vivais les pires horreurs. Tu t'es souvent mise en retrait pour nous aider, pour aider les autres. Tu as toujours fait passer les autres avant toi et nous ne t'en serons jamais assez reconnaissants.

Arnaud enchaîne :

— La preuve : dans ton métier, tu as choisi d'aider les gens parce que les situations qu'endurent certains, tu les as vécues aussi et que tu ne veux pas que les autres souffrent comme toi. Nous t'admirons tous pour ça. Nous ne sommes pas sûrs que nous arriverions à faire ce que toi, tu fais tous les jours.

Et enfin, Juliet m'achève :

— Alors merci. Merci d'être là Megan. Merci de rester à nos côtés malgré le temps et les épreuves. Tu es notre meilleure amie et ça ne changera jamais, on te le promet. Tu fais partie de nos familles, t'es comme notre sœur... alors merci. On t'aime. On t'aime plus que tout. T'es vraiment la femme la plus exceptionnelle de cette planète.

J'essuie les larmes qui roulent sur mon visage. Je suis tellement émue que mes cordes vocales ne parviennent pas à faire sortir le moindre son. Je me jette dans les bras de mes meilleurs amis. Ils sont là depuis des années et j'espère qu'ils seront encore à mes côtés pendant des décennies. Je les aime beaucoup trop pour les perdre.

Quand nous nous séparons, Louane enferme mes mains dans les siennes. Dans ses yeux brille une lueur de joie et d'amour et un sourire étend ses lèvres, alors que son visage est rougi et mouillé par les larmes.

— Retourne-toi, me souffle-t-elle doucement.

Me retourner ?

Sans comprendre pourquoi, je lui obéis et porte immédiatement mes mains à ma bouche quand mes yeux tombent sur mon copain.

Alex...

Alex est à genoux devant moi...

Alex est à genoux devant moi et tend une petite boite où repose une alliance...

— Megan. Nous nous sommes rencontrés il y a quatre ans. Nous avons parlé pour la première fois au boulot. Au début, nous ne nous accordions pas le fait que nous puissions éventuellement tomber amoureux l'un de l'autre. Tu étais ma capitaine et j'étais sergent. Tu étais ma supérieure et rien d'autre... en tout cas, c'est ce que nous voulions nous faire croire, mais un jour, c'en a été trop pour nous. Je t'ai invité au resto et je pensais que j'allais me prendre un râteau, mais nan. Tu as accepté et tu es venue dans cette sublime robe noire que tu n'as pas gardée très longtemps d'ailleurs.... Depuis cette nuit-là, nous ne nous sommes plus jamais quittés. Cela fait maintenant trois ans et quatre mois que nous sortons ensemble et que je vis la vie que j'ai toujours rêvé d'avoir. Il y a quatre mois, je m'apprêtais à te faire ma demande, mais tu as disparu. Pendant un mois, j'ai cru t'avoir perdu à tout jamais. Avant cette période, qui était sans aucun doute la pire de toute mon existence, je savais déjà que je t'aimais comme je n'avais jamais aimé. Je savais bien que je ne pouvais plus imaginer ma vie sans toi, mais pendant cet affreux mois, j'ai compris que tu es mon oxygène dans ce monde de fous. Sans toi, mon existence n'a plus aucun sens, elle est impossible. Si tu venais à disparaître, je ne pourrais que te suivre. Megan, je t'aime. Ces mots sont si faciles, mais si difficiles en même temps. Oui Megan, je t'aime. Le regard des autres, je n'en ai rien à faire quand tu es à mes côtés. Le seul qui m'importe est le tien. Tu es la lumière qui me guide dans ce monde de dégénérés. Tu es mon étoile, celle qui brille malgré la nuit, celle qui est toujours là, toujours aussi belle, souriante et prête à aider les gens qui se perdent doucement dans l'obscurité. Tu es cette étoile, mon étoile. Je t'aime Megan. Je t'aime à en perdre le nord quand tu es loin de moi, alors... Megan Valentina Carla Garcia... veux-tu m'épouser ?

Je reste bouche-bée de ce discours qui vient de faire exploser mon cœur. Les larmes qui dévalaient déjà mes jouent avant son texte plein d'amour ne s'arrêtent plus. Ma réponse sort sans aucune hésitation.

Pourquoi hésiterais-je ?

— Oui, oui, oui et oui ! Bien sûr que je veux t'épouser Alex !

Il se relève avec un sourire qui traverse son visage d'une oreille à l'autre et attrape l'alliance dans la petite boite dorée pour la passer à mon annulaire gauche. Elle est magnifique. Elle est argentée et incrustée de petits diamants. Je l'adore !

Alex, je t'aime !

J'enroule mes bras autour du cou de mon fiancé et l'embrasse.

On va se marier. On va se marier ! Je n'y crois pas ! On va se marier !

Les applaudissements et les hurlements résonnent si fort dans la foule en bas de l'estrade qu'on peut sans doute les entendre jusqu'à l'autre bout de Los Angeles, mais tant pis. Les secondes se figent et il n'y a plus qu'Alex et moi qui comptons.

Quand nous décollons nos lèvres, je lui chuchote le « Je t'aime » le plus doux et sincère que je n'ai jamais prononcé.

Qu'est-ce que je l'aime mon Dieu !

Je plonge mon regard noir dans ses deux pupilles azures qui brillent d'émotion et me murmurent tant de mots sourds. Elles sont si belles, si vraies. Je sais que j'ai fait le bon choix, cet homme est parfait.

Maintenant Alex, tu es piégé avec moi et mon caractère de merde jusqu'à la fin de ta vie, parce que je ne te lâcherai pas.

Fin

Remerciements

« Remerciements ». Ce mot que je pensais ne jamais écrire est enfin à la fin d'un de mes écrits. C'est… dingue !

Pour commencer, j'aimerais remercier tous mes proches qui m'ont soutenue dès le début ainsi que tous les autres qui ont découvert mes cachotteries par la suite… Votre soutien m'a aidée à ne rien lâcher et à mettre un point final à cette histoire qui a été une sorte de thérapie pour moi. Il m'a aussi aidé à rendre mon travail public et à ne plus avoir peur du regard des gens.

Ensuite, un merci tout particulier à mes bêta-lectrices qui ont été là tout au long de ce projet de dingue. Votre aide et vos conseils m'ont été très précieux.

Un grand merci également aux centaines de personnes qui ont suivi mon aventure sur les réseaux sociaux. Vos encouragements m'ont donné beaucoup de force.

En continuant sur ma lancée, merci à toi, lecteur/lectrice. Merci d'avoir lu *Je ne te lâcherai pas* jusqu'au bout. J'espère du plus profond de mon cœur que tu as apprécié ta lecture comme j'ai apprécié donner vie à ces personnages.

 Et pour terminer, je vais dire un petit truc bizarre... Merci à moi. Merci de n'avoir rien lâché (sans mauvais jeu de mots). Merci d'avoir tout fait pour que cette petite partie de mon imagination prenne vie. Merci d'avoir écrit cette histoire pour qu'elle soit potentiellement un jour dans les mains de quelques lecteurs. Merci Emma.

Emma.

Note de l'auteure

Si tu veux te lancer dans l'écriture ou que tu l'as déjà fait mais que tu as peur de la réaction de tes proches, amis, camarades de classe ou même profs, oublie cette pression immédiatement. La seule personne que tu dois rendre fière est toi-même. S'ils ne sont pas contents, tant pis pour eux car toi, tu auras réussi cet exploit qui t'aura fait grandir. Et tu sais, au final, beaucoup te soutiendront, te demanderont comment tu t'en sors, où tu en es. Certains voudront même lire ton histoire et je te jure que c'est la meilleure sensation que nous puissions avoir lorsque nous passons nos jours et nos nuits plongés dans notre univers en rêvant de le faire découvrir à d'autres personnes...

Le monde extérieur à ton bureau ne doit pas être un frein, mais au contraire une motivation, la motivation de lui montrer de quoi tu es capable ! En plus, sache que nous pouvons tous écrire un livre car si moi j'ai réussi, c'est que tout le monde le peu étant donné que je me suis lancée sans aucune connaissance en matière d'écriture !

Alors lance-toi !!! J'attends ton roman moi !!!